诺贝尔文学奖作家作品

邪恶之路

The Path of Evil

[意] 格拉齐亚·黛莱达 著

高 美 译

北京出版集团
北京出版社

图书在版编目（CIP）数据

邪恶之路 /（意）格拉齐亚·黛莱达著；高美译. —
北京：北京出版社，2020.10（2025.7 重印）
（诺贝尔文学奖作家作品）
ISBN 978-7-200-14591-5

Ⅰ. ①邪… Ⅱ. ①格… ②高… Ⅲ. ①长篇小说—意
大利—现代 Ⅳ. ① I546.45

中国版本图书馆 CIP 数据核字（2019）第 009416 号

诺贝尔文学奖作家作品

邪恶之路

XIE'E ZHI LU

［意］格拉齐亚·黛莱达　著
高　美　译

*

北 京 出 版 集 团
北 京 出 版 社 出版
（北京北三环中路 6 号）

邮政编码：100120

网　址：www. bph. com. cn
北 京 出 版 集 团 总 发 行
新 华 书 店 经 销
三河市天润建兴印务有限公司印刷

*

140 毫米 × 202 毫米　32 开本　8.25 印张　191 千字
2020 年 10 月第 1 版　2025 年 7 月第 3 次印刷
ISBN 978-7-200-14591-5
定价：45.00 元
如有印装质量问题，由本社负责调换
质量监督电话：010-58572393
责任编辑电话：010-58572757

作家小传

  1871年9月27日，格拉齐亚·黛莱达（Grazia Deledda，1871—1936）出生于意大利撒丁岛的小城市——努奥罗，父亲为努奥罗市的市长。在这个岛上，男尊女卑的观念非常重，所以，尽管黛莱达的父亲贵为市长，她也得不到上学的机会，10岁之后就没有机会接受正规的教育了。不过，黛莱达并没有被眼前的困境吓住，她开始了刻苦的自学，且涉猎广泛，大量阅读了沃尔特·司各特、拜伦、亨利希·海涅、维克多·雨果、夏多布里昂、巴尔扎克、乔苏埃·卡尔杜齐、列夫·托尔斯泰、伊万·屠格涅夫和费奥多尔·陀思妥耶夫斯基等人的著作，这为她以后的创作之路打下了坚实的基础。在阅读的同时，她也开始写作，并把作品投给本岛首府卡利阿里或者罗马的杂志。13岁的时候，黛莱达写了一篇名为《撒丁岛的血》的悲情短篇小说，刊登在了罗马报纸上。从此，她对创作有了更大的热情。1892年她的首部长篇著作《撒丁尼亚之花》发表；1896年《邪恶之路》出版；1900年《山上的老人》出版。这些作品让她成为意大利较著名的青年女作家之一。她的这些作品也大多以撒丁岛为背景，主要描述了撒丁岛古老的乡村宗法关系是如何受到资本主义势力侵蚀而逐渐瓦解的。

1899年，黛莱达结识了帕尔米罗·莫德桑尼，次年，他们成婚了。婚后不久，莫德桑尼由于工作调到了罗马，黛莱达便离开了撒丁岛，跟随丈夫而去。不过，黛莱达的灵魂并没有离开家乡，在罗马她继续以故乡为背景进行文学创作，并且她的作品逐渐变得深刻和细腻起来。其主要代表作有《埃里亚斯·波尔托卢》（1903）、《灰烬》（1904）、《常春藤》（1908）、《风中芦苇》（1913）等。

进入晚年之后，黛莱达的作品中有了明显的宿命论和感伤主义色彩。其主要代表作有《母亲》（1920）、《离婚之后》（1920）、《孤独者的秘密》（1921）、《逃往埃及》（1925）、《阿纳莱娜·比尔希尼》（1927）、《科西玛》（1937）等。

1936年8月15日，黛莱达因病去世，被葬在罗马。第二次世界大战之后，她的遗体被转移到了家乡附近的一个教堂里。

授奖词

诺贝尔基金会主席　亨显克·许克

瑞典学院授予意大利作家格拉齐亚·黛莱达1926年的诺贝尔文学奖。

格拉齐亚·黛莱达在撒丁岛的小城市——努奥罗出生，并在那里生活了25年，那里的生活环境与人民生活不但是她文学灵感的来源，也为她今后的创作奠定了基础。

从她家的窗口向外看去，就能看到奥托贝内山，山脉周围是茂密的森林以及高低起伏的山峰，再往前便是高低起伏的灰色山峦。太阳光线的反射，使周围有时呈现幽灵般的紫色，有时呈现柠檬般的橙黄色，有时呈现海洋般的深蓝色。远远望去，还能看到朦胧的银白色山巅。

努奥罗十分封闭，和外界往来不多，唯一的访客就是骑着马前来的男女游客。只有到了节日或者狂欢时节，人们才会到大街上欢乐地唱歌、跳舞，平日里的冷清一扫而空。

　　这样的环境造就了格拉齐亚·黛莱达异于常人的坦率质朴的价值观。在努奥罗，人们并不觉得做强盗是一件可耻的事情，这一点从黛莱达的一部著作中就能窥见一二。书中的一位老农妇说："如果你觉得强盗就是坏人，那你可就错了。他们都是些想显露本事的男人而已。过去，男人们要参与战争，如今尽管没有战争了，但是男人们仍旧需要较量。因此，他们会去打劫、偷窃，有时还会偷牛，算不上大奸大恶，但是能够彰显本领和力量。"所以，人们对这些强盗都抱有一份同情之心，就算是他们被抓，关进牢房，老百姓也会觉得他们是"遭遇逆境"。他们出狱后也不用觉得丢人，只要返回努奥罗，就会有人大声对他们喊叫："百年以后，又是一个英雄好汉！"

　　撒丁岛上依然保留着仇杀的习俗，只要那个人是为了本族的人去复仇的，就能得到人们的尊敬。倘若有人出卖了那个报仇的人，就会被看作犯罪。之前有位作家写过："就算赏金有他的头的三倍那么大，努奥罗的人也绝对不会出卖他。在这里有条不成文的'规定'：崇尚一个男人的力量，藐视社会上所谓的正义。"

　　就是在这个几乎没受意大利本土任何影响的小城市，格拉齐亚·黛莱达苗壮地成长起来。这里的自然环境既狂野又优美，这里的人们都遵循着古老的习俗，而她生活的家庭也是具有《圣经》里要求的朴素特点的。黛莱达写道："像我们这样的姑娘，向来不许走出家门，最多就是参加弥撒或者到乡村走一走。"她和其他的中产阶级生活层次的孩子那样，在本地的学校就学，并没有机会进入高等学府接受教育。她在家里也用撒丁岛方言说话，到了后来，她为了学习意大利文与法文，不得不请了一位家庭教师。可以说，那时她受到的教育是非常有限的。不过她非常喜欢和熟知故乡的赞歌、民谣和摇篮曲等民间艺术，也了解很多关于努奥罗的传说和习俗。另外，按当地的标准，她家也还算是比较富裕的，她便有机会接触到意大利本土的文学著作和小说译本，可也仅限于此。好在这个姑娘很喜爱读书，她13岁的时候，写了一篇《撒丁岛的血》（1884），这是一部想象力奇特的悲情短篇小说，在罗马报纸上刊出了。但是在努奥罗，女人们把心思全都放在干家务上，不被允许做其他事情，所以她那大胆的风格并不受人们的喜欢。不过格拉齐亚·黛莱达却不随波逐流，反而把全部精力都投入小说创作中：1892年，首部长篇著作《撒丁尼亚之花》问世，从此之后，她的创作之路越走越宽，在1896年出版了《邪恶之路》、1900年出版了《山上的老人》，其他的创作也是不胜枚举。这些作品为她赢得了名声，让她获得了人们的认可，她也成为意大利较著名的青年女作家之一。

从某种意义上说，是她发现了撒丁岛，这是一项多么伟大的发现啊！18世纪中期，欧洲文坛展开了一项新运动，当时的作家已经厌烦了从前所遵循的希腊、罗马的创作形式，他们希望追寻一个新方向，很快这种运动和当时另一种运动融合在了一起，后者便是以卢梭为代表的，追崇不受人类文明影响的自然熏陶。这两种大运动促成了一个新学派，通过不断地发展壮大，尤其是浪漫主义达到巅峰时，它的力量已经到了不可估量的地步，这个学派晚期获得的很多成就都能在格拉齐亚·黛莱达的创作中找到。在她之前，意大利已经有很多作家描绘地方特色与农村生活。意大利文坛中地方主义流派以维尔加对西西里岛的描绘最为有名。毫无疑问，格拉齐亚·黛莱达是第一个发现撒丁岛的人。她熟悉家乡的每一个角落，她在那里待了整整25年，之前她从来没有走出过努奥罗；25岁之后她才到了撒丁岛的首都卡利阿里。她在那儿和莫德桑尼相识，在1900年两个人步入了婚姻的殿堂。结婚之后，他们夫妻到罗马定居，从此黛莱达开始了创作兼顾家庭的生活。起初黛莱达小说创作中的主人公仍旧是撒丁岛人，1908年发表的《常春藤》就是很明显的例子。不过后来，她突破了地方主义，1925年发表的《逃往埃及》是她创作风格转折的代表作，这部创作也受到了瑞典学院的认可和赞赏。不过她描绘的人与自然，骨子里仍旧饱含着浓郁的撒丁岛风格。如今，她在文学方面的造诣更加纯熟，仍旧和过去那样，保持着庄重、感人的自然风格的创作特点，《邪恶之路》与《埃里亚斯·波尔托卢》就是当时最能说明她的创作风格的代表作。

倘若是一个外国人点评她的创作价值的话，是非常有难度的事情，所以，我觉得用意大利一位杰出的评论家说的话就能说明一切。他是这么说的："她的叙事风格是大师级的作家才有的。如今的意大利，没有一个作家的作品能与格拉齐亚·黛莱达的创作相提并论，就算她后期创作的《母亲》（1920）与《孤独者的秘密》（1921）里，仍然饱含着生机勃勃、技艺高超、结构完美，而且和社会息息相关的特点。"可能人们也发现了，她的创作好像不够严谨，有的内容比较突兀，让人一时无法把前后联系起来。不过她创作的很多优点早就把这点缺陷掩盖了，只从自然描写上，就可以看出，欧洲文学史上没人可以与她相媲美。她展现出来的色彩都具有非凡意义，就像一幅由简洁的线条勾勒出的古风景画那样，仍旧保存着真正的淳朴和庄重，这是大自然和人物特点的完美融合。她如同一位杰出的艺术家，成功地把人们的情感和描写的自然结合在了一起。我们可以回想一下，她的《埃里亚斯·波尔托卢》中，有一部分是对奔向卢拉山峰朝拜的人们生活的经典描绘：

　　五月的一个清晨，他们带着足够一星期的食物上路了，一家连着一家，有人骑马，有人乘车，全都向山顶上的教堂奔去。富裕的人家就在教堂附近临时搭建的住所里住着，因为是他们的祖先创建了这座教堂。每一家的墙壁上都挂着一长串穗子，另外就是有座灶台能证明这块地方的归属，不许别人踏入这里。每天晚上，一家人围聚在一起祭典，所有人坐在炉灶四周，做饭、唱歌、聊天，一起打发夏季漫长的夜晚。

　　她在《邪恶之路》里，也有相似的描述，生动描写了撒丁岛特别的婚礼和葬礼的习俗。在举行葬礼时，所有的门窗都要关闭，所有的烛火都要灭掉，谁也不可以生火做饭，此时受雇的送葬者号啕大哭起来。对这样古老的习俗的描绘全部是真实的、自然而简洁的，让我们为之动容，这几乎可以称作"荷马史诗"了。格拉齐亚·黛莱达创作的小说体现的人和自然合而为一的密切关系比其他作家更真实。我们也可以这么认为，她创作出来的人物全是诞生在撒丁岛这个独特的地方，大部分都有着原始思维方式，但是又都充满了撒丁岛宏伟凝重的淳朴农民形象。这群人的品质就和《圣经·旧约》里的主人公差不多，虽然他们和我们知道的人好像差别很大，不过在我们的脑海里却是非常真实的，而且现实中就存在这样的人物。格拉齐亚·黛莱达的确是一个把现实主义和理想主义完美结合为一体的艺术家。

　　自始至终，她都不是那种围绕主题探讨问题的作家，她对当时社会争名夺利的事情退避三舍，艾伦·凯伊曾经试图蛊惑她加入这种争论当中，她却说："我是传统的。"她这么坦率可能有点偏见，就算她认为自己和传统、故乡人们的过往有着密不可分的关系，但是她也应该清楚怎样才能在自己生活的时代里生存，给予怎样的反应。尽管她不喜欢理论，不过却热衷于人类生存的每个方面。她曾经写过一封信，其中有这么一段话："慢慢地死去才是最大的痛苦。也就是因为这样，我们才更应该尽可能地一步一个脚印地前行，尽最大能力赋予它浓厚的含义。我们一定要像海洋上空飘浮的白云那样，超越自我地生活。"也就是因为这样，人生在她眼里很宝贵，是有意义的，所以她才能在当下的政坛、社会或者文坛上发生纷争时，保持中立。她喜欢人类超越理论，远离世间的纷争，享受着平静的生活。而她在另外一封信里写着："我在孤独的撒丁岛生长，是不可改变的事实，不过就算我生在罗马或者斯德哥尔摩，也不会有什么差别，我仍旧是我——一个热衷于追讨人生问题，想要彻底弄懂人类本性并且深信我是能被人类美化的我。可是，人终归还是人，是不可能像上帝那样统治整个世界的。现在到处都是敌对、流血和悲哀，不过可能在未来的一天，仁慈和善良会征服所有的一切。"

这最后的话语，说明了她仍旧憧憬着未来，那是充满了信仰、肃穆而深远的憧憬，尽管经常会有痛苦，但是从来不会泄气。因为她从不怀疑在生活的挣扎里，善良有着强大的力量，并且最终会打败所有的一切。她创作中最明显的特点，在1904年出版的小说《灰烬》的最后清楚明确地表达出来：安娜尼母亲的堕落，为了儿子的幸福，她结束了自己的生命。儿子还在襁褓中的时候，她便把一个护身符送给了儿子，儿子打开护身符看时，发现里面全是灰烬——

没错，全是灰烬！生命，死亡，人类和统治人类的命运全是灰烬。

不过，在最后的时刻，在那个最悲哀的、做尽了丧失人性的事情，而且也尝尽了罪恶，却为了别人而死去的尸体面前，他默默地站在那里，忘不了这灰烬里经常闪现的最明亮、最灿烂的火光，因此，他又有了希望，对人生仍旧充满了热情。

阿尔弗雷德·诺贝尔最终的愿望，便是把文学奖授予这样的作家：在创作中能给人生注入甘露，为一个有道德的生命注进活力和健康的人。瑞典学院遵循他的遗愿，把这个文学奖授予格拉齐亚·黛莱达，以颂扬"她由理想主义激发出来的创作，清晰而明确地描绘了她过的岛屿生活，并且以深远而怜悯的情感对待人类共同的问题"。

按：黛莱达参加了颁奖典礼，但是没有发表正式的获奖感言。

目　录

"铛……"沉重有力的钟声从玫瑰镇小教堂传来，彼特罗·贝努停下来："现在才一点，去诺伊纳家恐怕有点儿早，那些富人一定还在午睡吧？别把他们从美梦中惊醒！富人们真是会享受啊！"

彼特罗徘徊了一会儿，就接着往前走，向努奥罗的尽头圣乌苏拉走去。

9 月初的太阳仍然炽热，空无一人的小路和路边低矮的房屋被烈日晒得毫无生气，几只恶狗在屋子的阴影里懒洋洋地走着。

午间的宁静突然被轰隆隆的机器声打破，好像是这个被太阳烤热的小镇仅有的脉动，那就是远方蒸汽磨盘转动的声音。

轰鸣声中，彼特罗带着自己不离不弃的影子继续往前走，他沉重的脚步声为从玫瑰镇教堂到墓地的道路带来了一丝生气。穿过这条路，就快到圣乌苏拉了，他放慢了脚步，甚至停下来四处张望，周围有长满了杂草的菜地，几棵无花果树和杏树，几间茅草当顶的小院。最后，他来到了一家小酒馆门前，这家酒馆的招牌上有一个扫把。

酒馆老板是托斯卡纳人，以前是个烧炭工，娶了一个名声不太好的老婆。他喜欢用"货栈"来称呼自己的酒馆。这时候，老板正在货栈唯一的长凳上躺着，看到有客人来，只好起身让座。

他瞟了一眼就认出了客人，笑眯眯地眨巴着那双精明的眼睛看着对方。

"你好，彼特罗先生，你到这儿来有何贵干？"他和彼特罗打招呼，他的口音很奇怪，地道的锡耶纳口音里掺杂了些撒丁岛方言，听起来有些奇怪。

"我来肯定是有事啊！快点儿拿酒来。"彼特罗有些轻蔑地答道。

酒馆老板端上酒来，仍然用他精明的眼睛看着彼特罗，露出了一丝坏笑。

"我们打个赌吧，你肯定是去尼古拉·诺伊纳家，对吧？你要去他家做仆人。以后我这里就多了你这位常客了，非常欢迎。"

"你从哪里知道的？"彼特罗问。

"当然是我老婆告诉我的，跟你说吧，娘儿们总是什么都知道。她是从你的相好萨碧娜那儿听说的……"

听到萨碧娜和这个名声不太好的女人有来往，彼特罗心里有些不太舒服。但他很快就摆出一副若无其事、不屑一顾的样子，这种冷静只是表面现象，里面暗含着冷嘲热讽。

实际上，萨碧娜根本不是他的相好，他们是在上次收获季认识的。当时是一个月圆之夜，他在打谷场上睡着了，梦到自己娶了萨碧娜。她非常美丽，皮肤很白，笑起来很甜。而且她好像也爱上了他，对他非常温柔。但当他从美梦中苏醒之后，却犹豫不决，不知道要不要对她表白……

"这个萨碧娜到底是谁啊？"彼特罗看着红色的葡萄酒杯，假装不在意地问。

"哎呀，你就别装傻了，就是尼古拉·诺伊纳大叔的侄女啊！"酒馆老板说。

努奥罗人把上了年纪的人叫作大叔、大婶，而托斯卡纳人却不管是男孩还是老爷，女孩还是太太，都一律叫作大叔和大婶。

"说实在的，我是真不知道啊！萨碧娜说我要去尼古拉大叔家做活吗？"彼特罗继续装傻。

"不知道，应该是吧！"

"哎，你这个外来的乡巴佬，真是闲得慌。"彼特罗不屑地撇嘴道，"随便你怎么想好了。话说回来，我去不去尼古拉大叔家做活和你有什么关系？"

"我都说了，你去他家干活我很高兴。"

"是吗？那你跟我说说，诺伊纳家怎么样？"

"你是一个努奥罗人，应该比我这个外来人更了解才是啊！"酒馆老板轻蔑地说。他拿着纸做的鸡毛掸子四处挥舞，赶着在水果篮上飞的苍蝇。

"你虽然是外地人，但你住得近啊，所以肯定比我这个住得远的本地人更清楚嘛！"

酒馆老板一边赶苍蝇，一边不停念叨着，好像一个絮絮叨叨的农村老太婆。

"跟你说吧，诺伊纳家是这一片最有钱的人家，他们和你一样，都是努奥罗人……"

"真的吗？他老婆家真是做官的？"

"当然是啊，不过他自己是从哪儿来的，恐怕他自己都不清楚。他很小的时候就和他爸一起来这里了。他爸就是个小商贩，做些倒买倒卖的小生意，比如进些劣质点灯的油，再当作好的油高价卖出去。"

"怪不得他们发财咯！别说别人了，你卖的酒里难道就没兑水吗？"彼特罗看着老板，一边发感慨，一边把杯子里剩的酒一滴一滴地倒在地上。

他忽然察觉，自己好像在下意识地维护将来的东家，可能也是在替自己说话吧！

"我敢打包票，我家的酒绝对是全努奥罗最纯的，其他任何酒馆和我家都没法比，如果不信可以问尼古拉大叔，他对酒可很有研究呢！"老板回答。

"是吗，那他也是个酒鬼咯？听说他上个月在奥利埃纳喝多了，回来的时候从马上摔下来了，腿都给摔断啦！"

"这我倒不太知道，可能他是葡萄酒尝多了吧！他去那边好像是为了买酒。不过他把腿摔断了倒是真的，所以他很需要找一个老实肯干的人给他帮忙。"

"他老婆这个人怎么样啊？"

"她啊，根本就是个魔鬼，就没人见她露出过笑脸，势利得很。话说回来，富太太嘛，都是这个样子。她们仗着自己有葡萄园、牲口棚、牧场，还有牛有马，就觉得自己了不起！"

"这些东西难道你就都不在乎吗？那他家的女儿呢？人怎么样？会不会摆架子？"

"你是说玛丽亚？她可真是个美人儿！人们都说她为人和善，从来没有架子，既聪明又能干。我可不这么认为，我看她比路易萨大婶架子还大呢！别看这两个女人小里小气的，尼古拉大叔倒是很大方爽朗。可惜他在家里没什么地位，真可怜啊！"

"这些和我关系倒不大。"彼特罗说，他看着酒馆老板握紧的拳头，接着说，"她们对我别小气就成。"

"这么说，你决定去他们家干活了？"酒馆老板停下正在做的活儿。

"他们要是对我大方点儿，我就去。他们家还有其他的仆人吗？"

"没有没有，他们家的活儿都是自己干的，男女老少都一样，没有一个仆人。玛丽亚经常去溪边洗东西，还自己打扫院子和小路，能干得很。这对富人来说简直是一种羞辱。"

"怎么就羞辱了，自己干活又不是什么丢人的事。而且你自己说的，实际上他们也没多富有。"

"但他们觉得自己很富有啊！他们身边都是一些穷人，自然会觉得自己很独特，尤其是女人们，简直把自己当女王了。不过，玛丽亚表现得倒不是很明显。路易萨大婶可不是这样，她摆出一副什么事都能自己摆平，家里富丽堂皇，堆满了金银珠宝的样子。什么人她都瞧不起。尼古拉大叔都得敬她三分。玛丽亚常常跟邻居们一起到广场纳凉，她从来都没去过，只在自己家门口靠着，无论是谁路过，她都是一副傲慢的嘴脸……"

"那尼古拉大叔呢，摆不摆架子？"彼特罗看着被晒得炽热的小路，插嘴问道。

"告诉你吧，他可狡猾着呢，他跟所有人都说说笑笑的，还总装作没钱。"

"这么说来，他们家庭还挺和睦的？"

"差不多吧，别人都觉得他们家父亲和蔼，妻子贤惠，女儿孝顺，就像一个窝里的鸟一样，但谁也不知道他们家的真正情况。"

"这样啊，你还真是包打听啊，谁家的事儿都瞒不过你，跟外面聚在一起说人长短的大婶们似的……"彼特罗又露出不屑的神情说。

"这里三教九流的什么人都有，我也是没办法啊！大家到我这儿喝酒聊天，我知道的肯定要多一些嘛！我这只是鹦鹉学舌罢了……"

"那以后我要是想打听什么事，就来找你。"

"我怎么记得你过去来过呢……"

彼特罗从皮带上解下一个小布兜，给了老板一枚银币。"结账，你老婆呢？"

"无花果熟了，她去那里了。"老板回答道，一边把银币在柜台上敲了敲，好看看是不是真的。

酒馆的老板娘可是个美人儿，眼睛又黑又大，彼特罗还跟她鬼混过呢！他从老板娘又想到了未来东家的女儿，于是问：

"玛丽亚这个人老实吗？别人怎么说她的？"

"你这问的是什么问题啊？"老板喊道，"尼古拉大叔的女儿可是非常正派的！"

"可是，她总会和别人有些什么吧？"

"怎么可能，那个娘儿们可挑着呢……"

彼特罗还有很多关于诺伊纳家的事想打听，但他担心这个外地人会打小报告，所以决定走了。

"彼特罗，咱们后会有期。快去和尼古拉大叔签合同吧！怎么说他也是个好人。你只要态度坚决点，应该就能达到自己的目的。"

"谢谢你的建议，但我并不去那儿。"彼特罗一点儿都不会说谎。他刚出小酒馆，就朝着诺伊纳家的方向走去。

低矮的棚户区中，有一栋白色房子在高墙后骄傲地挺立着，好像瞧不起周围的棚屋一样，灰蒙蒙的小路上，低矮的棚屋延伸到远方。红色的大门没有关死，彼特罗轻轻把门推开走了进去，在他面前展现出宽敞整洁的庭院，庭院中铺的石块被太阳烤热了。庭院右边有牲口棚和杂物间；左边是一座被太阳照得发出白光的小楼，花岗岩楼梯的栏杆上装饰着紫色石钟花，让小楼显得更加有光彩。

院子里非常整洁，整齐地摆放着一些农具，有一辆撒丁岛的大车，还有旧车轮、犁耙、铁锹、牲口套，以及马刺和木棍。

楼梯下面有两扇靠得很近的门，里面那扇门好像曾经被火熏过，上面有一个小窗口，是通向厨房的。

彼特罗走过去，从小窗口向里张望，打了个招呼。

"您在忙什么？"

"进来吧！"一个矮胖的女人答道，她长着一张长脸，面色苍白，表情平静，戴着用咖喱染成黄色的头巾。

彼特罗推开门走进厨房。"我是来找尼古拉大叔的。"

"你坐着，我去帮你找他。"

路易萨大婶动作很慢地上楼。彼特罗坐在已经熄灭的炉火前，仔细观察这个厨房。就像撒丁岛所有的厨房一样，它很宽敞，地板是用砖砌成的，天花板则是用稻秆编成的，棕色的墙壁上挂着锃亮的大铜锅、烤面包的工具、烤肉架和木砧板。一只用钢制作的精致的咖啡壶放在大炉灶上。

厨房里还有一个藤编篮子，里面有各种炊具和一件女士衬衫，衬衫上有刚开工没多久的撒丁岛式的刺绣，彼特罗猜测这是玛丽亚绣的。彼特罗突然想，玛丽亚在哪儿呢？来了这么久都没见到她，是不是去溪边洗衣服了？

路易萨大婶过了很久才回来，那张白脸上仍然看不出表情，嘴巴闭得紧紧的。尽管天热得要命，但路易萨大婶还是穿着围裙。然后，尼古拉大叔终于来了，走路时有些跛脚。

尼古拉大叔长着一张红彤彤的脸和发亮的双眼，让人一看就觉得很好说话，一切应该都很顺利。

"年轻人，过得怎么样啊？"男主人一边问，一边坐到垫着柔软草垫的大椅子上，动作有些吃力。

"先生，我很好。"彼特罗答道。

尼古拉大叔伸展了一下那条没受伤的腿，脸上露出痛苦的表情，嘴唇瘪了一下，但很快就如常了。路易萨大婶把咖啡壶从灶上拿下来，开始摆弄毛线。她穿着一条有绿边的粗毛线裙，又矮又胖，看上去非常严肃，没有任何表情。她戴着黄色头巾，那张大脸让人难以捉摸，嘴唇闭得很紧，眼神虽然亮但却很冷，看上去就很有距离感，不像她丈夫看上去那样亲切。

"先生，听说您正在找人做工，您要是同意的话，我想来给您干活。9月份我和安东尼·基苏家的协议就到期了，您要是同意……"彼特罗边玩手里的黑帽子边说。

"年轻人，我说句话你可别不高兴啊！"尼古拉大叔用他亮晶晶的眼睛看着彼特罗说，"你的名声不太好啊……"

彼特罗灰色的眼睛也闪闪发亮，他面对尼古拉大叔的目光时表现得很坦然，虽然耳根有些发热，但还是装出一副什么事都没有的样子。

"您找人去打听打听吧……"

"别生气啊，都是听人家乱说的。"路易萨大婶说，但她的嘴唇好像都没有动过，"尼古拉说话没轻没重的。"

"路易萨大婶啊！人们怎么会这么说我？我日出而作，日落而息，对东家也很尊敬，包括家里的女人和孩子。在我心里，那儿就像我自己家一样。而且我从来没干过什么偷偷摸摸的事。别人怎么会这么说我？"彼特罗争辩道，急得满脸通红。

尼古拉大叔笑着看着他。彼特罗那粉红的嘴唇、健康的牙齿和嘴唇上下颜色不一的胡子配在一起显得很不协调。

"年轻人，别激动，别人只说你脾气有些暴躁，爱打架。"尼古拉大叔叹气道，"我看你现在就有点儿发火了，用不用找根棍子给你？"

尼古拉大叔随手拿起身边的木棍，递给彼特罗，意思是可以让他去打人。彼特罗不好意思地笑了。

"先生，我给您解释一下。我之前确实有些顽劣，爬树上房，骑到野马背上，还爱打架，这些我都不否认，但是谁年轻的时候不这样呢？"彼特罗承认，"我那可怜的母亲实在受不了了，就用绳子把我捆在家里，没想到我用牙咬断绳子逃走了。不过，不久之后我母亲就去世了，房子破了也没人补，我成了孤儿，又冷又饿，还生病了。反倒是还有两个姑父帮过我，不过他们上了年纪，而且也很穷。这时候我才开始懂点儿事！唉，都是过去的事了！我要填饱肚子，我要生活！我就是从那时候开始去别人家做工的，我开始学干活，也开始听话了。我挣到钱之后就把我那破房子修好，再买辆大车，然后养牛养狗，讨个老婆……"

"哈哈，没错，想讨老婆就得先填饱肚子……"尼古拉大叔引用了一句撒丁岛谚语。

路易萨大婶一边听他们说话，一边织毛线，脸上一点儿表情都没有，不过嘴角细小的皱纹出卖了她。

"这些穷鬼，自己都快饿死了，还想要讨老婆！"她这么想着，但并没说出来。

"行了，咱们来谈谈合同的问题吧，希望能达成一致。"尼古拉大叔用棍子敲了敲灶台。

果然和预想的一样，一切都很顺利。

二

彼特罗在9月中旬来到了诺伊纳家做工。他来的那天晚上又阴又冷，那个晚上就像一个噩梦一般在他头脑中挥之不去。

女人们迎接他的时候神情冷漠还带着些猜疑，他走进厨房的时候，厨房里还黑着，他把大衣挂在门边，心中突然发酸。

玛丽亚把灯点亮，然后给他倒了些酒。

"请用。"她目不转睛地盯着彼特罗。

"祝大家健康平安！"彼特罗说，他喝酒的时候也盯着这位年轻的女主人看，这种中档葡萄酒是专门给仆人和穷人喝的，在酒杯的映衬下，他的脸微微发红。

两个人长得都很俊美，每个人的穿着打扮都符合自己的身份。他们挨得那么近，看上去是那么般配，不过两人之间却有着不可逾越的鸿沟。

彼特罗高大健壮却不笨拙，衣服虽然不是很整洁，但简单大方。他穿着一件红色上衣，天鹅绒内衬因为穿得太久磨褪了色。外面套了一件小羊皮马甲，虽然染得不太好，但做工精致，剪裁合身，上面还有红色的花纹。这让他看上去更英俊了。他那古铜色的脸棱角分明，前额乌黑的头发和山羊胡让他的脸看上去更长，灰色的眼睛闪闪发亮又十分温柔，和他的浓眉以及带着些不屑的嘴唇相映成趣。

年轻的女主人看上去很能干，有着高挑的身材，乌黑的鬈发编成两根粗粗的辫子，小麦色的肌肤在灯光下闪烁着金光，那双细长的亮晶晶的眼睛低垂着，小巧的耳朵和珊瑚耳环非常相配。她看上去很像是在阿拉伯的阳光、土地上生长的女人，如同酸酸甜甜的野浆果一般。玛丽亚的侧脸非常美丽，她的鼻尖很小巧，下唇和下颌长得非常精致，笑起来还有两个酒窝，她好像也知道这一点，经常笑。

正因为两人的这些特点，他们并不喜欢彼此。

路易萨大婶正在做晚饭，她还穿着围裙和戴着黄色头巾；尼古拉大叔还没到家。

彼特罗在门口小心地坐着，他看着这两个女人，有些好奇也有些疑虑。

"你明天要去谷底的牲口棚那里干活了，你知道怎么去吗？"玛丽亚问。

"那是当然。"彼特罗带着不屑抬起头说道。

"牲口棚旁边的葡萄园你也知道吗？"路易萨大婶背对着他问。

"当然知道了，谁不知道你家的葡萄园在那儿啊！"

"这话倒没错，我家的葡萄园可费了我们不少工夫，我敢说那是巴德玛纳谷里最漂亮的葡萄园。"路易萨大婶很得意，"尼古拉·诺伊纳一心扑在葡萄园上，钱啊、时间啊都花了不少，不过起码我们有了个很不错的葡萄园。"

"嗯，我知道的。"彼特罗敷衍地回答道，声音中有一丝凄凉。

"我会经常去找你。"玛丽亚说。她在彼特罗面前放了一瓶酒，还有装满面包、乳酪、肉和土豆的大篮子。

"爸爸回来了，吃饭吧！"

院子里很安静，尼古拉大叔一瘸一拐的脚步声传了过来。彼特罗想到这位亲切的男主人，高兴了一些。

"你来了啊，欢迎，欢迎！"男主人一边和他打招呼，一边走进厨房，"今天晚上真是糟透了，我的腿差不多和女人生孩子一样疼。咱们一块吃饭吧，虽然穷了些，但是痛快！"

尼古拉大叔坐在桌旁，桌子没有铺桌布，女主人们也放下篮子吃起饭来。

他们偶尔也聊上两句，但气氛并不热烈。晚饭之后，彼特罗向主人请假出去，他和小伙子们约好去唱努奥罗民歌，站在心上人家门口纵声高歌。

彼特罗想给萨碧娜唱：

金发女郎，我的心被你偷走了……

后面几天里，彼特罗一直在牲口棚忙活，还要去葡萄园照料即将成熟的葡萄。

就像玛丽亚所说的，她每天都来谷底，或者走着来，或者骑马来。她从来不和这个年轻的仆人说话，好像一点儿都不在乎他。

彼特罗在溪边修土堤的时候，看到玛丽亚在一排排的葡萄架间穿梭，葡萄架闪耀着紫色的光芒。葡萄园上方是湛蓝的天空，天空之下，奥托贝内山在阳光的照耀下闪闪发亮，山上一丝风都没有，缠绕的藤蔓好像有重重的心事。

谷底两侧有各种各样的植物，除了灰绿色的无花果树和橄榄树，还有翠绿色的葡萄藤。潺潺的小溪使谷底清爽宜人，溪边有几块新落下来的岩石。常春藤布满了岩石，山势起伏的小路两旁长满了荆棘和灌木。长在山坡上的无花果林枝叶繁茂，叶子下面结满了果实。

玛丽亚穿着灰色碎花裙和绿丝绒上衣，绿色的葡萄藤和橄榄树让她显得更加温柔艳丽。她在一排排葡萄架中间轻巧地穿梭，时而弯腰仔细检查每串葡萄，时而用手碰一碰快熟了的果实，时而拿竹竿拨一拨无花果。她自己就好像是这片繁茂的山谷结出的果实，像坚韧的葡萄藤，像丰满成熟的无花果。

但她也和无花果一样，锋芒毕露。彼特罗瞥了她一眼，觉得她不但看不起自己，而且还心怀猜疑。

彼特罗心想："她到这儿是来监视我的，怕我偷东西，她如果敢惹我，看我不给她一巴掌。"

但玛丽亚并没有惹他，只是让他做这做那而已。

玛丽亚的态度十分冷漠，端着架子。彼特罗讨厌起她来，想让她赶紧离开这儿，好让那张虚伪的脸和监视的目光消失。他感觉受到了侮辱。

"酒馆老板说得没错，他们家从来没雇过人干活。"他想，为了出一口恶气，他更用心地照管果园，一个果子都不碰。

10月里，有一天彼特罗正在给葡萄藤修枝，好让葡萄能晒到更多阳光。玛丽亚突然走过来说："彼特罗，你怎么都不吃葡萄呢？"

"这样你才能点清楚数量啊！"他摇了摇头，露出他招牌的轻蔑笑容。

玛丽亚的脸立刻红了，她意识到自己这是自讨没趣，但她很聪明，很快把话题岔开了。

"后天开始摘梨吧，彼特罗。"她边说边把手放在眼前，向葡萄园另一头望去。那里长着成排的梨树，金黄色的果实已经挂满枝头，被阳光一晒，好像快要融化了似的。

他也朝那个方向看去。

"都听你的。"

"那好，后天上午你就开始摘梨子，下午我骑马来拿。你觉得一共摘四筐怎么样？我可以来回运两趟。"

彼特罗抱着修剪下来的葡萄藤走到前面去了，玛丽亚赶了上去。

"今年的梨子长得真好！去年贼把我们家的梨子都给偷完了，今年这些果子起码能卖二十里拉。彼特罗，你说呢？"

"我又没卖过梨，我怎么知道。"

"说真的，去年我们家的梨全都没了，今年你保护得很好，我要奖励你半打雪茄。"

"我不抽雪茄。"他嘲讽地说。

他觉得奇怪，年轻的女主人怎么这么慷慨了？难道过去是自己对她有偏见？

但他开始收拾葡萄藤的时候，玛丽亚又说："还是这样吧，我后天下午两点左右就过来，我和你一起摘，这样运一趟就行了。"

"这个女人真狡猾，她估计是担心我摘梨的时候中饱私囊吧！"

他突然听到了一个熟悉的名字，让他的心情一下子好了起来。

"我叫萨碧娜一起过来帮忙……"

"萨碧娜，萨碧娜要过来！"彼特罗心里一直想着这个名字，玛丽亚说要回去的时候他都没听到。

嗡嗡作响的苍蝇，树枝里的飞虫，敲击树干的啄木鸟，枝头鸣唱的夜莺，被风吹得沙沙响的树叶，从山坡上滚下来的石子，所有的一切都在说着那句让他激动不已的话。

明亮而又宁静的夕阳下，年轻的仆人感觉到自己的心在狂跳不止。

他心里升起一团火热的情感，笼在心头的阴霾好像被阳光驱散了。

"萨碧娜要过来……"

夕阳给树叶染上了一层金色，好像有金色的秀发时隐时现……天空蔚蓝而遥远，岩石丛中有流浪诗人的灵魂在游荡，传出阵阵古老的歌谣。

新月在橄榄树背后露出微光，和黄昏彼此融合，当星光闪耀在白杨树和核桃树之间的溪流中时，彼特罗才回到住的地方。他躺在茅屋里，朝谷底的方向呆呆地望着。

风停了，树叶也安静了下来，夜晚是如此安宁，只有葡萄藤和橄榄树改变了颜色。枝条和树叶在月光的照射下好像缀满了珍珠。蟋蟀开始了大合唱，远处清楚地传来潺潺的溪流声，远处的马路在月光下闪耀着白光，路上有一辆大车驶过，山谷上方挂着一轮弯月，像秋千一样。年轻的仆人听着山谷里一成不变的声响，更觉得孤单寂寞。不过，他看起来好像乐在其中。操劳了一整天，晚上能够舒舒服服地休息休息，确实挺惬意的，那感觉好像盖上了一块柔软的毯子。一阵仿佛新月的微光般朦胧的感觉涌上他那颗年轻的心，让他感到温暖。这是农民最朴实、最富诗意的梦，是年轻人蓬勃的欲望。

"萨碧娜要过来。"梦、欲望和想象就像一团月光下的雾，逐渐飘散开。所有这一切都即将实现，他不但想吻她，甚至想有一天和她能够同桌而食，就像夫妻那样。

"她也要来，如果那个刻薄的女人能让我们单独待一会儿，我要抱住她狂吻，她的嘴唇就像鲜红的樱桃一样诱人……"彼特罗边想边打了个激灵。

欲望之火逐渐平息下来，变成了朴素的梦想：

"我们一起建一栋房子，买一辆马车，再养两头牛。她在家里烤面包，我去别人家做活，这样收入可以多一些……"

月亮带着笑脸看着彼特罗，也用同样的笑脸看着其他做梦的人，它并不在意这些梦是好是坏。它就像高高在上的女王，好像对每个人都在微笑，但实际上并没有看任何一个人。

第二天，玛丽亚不知何故没有过来。彼特罗焦躁不安，甚至狠毒地希望这位女主人出什么事故了。他走上山坡，想往远处看看，走着走着就走到了大路上。大路上有运葡萄的马车、拿着篮子的女人和孩子，还有骑马的奥利埃纳农民，可就是没看到玛丽亚。

他很失望，向葡萄园走去。"去她的吧，我来诺伊纳家这么久了，只有这一次想让她来，她却放我鸽子！"

又过了一天，玛丽亚还是没来，随着时间的流逝，彼特罗开始担心，她们到底还来不来？是不是不来了？太阳已经开始西斜，拴在梨树上的狗突然叫起来，它前腿抬起来，两只眼睛紧盯着大路，彼特罗不用看就知道来的人是谁。

玛丽亚和萨碧娜一人骑着一匹马，奔驰而来。她们的脸红扑扑的，在斜阳的照耀下更加妩媚动人。马儿扬着尾巴奋力奔腾，皮毛在汗水的浸润下闪闪发亮。

她们下马后牵着马走了过来，那两匹马在啃树叶吃。彼特罗恨不得飞到她们身边，但他的身子好像僵住了一样，只能一动不动地坐在那里，而他的心脏却像要跳出来一样。玛丽亚走了进来，他紧张地向她们问好。

"彼特罗，你怎么样，这么久不见，有什么新闻吗？"萨碧娜拽着缰绳问他。

"过来。"彼特罗说完，帮萨碧娜把马拴好，把装着筐子的口袋从马背上拿下来。玛丽亚正在对付自己那匹啃叶子的马。

萨碧娜穿得大方得体，外面是一件红丝绒上衣，里面穿着一件白衬衫，她把头巾摘下来了，头发像黑丝绒一样垂下来，碎发遮住了额头，脖子白皙修长。

和玛丽亚那种性感的美不同，萨碧娜体现出一种纯洁秀丽的美。不过，与其用美来形容她，不如用俏丽更合适。她那闪闪发亮的眼睛使她显得很纯真。

彼特罗被她深深地迷住了！那微眯的眼睛多么迷人啊。

拴好马之后，她脱了鞋席地而坐，她早已察觉了年轻仆人热辣的注视，内心有一些骄傲。玛丽亚一点儿也不识趣，满脸通红地对彼特罗喊道："喂，你丢了魂吗？快把这该死的马拴好，这马简直和你一样倔。"

他没说话，板着脸把马拴了起来。

玛丽亚也脱了鞋，又开始大声喊他去干活。

"彼特罗，快点儿，我们都快忙死了，你没事就快过来帮忙！"

彼特罗很听话，拿起篮子爬到树上开始摘果子。

两个表姐妹在地上摘低处的果子，边摘边笑闹着。彼特罗时不时朝着她们的围裙扔几个没熟透的果子，引得她们蹦蹦跳跳的。

"这次该我接了。"

"才不，还是扔给我的。"

"他老扔给你，这次该给我了！小心！"玛丽亚张开围裙说道。

"不，彼特罗，把那个漂亮的金黄色果子扔给我！"萨碧娜把表姐挤到一边，伸手指向树上。

"好吧，小心点儿，它就要到你怀里去了。"

彼特罗低下头看着她的笑脸说道。

那个熟透的果子从她胸口划过，一下子掉进了围裙里，其他果子都被弄到了地上。

"啊！"萨碧娜被这颗突然袭来的果子惊到了，像个被吓坏的小孩儿一样叫起来，而玛丽亚开始默默地收拾掉在地上的梨。"玛丽亚，这可不能怪我！"

彼特罗像个调皮的孩子一样看着她们笑。他的脸被树叶遮住了，看着两姐妹在下面吵闹。

"你干吗要推我……"

"我才没有推你，是你自己弄掉了围裙的扣子。"

"彼特罗，你说刚才到底怪谁？"两个人一起抬起头问他。

"肯定是怪我咯！"

大家都笑了起来，彼特罗突然发现玛丽亚长着一对酒窝，小脸绯红，身材婀娜……他似乎觉得丰腴娇俏的玛丽亚让萨碧娜黯然失色。

"这棵树已经被摘光了。"他像只灵活的猴子一样从树上下来，然后冲着树挥挥手，"再会了，如果明年我们都还在，就到时候见吧！"

玛丽亚把篮子里的梨子都倒进了大口袋。

"你干吗老看着我？"萨碧娜望着彼特罗说。

"我想跟你说几句话。"彼特罗答道，他又爬到了另一棵树上。

她早就猜到了对方的心思，想赶紧听到那些期待很久的话。姑娘的脸蛋一下子红了起来，她激动得声音发抖：

"彼特罗，赶紧和我说吧……"

"下次吧，"彼特罗似乎并不着急，他斜眼看着萨碧娜说，"你不是还会过来摘葡萄吗？"

她有些不好意思。彼特罗向树上爬去，感觉自己快要爬到天上了。没错，她红红的脸和发抖的身体已经出卖了她的心。他们的目光暴露了一切。

年轻的人们突然安静了下来，不再嬉戏打闹，彼特罗和两姐妹分别在树上和树下摘梨。梨树的叶子闪烁着金色的阳光，四处弥漫着梨子的香气，偶尔有几个梨子掉落下来。

任凭玛丽亚怎么努力，气氛也没有重新热闹起来，每个人都默默地忙活自己的。萨碧娜的脸渐渐不红了，但她不敢抬头看彼特罗，只是不停地摘着果子，双手有些发抖。彼特罗双脚踩在树枝上，脸颊被午后的阳光晒得发烫，随着山势起伏的橄榄树林在他眼中闪烁着绿色的光芒。

总算把梨都摘完了，马背上的口袋里装满了梨，两位姑娘开始穿鞋。玛丽亚好像是故意的，一直和他们俩在一起。走的时候，玛丽亚问萨碧娜：

"想去地里走一走吗？"

"好呀！"萨碧娜说。

"彼特罗，你去吗？"玛丽亚问。彼特罗正在对付那匹马。

"你们去吧！"他不屑地说。

两姐妹在阳光下的山间小路上奔跑着，有说有笑。

彼特罗突然感到一阵忧郁，又说不出原因。他看着两个姑娘在小路上说说笑笑，渐行渐远，先是在草丛中失去了踪影，一会儿又出现在小溪旁。她们穿得真漂亮，溪水声和玛丽亚的朗朗笑声融合在了一起。萨碧娜在核桃树下的小瀑布旁洗了洗脸，用衣服擦了擦脸。

萨碧娜突然朝彼特罗的方向挥了挥手，然后和玛丽亚说了些什么，两人就笑了起来。"她们肯定在讨论我。"萨碧娜可能和有钱的表姐说他刚才没说完的情话。"没错，她们一定在嘲笑我！"他可能被萨碧娜耍了，她肯定和她那有钱的表姐一样势利，彼特罗一穷二白，车、房子、牲口棚、葡萄园一样都没有。

如果这个秘密被玛丽亚知道了，她肯定会拿这件事嘲笑他、折磨他。现在，彼特罗几乎确定她们就是在嘲笑自己。于是他又表现出什么都不在乎的样子，走开了。

"我们走了啊！"萨碧娜牵着马向大路上走去，马背上驮着装得满满的口袋。

他只向那边瞥了一眼，没回答。她不时转身看看，还在大路边的挡车柱旁边停了下来。然后，载着沉甸甸的果子的马儿跟在两个靓丽的姑娘身后，在大路上转了个弯，最后在被夕阳染红的岩石后消失。彼特罗自己一个人孤单地留在了谷底，心情又变得忧郁起来。

"我今天可能有点儿太不礼貌了。"他想，"她应该还是喜欢我的，并没有笑话我。可我太穷了，贫穷就像一种疾病，碰一碰就疼。没事，她还会来收葡萄的，到时候再补救吧！我们要一起去摘葡萄，两个人相互帮衬着，我负责摘，她负责收，一边往前走一边说着话，我还可以帮她把筐放到头上。我们可能会四目相对，甚至，可能会接吻……虽然玛丽亚很漂亮，但萨碧娜内心更美。"

"玛丽亚不是什么好女人！"他想到玛丽亚那丰满窈窕的身材，

竟然感到了一股冲动。"她故意打扰我们！真想让她过来，然后把她推翻在地，恶狠狠地亲她、咬她，都怪她打扰我们谈情说爱，让我没来得及亲萨碧娜。那我就只能恶狠狠地亲她了，而我要好好地亲吻萨碧娜，因为她是个善良的女孩儿，而她却不是。"

"好啊，你快来啊！我就在这儿等你，看这里多美！"他站在葡萄架下喊道，"然后我就吻你……"

他渐渐不再想着玛丽亚了，他仿佛看到身材娇小的金发姑娘顶着一筐葡萄，在长满葡萄藤的岩石后面走来走去。

这时，一群黄莺飞到葡萄园里把他的美梦打断了。它们在葡萄园里吃得饱饱的，然后就回到自己的窝里休息。彼特罗只能到葡萄园里把它们轰走，鸟儿们被惊起，在黄昏清新的空气中叽叽喳喳地四处逃窜。梨树上的枯叶被风吹掉，在彼特罗脚边落下。

三

　　然而收葡萄的那天萨碧娜却没有来，彼特罗很失望。

　　"你表妹怎么没来？"彼特罗问玛丽亚。

　　玛丽亚那双细长的眼睛微眯着，目光有些狡猾，她摇了摇头说："老爷不让她来。"

　　随后，玛丽亚就到山上的茅屋里去做通心粉了。路上她和名叫罗莎的女孩儿聊了几句，这个姑娘的脸蛋是玫红色的，两个人还对他指指点点。看到这一幕，一阵愤怒和悲伤袭击了他。他一整天都没说话，有人找他时，他也只是粗暴地回两句。他走到路边的岩石旁，在这里他曾经想要亲萨碧娜。"呸！"他啐了一口，双手不自觉地攥紧了。

　　没错，这两个娘儿们肯定是在说他坏话，莫非是嫌他穷？既然如此，他也要整一整她们，就这样！

　　"你要是再不好好干活，看我把你和筐子都踢翻。"他粗鲁地对罗莎说，罗莎跟在他后面一边走一边笑，但没有及时收彼特罗割下来的葡萄。

她很生气，跑到葡萄园另一头喊道："你这匹倔马又闹脾气了！你想干吗，干脆像犹大那样去无花果树上吊死吧！你干吗用那双野猫眼看着我，用不用我把鞋带给你用啊？"

彼特罗一句话也不说，继续弯着腰用镰刀收葡萄。

收获时节，每个人都很兴奋，小伙子们把姑娘们逗得咯咯笑。她们把身子挺得直直的，头上顶着装满葡萄的筐子。她们的头小巧玲珑，像迷人的阿拉伯女人一样。在这种丰收季节，乡间充满了朴素的欢乐，四处弥漫着欢愉的气氛。勤劳而健美的农民纵情享受这美好的时光，尽情聊着，享受这种快乐。农妇们在温暖的阳光下收割果实，葡萄甜得就像自己心爱的情人一样。只有一个人独自在一旁，他就是彼特罗，没人注意到他。

两个年轻人一边劳动一边唱起了歌，争相赞美在场的姑娘。但很快赛歌就变成了争吵，押韵的歌声也变成了没有韵律的散文，日落的时候，两个人竟然打了起来。看到这一幕，彼特罗才不怀好意地笑了起来。随后，他把收好的葡萄装上牛车，放开狗，赶着车离开了。

雾气从彼得峰上的树林后面袅袅升起，笼罩了充满葡萄味的空气。时值晚秋，地平线上的雾气把黄昏染成了淡紫色，平添了一丝惆怅。

彼特罗越过栅栏向大路走去，对于那已经空空荡荡的葡萄园和茅屋看也不想再看一眼。在那里，他平静的生活曾被令人激动而羞耻的梦激起波澜。现在，他感到了愤怒和痛苦，因为自己是那么贫苦。他相信萨碧娜根本不爱他。否则她为什么没出现？他被这种愤怒包围了，开始认为所有女性都是轻贱甚至恶毒的。他从来没有被人爱过，没有被任何一个人爱过。他既没有姊妹，也没有亲近的同辈亲戚，生活中缺少慰藉。他不但自己一无所有，两个姑母也生活贫困，在生活的重压下低下了头，仿佛行尸走肉。

他感到自己在世界上是那样孤独，心中积攒的情感无处宣泄，就像那些无人问津的果实一样逐渐腐烂。

那个夜晚是一年里最热闹的时候，装满了果子的大车慢慢地驶过大路，赶车的人熙熙攘攘，一边赶车一边唱：

啊，罗萨，你来撒丁朝圣……

远处是灰色的山谷，黄昏的雾气中人们满载而归，上了年纪的人骑着马，每个人都有说有笑。

空气中充满了葡萄汁、葡萄藤和青草浓郁的味道。夕阳下，大车上的葡萄透出朦胧的紫色，大路上尘土飞扬，一道道车辙印清晰可见。空气湿润，谷底传来阵阵人声，彼特罗的心好像周围的环境一样黯淡而忧郁。

除了黑狗坏心眼以外，没有任何人关心他。这条狗身子又长又瘦，头上有一块白色，它总是抖个不停，耳朵和尾巴向下垂着，它是彼特罗忠实勤恳的伙伴。彼特罗拿着赶牛棍在地上拖着走，黑狗就步步不离地跟着拖痕。它有时会抬起红色的小眼睛看彼特罗，摇摇尾巴，打一个哈欠。

"怎么，饿了？马上就能回家吃饭了，明天还得干活呢！听话，我们快走吧！"彼特罗对黑狗说，他们已经走了一半的路。

黑狗好像听懂了，竖着耳朵哼了两声。

他们经常聊天，虽然使用的是不同的语言，但好像能够理解对方。彼特罗常对它说：

"我和你似乎也差不多，我只不过是条会说话的狗罢了。"

那天晚上他也这样想着：

"我和坏心眼的工作就是回家、吃饭，再回去帮东家看东西。如果坏心眼有了相好，就什么都忘了；我要是再和托斯卡纳酒馆老板娘见面，看也不会看她，她当然也一样。狗和仆人说到底没什么两样。"

突然，一块石头砸到了狗背上，原来是泉水旁的罗莎扔的。

坏心眼哀嚎着跑走了，然后停下来舔着受伤的地方。

彼特罗非常生气，喊道：

"是谁扔的？"

"我啊！"罗莎毫不在意地说。

"你这个小混蛋，滚过来让我把你脑袋揪下来扔到水里！"

她一点儿都不害怕，真的走了过去。

"你来啊，看你敢！"

彼特罗拿着赶牛棍的手握紧了一下，随后又摇摇头，露出了不屑的表情。

"怎么样，我们和好吧！"姑娘说，"彼特罗，你遇到什么事了，还是吃枪药了？"

黑狗跑向罗莎，罗莎伸出手想摸摸它。

"真是怪了！你俩一样坏！坏心眼冲我叫个不停！彼特罗，我知道你心里那些秘密，玛丽亚都跟我说了。"

"她知道些什么。"他仍然不屑地说。

罗莎突然很激动，狠狠地说：

"玛丽亚说你今天心情不好是因为萨碧娜没来，告诉你吧，萨碧娜怎么可能看上你，她早就心有所属了，那个小伙子可比你有钱、有礼貌多了……是她让我告诉你的，还让我找你的碴……"

"萨碧娜让你这么做？"

"不是，是玛丽亚。"

"他妈的，去死吧！"

"能不能别那么野蛮，她只是嫉妒萨碧娜而已。"

"她怎么会嫉妒萨碧娜？"

"笨蛋，因为你啊！"

虽然他心里认为这个女仆是在整他，但他还是露出了笑容，就像看到葡萄园里两个唱歌的小伙子打架时一样。

他的心里埋下了一粒种子。

入夜了，到处都是一片灰蒙蒙的，让人倍感忧郁。位于努奥罗市最前面的一排房子下面是长满杂草的菜地，旁边的两堵高墙之间是泥泞的小路，彼特罗每天都要从这里走过。

沉重的牛车慢慢向前走着，一群破衣烂衫的孩子从前面跑过来。

"给我们点儿葡萄吃吧，就一小串儿！"

"都给我走开！"彼特罗生气地喊道，手里还挥舞着赶牛棍，坏心眼也跟着他一起叫。这群孩子边笑边叫着跑远了。

小路的高处，就是穷人家的房子。夜色朦胧，只有星星在闪烁。彼特罗看着星星陷入了思考，不，他根本就不信那些流言蜚语，那个女人肯定是在恶作剧，但玛丽亚是真的……简直不可思议！唉，别想了！他的梦想是萨碧娜，只有她才能解开他心中隐藏的秘密。

真是太蠢了！她居然是那样的女人？还和别人眉来眼去？如果真是这样，就让他们一起去死吧！他强忍着不去想。前面突然出现了一个身影，是一个身材纤细、轻巧婀娜的女人，袖子挽了起来，难道是她？要是见到她，一定要狠狠地骂她一顿，因为是她在葡萄园中打破了打谷场上的梦。不过那个人实际上是托斯卡纳酒馆的老板娘。

"是你啊，彼特罗，给我一串葡萄吧！"

"宝贝儿，十串也给你。不过你得赶快，女主人在后面跟着我呢！亲爱的佛兰西丝卡，我到哪儿跟你相会啊？"

"我现在可已经嫁人了！"那女人说完，往围裙里放了好几大串葡萄，用带着黑眼圈的眼睛炽热地盯着彼特罗。

"晚上我去你家找你怎么样？"他激动地说，"你拿吧，我的一切你都能拿走：牛车、葡萄、我的心……"

"别瞎说八道，尼古拉大叔在玫瑰镇小教堂广场上等你呢！"

那女人说完就走了，彼特罗继续赶车。

随后，彼特罗真的碰到了尼古拉大叔，他还是拄着拐杖，头戴小帽，红色的胡子像已经乖乖听话的野兽。

"小伙子，你回来了。晚上我们一起唱那首新歌吧！"他边说边看大车。

"您怎么没到葡萄园去？"

"我倒是想去，可腿脚不听话啊！"

"我看，您得听您腿脚的话还差不多！"彼特罗嘲讽道。

尼古拉大叔转过来，对着他举起拐杖。

"你这家伙竟然敢开我的玩笑？因为我穷吗？如果我是个富有的主人……"

"您当然是富有的主人了！"

"我要让你知道，到底谁才是主人……"

他们说着说着就到家了。黑狗兴奋地叫着，冲到门口挠了起来。

路易萨大婶开了门。

"你们总算回来了。"她边说边折头巾,"玛丽亚呢?"

"她和那些收葡萄的女人在后面走。"

"今年收成不行啊,幸亏我们不指着这些过日子。"彼特罗卸货的时候,路易萨大婶看着葡萄生气地说。

彼特罗躺在诺伊纳家厨房的草垫子上睡着了。痛苦像一块大石头压在他心上,他惊醒了。以前他睡醒的时候眼前都会出现那双金色发丝后面的美丽的眼睛,但这种美好的画面今天并没有出现,也许以后再也不会出现了。彼特罗看看身边,清晨的山谷不见了,取而代之的是黑暗冷寂的厨房,窗户中仅存一丝惨白的光线。

院子里突然传来脚步声,是谁呢?路易萨大婶这个贵族太太这么早就起床了吗?

厨房门打开了,露出了灰色的庭院。

来的人是玛丽亚,她光着脚,静悄悄地走了进来。

彼特罗继续装睡,偶尔睁眼看看玛丽亚在做什么。她把厨房门上的小门打开,光线照了进来。接着,她把头巾摘下来洗了洗脸,头发上没有任何装饰。她又挽起袖子,去煮咖啡。她磨咖啡豆的时候,咖啡壶在炭火上沸腾着。这时候,她好像刚看到彼特罗。他发现她那双略带睡意的眼睛好像一直在看他,这让他感到莫名的兴奋。这种感觉越来越强,欲望和快感像火焰一样燃烧着。彼特罗浑身发热,血液在身体里奔流沸腾。他涨红了脸,为自己的欲望感到羞耻,于是又闭上了眼睛。

那搅动咖啡壶的单调声响,对他来说就像爆炸声一样折磨人。

玛丽亚真的会嫉妒她的穷表妹?到底是不是真的?昨天傍晚,他刚听到这个消息的时候非常生气,觉得不可思议,而现在他有些陶醉，心里就像打翻了五味瓶一样复杂。他那令人羞耻的欲望中还有一丝恨意，虽然已经逐渐减弱，但仍然残酷。

"她既富有又有野心，"他闭着眼想，"虽然肯定不会嫁给我，但也有可能看上我！我长得不错，身材结实。在葡萄园那天，她一直在看我的嘴，她应该从来没亲过嘴呢！她现在又在看我了，我要是突然亲她一口，她会怎么样？"

那咖啡壶沸腾的声音，研磨咖啡的单调声音，炭火的噼啪声，好像都在跟彼特罗开玩笑。他睁眼看了看玛丽亚，仍然没有亲吻她的勇气。

窗外的光越来越亮，早上温柔的光线让她的黑发更加亮丽。她的紧身衣敞开着，身材显得更加性感诱人。彼特罗虽然为自己的欲望而羞耻，但仍然用眼神抚摸着她身上每一寸肌肤。这样不行！他们相差太多了。他是一个身无分文的下人，晚上会和酒馆老板娘私会。可玛丽亚看上去既纯洁又本分，理应嫁给一个既有钱又有地位的人。

"彼特罗，你醒了？我刚想叫你呢！那赶紧起来吧，今天活儿可不少！"

玛丽亚用命令的语气说道，平静而有力的话让他那可耻的欲望暂时退去了，虽然他的耳朵还微微发红。

他灵巧地一跃而起，把草垫卷起来放到墙边，又走到院子里用井水洗了把脸。咖啡壶里的水烧开了，玛丽亚把磨好的咖啡粉倒了进去。

太阳露出头，院子里和地下室里的仆人们就热火朝天地开工了，他们在做一项重要的工作，榨葡萄汁。

压榨机放在屋顶下的椽子上，彼特罗赤手赤脚地站在上面，头都要顶到房顶了。他的手扶着墙壁，这样才好使力。两个女人走上木楼梯，把挑选好的葡萄一筐筐倒进压榨机里。彼特罗白净的脸上被染上了一块块紫色，眼皮也被染上了。他很兴奋，又笑又叫，偶尔探身望一望院子。

两个女人和一个男人在大车旁，把拾掇好的葡萄扔到筐里，尼古拉大叔有时候也帮一下忙。接着，两个女人就用头顶着装满葡萄的筐走过来，把葡萄倒进彼特罗脚下的压榨机里。

就像在葡萄园的时候一样，男男女女都又笑又跳，只有尼古拉大叔看上去有心事。

院子里洒满了阳光，在甜美的葡萄汁的吸引之下，蜜蜂和苍蝇翩翩起舞。

尼古拉大叔假装在赶蜜蜂，捏了身边的姑娘一把。那姑娘骂了他两句，说要向路易萨大婶告状，随后就笑了。

"老家伙，别招惹我，小心被大火烧了……"

"我要是年轻的话，恐怕你就欢迎我逗你了吧！唉，你脖子上还有一只蜜蜂……"

"那说明我像蜜一样甜，就让它叮我好了，你这老山羊胡子……"

"比起让我碰一下，你竟然更愿意让蜜蜂叮……是不是嫌我腿脚不好？否则……你看你朋友可比你随和多了！"

"你这个糟老头，我一会儿就去告诉路易萨大婶……"尼古拉大叔把手伸向另一个姑娘，害得她喊起来。

"赶紧送葡萄过来。"彼特罗俯身说道，"尊敬的东家啊，你就这样激励大家吗？路易萨大婶要是知道了会怎么说？"

"你要干吗？她还能奈我何？"尼古拉大叔叹了口气。

有时候玛丽亚接替路易萨大婶来送葡萄，她头上扎着一块黄色头巾。她穿着绿色衬衫和紧身衣，在阳光下十分动人。彼特罗被她吸引了，那娇嫩的小脸，微笑时微启的朱唇，把他心中的欲望之火又重新点燃了。

她讨厌嘈杂的院子和厨房里的苍蝇，所以总是到椽子下和大车旁监工。彼特罗和她开玩笑地说："赶紧干活啊，已经快10点了，中午之前做不完的话，我就去上吊了……"

"赶紧去上吊吧，让我看看你的腿……"

有一次她上楼的时候真的看到了彼特罗强健的双腿，他质问道："我难道长了双铁腿吗？把这些活儿干完，我也要死了！"他说完，突然感到一种莫名的快感。

这是为什么？年轻女主人到底哪里吸引了他呢？他只不过是看了她一眼，就像喝了杯奥利埃纳葡萄酒一样意乱情迷。

厨房里，穿着紧身衣的路易萨大婶正在给大家做午饭，有烤羊肉和土豆。她戴着头巾，仍然面无表情。

旁边还有一个小锅，里面是特地给尼古拉大叔煮的牛肉。

"我这个丈夫命不好呀，我得再对他好一些。"路易萨大婶以前很爱吃醋，不过现在她变了，"虽然他喜欢女人，腿伤了之后也更爱喝酒了，但他心眼儿好啊，多关心他也是应该的。我虽然经常看不起人，但我是个善良的人。我就是觉得，你要是没有骨气，就会任人宰割。"

"没错，"她一边煮土豆一边想，"人就应该端着些架子。每个人的地位天生就不平等，有的人富有，有的人贫穷。我也同意人要行善，但人不能自轻自贱，降低自己的身价。但我那可怜的丈夫尼古拉却在轻贱自己！说到底他不是贵族，家里面既没有钱也无权无势，他总觉得抬不起头，真可悲啊！我女儿玛丽亚在这方面很像她爸，总觉得自己地位并不高。但她还年轻，聪明，又受过良好的教育，肯定能嫁得不错。她既像会计那样会算账，又像律师一样知识渊博。要是没有她，我们夫妇俩可怎么过啊？我们不会读也不会写，这可怎么办啊？"路易萨大婶最后总是想，"她肯定能嫁一个有钱人，可能还是个大学生，当然得是富有的大学生，可不能是那种靠老婆发财的！"

中午，大家做完了压榨葡萄的工作，午饭也做好了。玛丽亚开始摆桌子，她在厨房中间摆了一篮面包，又放了几个红土汤盆，路易萨大婶给里面盛了些土豆和羊肉。随后，玛丽亚到井边去叫洗东西的女人。尼古拉大叔一瘸一拐地走到石台旁边，把木盆里的脏水泼掉，接了些新水。他洗漱完就走进了厨房，擦干了胡子上的水，坐到他的专座上。饥肠辘辘的人们围在丰盛的午餐周围，气氛温暖而欢欣。

"祝大家胃口好！"男东家动了下腿，"我的贵族太太，你做了什么好吃的？今天我也很辛苦，得给我吃点好的吧！来点儿羊肉吧！没错，就是羊肉。孩子们，你们还以为是小牛肉不成？"

尼古拉大叔从女儿那儿接过羊肉。

"孩子们，你们的牙真结实，我根本咬不动！只有魔鬼的肉比它硬！你们如果在那个人家干活，"他说了一个富人的名字，"吃得肯定强一些……"

"或者更不好！"路易萨大婶说，她连吃饭的时候都不会松开紧身衣，"少说点儿话吧，别啰里吧唆的。"

人们吃饱了之后就开始说笑。

"路易萨大婶，借给我100个银币吧！"

"你有担保人，我就肯借。"路易萨大婶面对玩笑话也很平静。

"她可以给我做担保。"小伙子指着旁边一个也很穷的姑娘说。他的话把大家伙儿都逗笑了。

"要是不行的话，我可以把家里的首饰、银餐具都拿来做抵押。"他继续自嘲自己的贫穷。

"你的身体才是最值钱的，用这个做抵押，别说100个了，可以借你1000个银币。"尼古拉大叔严肃地说。

玛丽亚有些烦躁了。

"肯定啊，"她嘲讽地说，"富有又健康肯定比贫穷又多病强多了。"

"去倒酒吧！"母亲跟玛丽亚说。

"你生什么气呢？"彼特罗盯着玛丽亚问。她看了他一眼，继续嘲讽地说：

"我吃饱了以后就会这样……"

"那你吃不饱又是什么样呢？不过你应该从来没有吃不饱过吧！"他说道，不禁想起了自己小时候经常忍饥挨饿。他先喝了一小口酒，然后端起酒杯一饮而尽。

那天人们可喝痛快了，玛丽亚一直在给大家倒酒。彼特罗也越喝越起劲儿，不过有些不怀好意。今天上午他已经忘掉了萨碧娜，但现在这个金发女郎又带着嘲笑的表情出现在了他面前。

既然萨碧娜曾经愚弄了他，那他也要以牙还牙。他要想办法让玛丽亚相信他疯狂地爱上了她。因为她愚弄了他，所以他现在也要愚弄玛丽亚，要愚弄所有女人！

不过，她那么聪明应该不容易上当。她肯定不会把爱上她的仆人赶走的。这个仆人什么都不要，只要她的爱而已。再怎么样，玛丽亚也不过就是会利用他对她的感情，多使唤使唤他罢了。他则可以利用玛丽亚的聪明和善心。

姑娘们取笑他，他笑起来，他也想拿她们寻开心。

不过他又开始沉默了，看起来十分不开心。他低下头，又突然间抬起头，端起酒杯继续喝起来。

玛丽亚又来倒酒。

"我可是真正挨过饿的人。"他自言自语道，看上去已经有些喝醉了，他四处看了看，可没找到玛丽亚那双眼睛。

从这时起，彼特罗就不想去思考了，他发现自己的目光一刻不停地追随着玛丽亚。他想移开目光，怕东家发现他炽热目光下的情欲，但他控制不了自己。

他故意离开人群，到离厨房不远的院子角落里躺下，午后的天气和酒精让他的身体热得发烫。苍蝇和蜜蜂飞舞的声音和他头脑中欲望燃烧的声音一起嗡嗡作响。

他看着年轻的人们离开了，东家也去睡午觉了，厨房里只有玛丽亚一个人在收拾，磨咖啡。彼特罗有些醉了，蒙蒙眬眬的意识之下，他的眼睛仍然跟随着那高挑诱惑的身体。

他感觉到自己的自尊心受伤了，他在情欲的驱使之下爱上了那个温柔的、富有的女主人。但这种情欲是苦涩的，而且充满报复意味。

"我一定会大笑的……一定会大笑……"他迷迷糊糊地想着，一会儿就睡着了。

四

　　他在这里待了两周，有时候帮尼古拉大叔装葡萄酒，有时候去菜地里帮忙，有时候去山上砍柴以备过冬。

　　不论是在奥托贝内山的树林，还是在菜地，他都是孤身一人，他心里想着玛丽亚。他不认为自己对她的感情是爱，她很可爱，但他一想到她就会感到令人羞耻的情欲和愚蠢的报复心。

　　玛丽亚看起来在感情方面很聪明，并不容易让男人占便宜。彼特罗心里很矛盾，想到自己对她意图不轨就很羞愧，想到可以讨她开心又觉得兴奋。

　　她看起来就是一个高贵的、生活优越的女主人，目光像刀片一样明亮而犀利。

　　她永远给人一种高人一等、气势汹汹的感觉，不管她表情严肃还是笑容可掬，就算在做农活的时候也是一样。彼特罗也正是因为这一点才喜欢她的。有时候，他也会想起贫穷的萨碧娜，想见到她面对面地解释一下。渐渐地，这种让人厌倦的期望消失了。这两个星期里，彼特罗非常繁忙，他的心渐渐沉寂了，就像冬天大地上的一切一样沉沉入睡。

男东家有时候会在烧着炉火的厨房里陪他，两个人喝喝酒，聊聊天，唱唱歌。女东家们不在的话，两个人就喝得酩酊大醉。尼古拉大叔把自己的传奇人生编成诗歌胡乱唱起来。

尼古拉大叔出身贫困，到处漂泊，想找到发财的门路，他也恋爱过，曾经有过自己的理想。

"人啊，不管有钱还是没钱，最重要的是乐观。俗话说'乐观的人自有上天保佑'。"他用意大利语说，"有一天，我一只鞋坏了。我心想，要是让我碰到那个老地主，我就用这只鞋砸他的头。你知道我说的是谁？"

"肯定是你老丈人呗！"彼特罗讽刺道。

"你难道是魔鬼吗，你怎么知道？"他喊道，用拐杖敲彼特罗的肩膀。

"这么说我蒙对了？"彼特罗吃惊地说。

"没错，真是神了。"

"你难道真的用鞋砸他的头了？"

"嘿嘿，你这个机灵鬼！"

到头来彼特罗还是不知道他有没有用鞋子砸老丈人。反正尼古拉大叔经常吹牛说自己年轻的时候有多英勇，爱情经历有多丰富。有一次，他居然说自己和路易萨大婶结婚并不是因为爱情，而是因为看中了她的财产和地位。

"但她是真心爱我的，甚至拿我当上帝。我年轻的时候虽然身无分文，但却英俊得很，这可不是吹。"

"看得出来，您现在还是风流倜傥啊！"彼特罗拍马屁道。

"年轻人啊，好的外貌可以抵一半的嫁妆呢……"

彼特罗听了这番话很受激励。

"如果没有路易萨大婶的话该多好……"他心想。

香浓的葡萄酒，暖洋洋的炉火，舒适的厨房（墙上挂着很多铜锅，体现出这家人的财富），让彼特罗对爱情充满了憧憬。

"要是能娶一个年轻漂亮的老婆，过着富足舒服的生活，该有多幸福啊！怎么能因为爱情之外的理由结婚呢？既有爱情也有面包，才是幸福的婚姻。"

"这么说来，谁会爱上玛丽亚？她会嫁给什么样的人？财大气粗的地主，还是大学生？反正肯定不会嫁给穷人，更不可能嫁给仆人。她这么招人喜欢，谁不会爱上她呢？"

想到这里，他感到一阵激动。他常常奇怪自己会这么想：他很庆幸自己是本地人，虽然只是仆人，但起码不会像尼古拉大叔那样四处漂泊。

"可是我没什么本钱啊！"他想，"我不会读也不会写，不过好在勤劳肯干。很多我这样的人都发财了。但是，"他转念一想，"那些人都是靠偷窃赚到第一桶金的，也有人是像尼古拉大叔那样娶了个有钱的老婆，我应该也行吧……"

但他又想，这个"有钱的老婆"肯定不是玛丽亚·诺伊纳，至于是谁他也不想考虑了。他躺在草垫上，伸了个懒腰，面带不屑地摇了摇头，把帽子叠起来当作枕头，就入睡了。

耕种的季节就要到了。

彼特罗要到很远的地方干活，那地方在马雷里山谷另一边，靠近洛洛维，有一些破烂的屋子分布在高山之间，比努奥罗还要荒凉。

整个播种季节彼特罗都得住在那个鸟不拉屎的地方，和他做伴的只有狗和牛。他早就习惯了与孤独为伴，所以也没觉得怎么样。更何况他还想离那个温暖的房子远一些。因为他在那里的时候，神经会逐渐衰弱，心灵也会被噩梦所折磨。

他出发之前去了一趟托斯卡纳人的酒馆，想要去会会漂亮的老板娘——风流的佛兰西丝卡。但只有老板一个人在酒馆里，他表情很奇怪，好像在骂人似的。

"嗨，彼特罗，怎么样啊？"

"挺好的啊，给我来杯酒。"

"你在你东家那儿酒不是随便喝，还跑到我这儿来喝酒？"

"你提他们干吗？"

"你还挺向着他们啊，你以为他们不在背后议论你吗？"

"他们爱怎么议论怎么议论，你老婆呢？"

"她到溪边洗衣服了。我知道你为什么到这儿来了。"酒馆老板天真地说，"因为你被萨碧娜拒绝了，所以来让我老婆帮你介绍姑娘吧！"

"一边儿去吧！"彼特罗说，没想到酒馆老板这么信任佛兰西丝卡，还以为她会帮踏实的小伙子说媒，他不免觉得好笑。

"我知道你想找个富有的老婆，那天尼古拉大叔喝多了说的。"

"真的，是他说的？他还说了什么？"彼特罗听到抬起头，吃惊地问道。

"没说什么啊！你干脆娶了玛丽亚得了！"

"你个乡巴佬，少拿我开玩笑，否则以后再也不来你家喝酒了！"彼特罗轻蔑地说，站起来准备走。

但这句话让他心里感到了莫名的欢喜。

他回家之后，把牛拴在车上，车上除了种子之外，路易萨大婶还放了面包、干酪和土豆，还有玛丽亚的一瓶葡萄酒和一个睡袋。在高原上，不管晚上的风有多冷，用这个睡袋都很暖和。

"用不用再带上十字架和《玫瑰经》？"尼古拉大叔取笑她说。

"要不要再来点儿无花果干？"

路易萨大婶仍然面无表情，她不喜欢拿神圣的东西开玩笑。正说着，玛丽亚推门进来了。

"记得要去洛洛维做弥撒，但当心别被那里的姑娘迷住了……"

过去谁要是开这种玩笑肯定会把彼特罗惹怒，因为洛洛维是全镇最穷的地方。但现在他的内心起了一些波澜，他看都不敢看玛丽亚一眼。

尼古拉大叔拖着那条坏腿去送彼特罗，现在天气潮湿，他的腿更不听使唤了。

"哎，彼特罗，身体健康就是本钱啊！年轻的时候一定要小心身体，就像对口袋里的钱一样小心！一路顺风啊，小伙子，你要什么的话就让人捎信回来。种子要保持干燥，早点儿种下。再见啦！"

"尼古拉大叔人真不错。"彼特罗想。

彼特罗觉得尼古拉大叔就像自己的父亲一样和蔼可亲，他甚至也有些喜欢爱摆架子的路易萨大婶了。

他边想边赶牛，这头公牛是红色的，背上有白斑，据说如果一头牛去过藏宝地的话背上就会长白斑。被他一赶，公牛迈着沉重的步伐跑了起来，还用叫声赶另一头。于是，彼特罗很快就走到了通往马雷里山谷的峻峭的小路上。

天空泛着白色，空气湿暖，大车上的犁铧闪着银光。彼特罗从远方的雾气中认出了绿色山谷上的小教堂，那是一片绿色中唯一的白色。黎明峰矗立在群山之中，像一面蓝丝绒做成的旗帜，而皮齐努峰则像蓝色雾海中的灰色岩石。

他想起了自己的母亲，她对小小的圣方济各教堂很虔诚，就像所有努奥罗女人一样。他自己虽然没那么虔诚，但还是不由自主地画了一个十字。

他也相信上帝的存在，也会去教堂忏悔、做弥撒，复活节的时候也和别人一样领圣餐，但他并不算虔诚，他没有祈祷过，不会去想生死、永生这些问题。不过这几天他内心变得敏感了，也比以前更虔诚了。

有一天晚上，他甚至在耕地上像个农妇一样祈祷了起来。

那天黄昏，寂静无声，一片凄凉。在胡乱生长的野草、黄连木、刺柏、野蔷薇的衬托下，这片山坡显得更加荒凉。这些植物组成了一片绿色的波浪，翻滚着撞到了灰黑色的岩石上，一下子就撞碎了。那些岩石在夜晚昏暗的光线下好像魔鬼变成的一般。

这片人迹罕至的荒原，仿佛只有原始神明和古代的幽灵在看管。

彼特罗跪在地上祈祷，在胸前画了一个十字。他觉得这里就像一个露天教堂，天上的点点繁星就是幽灵点的蜡烛，刺柏散发出的香味仿佛香烛一般。

"主啊，神圣的圣方济各，救救我这个可怜的人，把那个女人从我脑子里赶出去吧！她不属于我，在我内心那邪恶的欲望的驱使下，我怕会做出什么不该做的事……母亲啊，请您在天上给我帮助，把这些邪恶的想法都赶走。阿门。"

可就连祈祷的时候，他也还是想到了她，他内心的欲望燃烧着，恨不得她马上出现在身边，自己能够像梦里那样紧紧抱住她，就像星空下雾气环绕的高山紧紧包围着山谷那样。

他离开努奥罗之后，就开始祈祷，到小圣方济各去参拜，让这些信仰成了他的朋友（努奥罗的所有女人、恋人和懒汉们都是这么做的），而那位年轻女主人却在他心里扎下了根。

他本来以为离玛丽亚越远，就能越快地忘记她。可没想到正相反，他离她越远越寂寞，就越忘不了她，她的身影就更美丽动人。现在，他的情欲已经无法抑制，就像野外的枯树被点燃了，火越烧越旺。

彼特罗一天天地忙碌着，他把黄连木和野草连根拔除，烧荒，然后耕种。

一直到太阳下山，雾气笼罩了山谷，彼特罗还在耕作。他一连犁了几个小时的地，撒丁岛犁耙前面牵引的两头勤劳的红色公牛，慢慢地向前走着。犁完一道犁沟的时候，彼特罗就用赶牛棍抽打牛，让它们转个弯继续干活。下坡的时候，他就把绳索拽紧，以免牛向前冲过去。刚刚犁好的土地黑黝黝的，冒着热气，散发出发酵的青草味。走到坡下面之后，他就掉过头来，手里拿着赶牛棍，沉默地继续爬坡。

年轻仆人身材高大健美，在傍晚紫色的雾气中更加明显。景色无边无际，气氛忧郁，使年轻人的沉默更加突出。

他的心被情欲所激荡，就像泥土被犁铧翻动，他不想探究原因，只是像泥土一样沉默着。

他已经完全被欲望控制了，甚至不再向天上的母亲和圣方济各求助，他已经绝望。

彼特罗耕作的地方旁边的小路上，有时候会有放牛、骑马的农夫路过，还有手拎雏鸡、头顶干酪的洛洛维女人。他们会互相打招呼，那些简单粗野的对话让这沉寂的山谷变得活跃了一些，但很快沉默又笼罩了这片土地。不一会儿，马匹在刺柏丛后面消失了，女人们在山坡上的橄榄丛后消失了。

秋季的天空愁云惨淡，彼特罗一边劳作一边幻想。黎明总是迟迟不来，黄昏被紫雾笼罩，云层厚重，一簇簇深褐色的荒草吸饱了水汽，岩石在浓雾之下显得更加暗淡。

彼特罗在这里劳作已经快一个月了，土地被他翻动、征服，就像他被爱情翻动、征服一样。

每天晚上他都回茅屋睡觉，盖着玛丽亚的睡袋躺在草垫上。这也是他吃饭的地方，他的饭有煮土豆和涂了黄油的烤面包。山坡上，红色耕牛在吃草，时不时地不怀好意地对着随风舞动的树叶叫两声，或者打几个喷嚏。

夜晚有一种神奇的能力，能够把白天沉寂的气氛变得活跃一些。

寂静的深夜，偶尔响起一阵人说话的声音、狗叫声和羊铃声，山谷里亮起了星星点点的篝火。

彼特罗的梦中又出现了那个女人幽灵般的倩影，他不由得开心起来。孤寂的茅屋被刺柏燃起的火焰照亮，空气中充满清香，气氛也变得欢快了。

冬天来了，秋天的雾气被驱散。地已经犁好了，种子也播好了。

冬天虽然下了几场雨，但是山谷里仍然又干又冷。

黄昏的斜阳张开双臂将奥鲁内山环抱起来。彼特罗播撒着种子，风把种子带到各处，大地总是无条件地接受它们。

他的思绪就像这些种子一样，四处飘散，最终总是落在一处。

他最近心情不错，开始和坏心眼聊天了。经过他曾经祈祷的那块岩石的时候，他就会淡淡一笑。

"加把劲儿！马上就到圣诞节了，到时候我们干完活儿就能回去和尼古拉大叔一起喝酒唱歌了。"他常常对耕牛说。

他既不敢大声说出自己的想法，又不能憋在心里，于是就用歌声唱出来。

他从高音唱到低音，接着又转回中音；先是一段努奥罗民歌合唱，接着是独唱。他本来要把这些情歌唱给萨碧娜，现在却要献给玛丽亚。

在这种无忧无虑的时刻，他对未来充满憧憬，并不是英俊的仆人对女主人的羞耻的、感官的欲望，而是他从未有过的对真正爱情的憧憬，这种感情是那么纯洁而欢快。

未来会如何，谁都不能确定。他幻想等有一天他有钱了，就可以用眼神和玛丽亚互诉衷肠。

他接着唱歌，歌声向远方的山谷飘去。当他沉浸在幻想中时，就像一个天真的孩子，他一想到玛丽亚就满脸通红，心像要跳出来一样，早就飞回了尼古拉大叔家。

但当回去的日子越来越近，他的想法也就越来越现实。

有人捎来了尼古拉大叔的口信，以及路易萨大婶的种子和食物。

"尼古拉大叔暂时过不来了，他的腿又发病了，已经在床上躺了半个月了。"

"没去找医生开点儿药吗？"

"他不想去啊，就因为这样，有人看上玛丽亚了。"

"谁啊？难不成是那个医生？哈哈！"

"你笑什么？"

"我笑玛丽亚是不可能嫁给医生的。"

"是吗？那她可能会嫁给富有的牧羊人呢！"

彼特罗想，管她会嫁给医生还是牧羊人，反正肯定不会是仆人。他又忧郁起来，想到自己歌声里的那些幻想是多么讽刺。

他受到的屈辱都是因为那该死的情欲，他真想打自己几巴掌清醒过来。但散在地上的种子好捡，种在心里的种子却难以驱散。

冬季的山谷只有两种天气，或者寒冷而晴朗，或者寒冷而多云。日子慢慢地过去，马上就能回到东家温暖的厨房了，又能听到尼古拉大叔讲故事了。可他不知道自己到底会怎么样。

他应该像往常一样继续生活，继续给别人家干活。

这是离开前的最后一个晚上了。

彼特罗回到茅屋之前一直坐在地里的石头旁，他的腰弯得好像快折断了似的，他就这样静止不动地坐了好久，播种季节的劳累感包围了他。

大地静默而安宁，彼特罗好像身在梦中。

苍白的天空上出现了一片片蓝灰色的云，黑夜来临了。彼特罗仍然蜷坐在那里，闭着眼一动不动，他的身体和旁边的石头融成了黑乎乎的一团，他脚下被犁过的大地像翻滚的波涛。彼特罗渐渐睡去了。

他像刚种在地里的一粒种子，沉沉睡去。就像那些被随意播撒的种子一样，他就这样被抛到人世间，在这片粗犷的土地上肆意生长，被时间和命运任意驱赶。

他睡醒的时候已经是半夜了，他起身回到茅屋，外面的高原和山谷，一直到海边的山丘都笼罩在一层灰色的雾气中。风呜呜地叫着，就像大海在咆哮。月亮一从云层后面露出头来，坏心眼就对着它狂叫，它可能以为那是小偷的眼睛吧！

　　玛丽亚像所有的健康少女一样睡得正香。她醒着的时候，想的也不是彼特罗，而是他播下的种子。

　　她尊重这位仆人，别无其他。就算她很欣赏他的健壮、灵活，那也是因为他很能干。

　　她们一家人经常讨论彼特罗，没有一个对他不满意的。但玛丽亚要是知道了彼特罗的心事的话，肯定会感到羞愧的。

　　彼特罗走了没几天，大伙就在萨碧娜面前说起他，那正是万圣节前夕。

　　萨碧娜辞去了别人家的活儿，到有钱的表姐家帮忙准备努奥罗的万圣节节令美食，这是一种由面粉、葡萄汁和葡萄干做成的甜品。

　　玛丽亚一大早就起来生火了，把做甜品需要的发酵面粉、杏仁、葡萄汁和蜂蜜也准备好了。萨碧娜来了后，跟玛丽亚、路易萨大婶一起在矮脚桌旁边跪下，用擀面杖敲打揉好的面团。路易萨大婶累得都出汗了。表姐妹两人裹上头巾，一边说笑一边努力干活。

阳光从窗户和屋顶射进一道道光线，在天花板和墙壁上投下一块块光斑，厨房被晒得暖洋洋的。

下了一夜的大雨，好像又回到了秋高气爽的时候，茅屋在雨水的冲刷下都变干净了，散发出田野的芳香。地上都是被风吹断的树枝，热气从被苔藓覆盖的屋顶上冒出来。明媚的阳光下，天空中飘着灰粉色的云，在山边逐渐消散。公鸡打着鸣，小鸡崽们抖着翅膀上的水，在路上啄湿亮的石子，它们把嘴巴伸到水坑里，然后再抬起头换口气。

衣着鲜艳的奥利埃纳的女人们盘着头发，把鞋脱下来拎在手上，走起路来就像那些小鸡崽一样。她们一大早就到大街上卖葡萄干和葡萄汁，尖声叫卖着："卖葡萄干、无花果、葡萄汁咯！"

奥利埃纳人听到这吆喝声就知道秋去冬来了。

两个姐妹有说有笑，打打闹闹。玛丽亚特别开心，她那金色的长脖子里发出一阵阵爽朗的笑声，就好像鸟儿的鸣叫。

萨碧娜也说笑着，她说以前的东家为了追求她，答应送给她一双鞋子。

"那不是挺不错的！"

"你先等我说完呀！我对他说：'那先把那双鞋拿来给我看看！'你猜怎么着，他竟然拿了他老婆的鞋过来！"萨碧娜说道，时不时地用沾满面粉的手掠一下露出头巾的散落的头发。

她们两个有时候笑得太厉害了，手下的活儿就慢了下来。路易萨大婶发现了，就会生气地开口骂她们：

"老实姑娘是不会到处炫耀的，哪怕是真事儿。"

"怎么，我不是老实姑娘吗？"

"那我可说不准，但我觉得像你这样好人家的女孩儿，不会想都不想就说那些话。"

"我说路易萨大婶啊，我张开嘴的时候脑子都还没想到呢！"

"你们要是再说话的话小心我动手了！"贵族太太有时候会严厉地举起擀面杖吓唬她们。

但她们仍然继续说说笑笑，玛丽亚有时站起来看看水烧开了没有，或者用火棍拨一下炉子。

她们把葡萄汁倒进面粉里做成甜点。尼古拉大叔在酒馆里喝完酒回来了，他向大家讲了一个趣事。

"我回来的时候在大路上碰到一个修士，他说是来给病人领圣体的。我问他是谁这么可怜，他说是托妮亚·贝努大婶。"

"她不是彼特罗的姑姑吗？他应该还不知道呢！"萨碧娜叫起来，举着被葡萄染红的手。

"他知不知道也没什么区别，你以为他会在乎吗？"尼古拉大叔在炉子边转着说。

"不过，听说她是个富婆呢！"

"真的吗？"玛丽亚问。

"别蠢了！"尼古拉大叔吼道，"女人们就会造谣！"

"托妮亚大婶的丈夫以前是个小偷，后来死在牢里了。"路易萨大婶说，"听说他死的时候留了好大一罐金币呢！"

"那些都是胡说八道！"尼古拉大叔用拐杖敲着炉子说，"都是谣言！这个婆娘什么都没有，就剩一间破房子和一块种着黄连木的地，可怜着呢！"

"这么说这些财产都是彼特罗的了？"萨碧娜有些兴奋。

"你怎么这么高兴？"玛丽亚坏笑着问她。

萨碧娜一下子害羞起来，用胳膊顶了玛丽亚一下。

"别瞎说！"

"怎么可能轮到彼特罗，她还有别的侄子呢！"尼古拉大叔低下身子捅了捅炉火，"再说，彼特罗看上去很正直，可能还不会要那些财产呢，要知道那可是小偷留下来的。"

"他不在别人家做活的时候就和姑姑们一起住。"玛丽亚说，"爸爸，别弄炉子了，都冒烟了。"

萨碧娜沉默了，她怕尼古拉大叔发现她尴尬的神情。没错，她已经爱上了彼特罗，虽然自从上次在葡萄园见面之后，彼特罗已经不再爱她，甚至有些瞧不起她了。

谁知道未来会如何？房子和土地也许会留给彼特罗，然后他就会打算结婚了。萨碧娜心里又燃起了希望。

尼古拉大叔在炉火旁放了一把小凳子，然后坐在那里拨弄炉火，虽然玛丽亚不喜欢他这么干。他又开始说，托妮亚大婶的丈夫是个出名的惯偷，二十多年前就在监狱里死了，听说男人在监狱里得做些织袜子这种女人的活儿。

"没错，他是个有名的小偷，他的魂魄连地狱都不会收，肯定还和其他七个奸诈的修道士的鬼魂一起在外面游荡呢！这些鬼魂有时候会附在正经人身上，有一次他附在一个男孩儿身上，说想要让他离开的话，必须举办 100 次祈圣游行和 1000 场弥撒。他这个奸猾的小偷，专门挑地主和牧羊人下手。只要他看上什么东西，就绝对会弄到手。他要是看上羊群里最肥的那头羊，第二天那头羊就不见了，好像他只用眼睛就能偷东西一样。有一次，他看中了羊圈里的一只西班牙种的大黑羊。牧羊人发现他之后，为了羊不被他偷走，直接把羊杀了，然后挂在树上。可没想到，那只死羊最后也不见了。"

"彼特罗正是因为摊上了这么个亲戚，才会名声不太好的。"路易萨大婶说。她说话也没有影响手里的活儿，她把掺了葡萄干的面团捏成圆形、旗子形、尖塔形、十字形等，甚至还有修道士帽子的形状。

尼古拉大叔生气了，用拐杖使劲儿敲了敲炉子。

"谁要是说彼特罗不好，有本事就站在我面前说，小心我用拐杖打他！"

他挥了挥拐杖，好像准备把那些污蔑他家仆人的人打一顿。

太阳快下山的时候，女人们把面包和甜点放进长春花藤编的篮子中，歇了下来。葡萄汁和葡萄干的味道充满了厨房。

"萨碧娜，我要去泉边打水，你去吗？你带上你家的水瓶，咱们一块去吧！"玛丽亚说着，晃了晃手里的空水瓶。

玛丽亚穿上长裙，头顶着水瓶，和表妹一块出门了。路易萨大婶在萨碧娜的围裙里放满了面包和甜品。

萨碧娜的老祖母在屋子里坐着织布，旁边有一头蒙着眼的驴子在拉磨。

驴子不停地围着磨盘转圈，老妇人的心思也围绕着它转。磨盘、驴子和老妇人被烟熏黑的脸，好像都涂上了一层灰色，融为了一体。这样的小磨盘每天能磨250克小麦，能卖半个里拉，这点钱足够老妇人用了，萨碧娜赚的钱也够自己用了。

萨碧娜把布条卷成圆圈放在头上，玛丽亚跟老祖母问好："您怎么样？"

"咱们出发！"萨碧娜低头穿过低矮的门口。

驴子好像在听她们说话似的，停下来不动了。"喂，快走啊！"老祖母卡特琳娜大婶没有回答，冲驴子喊道，但驴子仍然一动不动。

等到两个姑娘走远了，它才继续转起圈来。

"咱们去泉边吧！"玛丽亚说。

她们身材姣好，穿着一样的漂亮衣服，顶着水瓶，并肩向泉边走去。就像《圣经》里的那些去泉边的姐妹似的，比如拉结和利亚、马大和马利。

她们边走边聊，走到了奥罗塞伊大道，这也是彼特罗从葡萄园回来的必经之路。

这里有几个市民在悠闲地散步，尽情享受山谷中清新的空气；山坡上走下来几个女人，她们也要去泉边；几个农民在水槽边饮牛饮马；一些人在开荒，他们点燃的火焰把奥利埃纳山背后深蓝色的天空都染红了。

姐妹二人坐到泉边的大石头上，等先到的女人们先打水。天色变暗了，天空被染上了一层淡灰色，其中还有几笔桃红色，宁静的夜晚就要来了，山谷里的阴影越来越浓，努奥罗最后几排房子和建筑技艺高超的大教堂在金色的夕阳之下显得更加清晰。

"真想用这天空的色彩做一件丝绒马甲。"玛丽亚看着天空说。

而萨碧娜虽然眼睛望向山坡，心里却在想，彼特罗在干什么？他应该在山谷另一侧吧？那天他要说的话他没忘吧？他莫非已经后悔了？他是不是在想其他比自己有钱的女人呢？

那些先来的女人们在泉水边闲聊，一个棕色头发的矮个子女人在洗脚，她一只眼睛裹着纱布，一直在骂她远方的女主人。一个捣蛋的小孩儿在大路边的栏杆上朝下面吐唾沫，女人们气得抬头骂他。一个男人走过来，让他的三只小猪喝水。这三只小猪长着黑黄相间的毛，看上去好像野猪一样，它们粉色的嘴上沾着泥，一边哼哼一边追着跑，在地上滚来滚去的。它们走到泉边，并没有喝水，而是到那个矮个子女人旁边嗅了嗅，然后又跑到草丛里追逐打闹，牧猪人吹起口哨把它们唤回来。那个调皮鬼不吐唾沫了，那些女人也终于把水瓶装满了。这时候两姐妹才开始打水。黄昏寂静无声，雾气升起，泉水淙淙流淌。

萨碧娜仍然想着彼特罗。他什么时候回来？什么时候才能再见到他？她要是有翅膀就好了，她就能飞到他那里，看看他心里在想什么，要真能这样就好了！

"如果他姑姑去世了，他肯定得回来吧？"

"你说谁？"

"我说彼特罗啊！"

"哦，你说他啊，我们怎么知道他回不回来！不过，不管他想不想回来，我都要让人去给他送信。他姑姑一直身体都不太好，经常去教堂祈祷、领圣餐。"

"你们家和彼特罗关系怎么样呢，好不好？"

"肯定很好啊，"玛丽亚不屑地回答，"他是个好仆人，我是个好主人。"

"那他到底好不好？"

"好啊，他好得不能再好啦！"

萨碧娜只要听到有人说彼特罗的好话，她就会很开心，只不过这种情况很少。

"不管怎么说，他就快回来了吧？"她又重复了一遍。

"不知道啊，他走的时候说活儿干完了就回来。你更清楚才对啊！"

"我才不清楚呢！"萨碧娜有些害羞，"那天从葡萄园走了之后，他一句话都没跟我说过。这你都清楚，我什么都不知道！难道他有点儿害怕你们？"

"他看上去可不害怕任何人！"

"可他怎么不来找我了啊？我能肯定，他爱上我了！"

"是吗？他爱上你了？"玛丽亚把头转向表妹，吃惊地说。

"是啊……而且我也爱上他了……"萨碧娜低声道，夜晚的幽静和玛丽亚的包容让她鼓起勇气，"从那天开始我就一直在等他出现，只要大家一提到他，我就激动得心都快跳出来了，真希望他当时就对我表白！"

"如果他表白了，你打算怎么办？"玛丽亚继续问道。

"还能怎么办？他要是对我是真心的，我就嫁给他……"

玛丽亚沉默了，她没想到自己的表妹是这么单纯而可怜，所期望的只是这样而已。但像她这样的姑娘很容易就会感到幸福，玛丽亚甚至第一次感到有些嫉妒她，不过其中还带着一丝同情。

"你说话呀！"萨碧娜问道，"要是我的愿望真的实现了……你和路易萨大婶会怎么看？我这么穷，不能奢望更多了……"

"你别这么说！"玛丽亚说，"彼特罗人很好，勤劳踏实，又高大英俊，他要是能得到他姑姑的遗产的话……"

"我才不在乎这个！我喜欢的是他，又不是那些遗产！"

"好好好，知道了，亲爱的，你喜欢他就跟他走吧！不过别喊那么大声啊！"

玛丽亚过了一会儿问她：

"但你确定他真的爱上你了吗？"

"当然了！"萨碧娜有点儿不高兴。

她们聊着聊着，已经走到了萨碧娜家，小房门里透出亮光，老祖母还坐在那里织布，驴子也仍然在转着圈。

这种场景让玛丽亚突然感到一阵心酸，对她们有些同情。

"她们多可怜啊！"她看着屋里面想，"她们条件这么艰苦，还要不停地干活。穷人的生活多么困苦啊！但反过来说，她们比较容易满足……"

"再见了！"萨碧娜站在小门下面弯下腰说，"我今天肯定会睡得像木头一样沉，再见！"

"卡特琳娜大婶，我走啦！"

"我的孩子，再见吧！"老祖母回答道。驴子又停了下来，好像在听她们说话。

"我要帮萨碧娜去问问彼特罗，看他是不是真的爱上了她。"玛丽亚想。她在这深夜里拖着沉重的脚步越走越远。

她要是知道，彼特罗在那荒凉漆黑的高原上日日夜夜思念的人并不是萨碧娜，而是她的话，肯定会羞愧万分。她根本不会想到会发生这样的事。可能只有老祖母卡特琳娜大婶的驴子能透过眼睛上蒙的那层破布，看到天边那个美好而虚妄的梦。

六

彼特罗在圣诞节前回到了努奥罗，这已经是 5 个星期之后了。

彼特罗在崎岖的山路上走着，这条路从谷底向上通向努奥罗。大车上装满了黄连木根茎和已经用钝了的犁铧。他使劲儿地鞭打红色耕牛，让它们快点儿走，好早点儿回去。

仆人的心里虽然非常焦急，但他决定半夜再回尼古拉大叔家，因为他不知道为什么有些害怕见到玛丽亚。他担心玛丽亚通过他脸上的表情猜出他的心事。耕牛因为没人鞭打，步伐慢了下来，坏心眼跑到草丛里东嗅西嗅，草丛看上去黑一块红一块的，就像一堆堆马上要熄灭的煤块。

北风寒冷刺骨，天空黑沉，就要下大雪了。而彼特罗心里却暖烘烘的，他那双因为干活变得又黑又糙的手也热得发烫，太阳穴猛烈地跳动着。

他担心自己是不是发烧了，他觉得口干舌燥，想唱歌却张不开嘴。他的头上像罩着一个发烫的头箍一样，左太阳穴突突跳着，好像有锤子在敲打头箍。

他继续往前走，想要碰到几个过路人说说话，但路上连一个人影都没有。昏暗的山谷里，长满了铁锈色的荒草，上面有灰青色的石块，背后是空旷而压抑的灰色天空，一片死气沉沉。

彼特罗快走到那座小教堂的时候，才清醒过来。啊，马上就到努奥罗了。努奥罗最前面的几排房子已经清晰可见，有几个穿着长衫、头顶水瓶的女人走过，还有农民赶着略带倦意的马和牛。彼特罗往家里走去，把雾气缭绕的山峰和谷底甩在背后。路上人很少，彼特罗也不跟别人打招呼，径直向尼古拉大叔家走去。咔咔作响的车轮声在小路上回荡，坏心眼翘起尾巴边叫边跑了过去。

彼特罗经过托斯卡纳人的酒馆的时候，透过里面的灯光看到佛兰西丝卡坐在吧台后面，她的脸是那么妖媚动人。彼特罗心中又燃起了欲望之火。但他突然想到了玛丽亚，第一次为自己竟然想这样轻浮的女人而感到羞耻。

不行，就算佛兰西丝卡招呼他，他也不会理睬，因为他绝对不能背叛玛丽亚。

他用赶牛棍在大门上敲了两下，过了一会儿，就听到玛丽亚那清脆的声音。

"是彼特罗回来了吧！"

"是彼特罗回来了吧！"这句话真好听！就好像她一直在等他回来。他知道这只是他的幻想，但仍然非常高兴。

门还没开，所以坏心眼在门前嗅来嗅去，冲着门大叫，直立起来，用爪子挠着门缝，想把门扒开。彼特罗心里和坏心眼一样既高兴又焦急，兴奋得浑身颤抖。

路易萨大婶把门打开了，玛丽亚站在楼梯上，但彼特罗不敢直视她的眼睛。

"路易萨大婶，您好！"彼特罗把牛赶了进去。

等路易萨大婶去关门的时候，他才鼓起勇气看了玛丽亚一眼，说："你好呀，最近有什么新鲜事吗？"

"有件好事，感谢上帝，天冷起来了，而我们的皮肤可不像贵族老爷太太们那么娇嫩……"

"我看你可比所有贵族太太们都强多了！"他感叹道。

"彼特罗，你不会病了吧？看上去脸色不太好。"路易萨大婶问。彼特罗已经把牛和车都安顿好了，正往厨房里走，坏心眼在四处嗅着什么。

"不要紧，前几天发烧了，就像玛丽亚说的，我皮肤又不娇嫩，没怎么难受就好了。尼古拉大叔呢？"

"发烧？我看是心里面烧得慌吧！"玛丽亚善意地开他玩笑，"自己孤零零地在荒地里住了五周，离心爱的姑娘那么远……肯定得发烧！"

彼特罗看了她一眼，马上就把眼睛转开了，因为她的微笑让他心痛。他离她是那么远，就像一个疯子离好人家的姑娘那么远一样，这个姑娘只是因为怜悯才会和这个疯子讲话！

他的心又痛了起来，在炉火旁挨着路易萨大婶坐下，出神地看着她干活的身影。

玛丽亚在厨房里来回走动，准备圣诞夜并不丰盛的晚餐。

远处，圣马利亚那欢快的钟声响了起来。

过了一会儿，尼古拉大叔回来了，他看上去苍白消瘦，郁郁寡欢。但他看见彼特罗高兴而恭敬地站起来时，立刻又恢复了原来的样子，一边笑一边用拐杖敲击地面。

"年轻人，你怎么样啊？"他坐在路易萨大婶的位置上，拍着彼特罗的膝盖说，"我可等了你很久了，咱们一起喝酒唱歌，庆祝一整夜！这些女人要去做弥撒就自己去吧，反正我不去。人们去那儿可不是干什么正经事的，都是为了找乐子。我希望你也别去才好呢……"

"我肯定不去。您本来可以去和朋友们狂欢，不过您要是愿意，我肯定陪您一整夜。"彼特罗高兴地说。

"什么朋友，让他们见鬼去！这些所谓的朋友今天来你这儿喝酒，第二天又去说你的坏话。只有忠诚的仆人和狗才是真正的朋友。坏心眼，你这条丑狗，快过来！"尼古拉大叔张开双臂。

坏心眼跑到他腿边，舔他的手。

"给我倒酒！"尼古拉大叔喊道。

玛丽亚拿着酒瓶和酒杯过来了。

"你去做弥撒吗？"彼特罗问。

"我不去，我也不去见谁，我吃完饭就睡觉了。爸爸，你最好也早点儿去睡……"

尼古拉大叔说了什么彼特罗没有听到。玛丽亚说"我也不去见谁"的意思就是她没有什么相好的男人。她真是个老实的姑娘！他心怀感激地看着她，高兴地喝着她倒的酒。

"让她们赶紧去睡觉吧！"尼古拉大叔说，"我觉得女人一到晚上除了睡觉，别的都不应该干。彼特罗，把门关上，谁敲门都不让进。我们点上火，痛快地喝酒唱歌……"

"我唱得不好，您还是找别人一起唱吧！"彼特罗说。

尼古拉大叔生气地说："你聋了吗？没听到我说，我最好的朋友就是仆人、狗和拐杖吗？没错，还有拐杖！这是我去年才交的新朋友！"他有些心酸，把头低下又抬起来，捋了捋胡子，"你要是也想走的话就走吧，就留我一个人孤零零地唱歌吧！"

"好，好，我哪儿也不去。"彼特罗说。

女人们吃完晚饭就回去睡觉了，彼特罗想让玛丽亚留下。他虽然不敢看她，但只要她在旁边，他就很高兴了。他们之间虽然距离很远，但他觉得那个充满活力、面带笑容的玛丽亚就在旁边，他不禁沉醉了。她的样貌是那样美丽，她的声音是那么动听，全身散发出青春的活力和情欲的诱惑。她就像冬天夜晚的篝火一样，让人感到温暖舒适。

仆人又拿了三根木柴放进炉子里，在温暖的地板上铺了两张席子。尼古拉大叔映着火光晃了晃酒瓶和酒杯，葡萄酒在炉火的照耀下像红宝石一样闪耀。他唱起了歌。

"喝着酒桶里的酒就是暖和！我们尽情地喝吧！我们的身子都变暖了。外面大雪纷纷，我们也会走进人生的寒冬。年轻人，你不要骄傲自满，时光也在你身上留下了痕迹，你的心也会慢慢冰冷，需要喝酒才能变暖。你知道吗？"

"我的心早就冷了，因为我是个贫穷的仆人。我既没有爱人也没有欢乐。就算喝再多的酒，我的心也暖不了。"彼特罗说。

"你这家伙真是虚荣，满嘴谎话。"尼古拉大叔反驳道，他的第二首八行诗韵律不对，"你说谎，什么没有爱人也没有欢乐，我告诉你吧，实际上并不是这样……"

北风怒吼着，一团团明亮的浓云从奥鲁内峰飘了过来；雪花在北风的鼓动下漫天飞舞，在寂静的夜空中为他们的歌声伴奏。

尼古拉大叔唱得起劲儿的时候还会挥手示意彼特罗不要插嘴。他编了很多首歌，不过水平越来越差。

彼特罗一边喝，一边恭敬地听东家唱着，随后他开始唱自己编的歌。

午夜的钟声响起，主仆二人的酒已经喝光了，他们还在兴奋地唱着，酒瓶里的光转移到了他们的眼睛里。

尼古拉大叔不得不承认，彼特罗编的一些歌确实更加优美动听。但他并没有不开心，而是欣赏地看着对方说：

"我喜欢看到这样的你。"

两个人继续喝酒唱歌。

马上就要到午夜了，尼古拉大叔的眼睛在炉火的映衬下像水晶般闪亮，目光闪烁着；而彼特罗却两眼发直，仿佛在那虚无的梦幻中走失了。

"彼特罗，你唱得真不错，我可喜欢你啦！我可能知道你在想什么……"

东家真的知道自己在想什么？要不要告诉他实情呢？

"亲爱的尼古拉大叔，您要是知道我内心是多么痛苦该多好啊！虽然您说喜欢我，但您要是知道我每天都想着您女儿，肯定会气个半死！"彼特罗心里想着，并没有回答，只是微笑地看着老东家。

"咱俩一样……"老东家突然抬起头说。

他又开始讲他以前的爱情，刚才他已经用自己编的歌唱过一遍了。这些故事彼特罗听得已经快记住了，所以有些走神，觉得尼古拉大叔的那些话就像在耳边嗡嗡作响的蜜蜂一样。

他觉得自己和东家都还清醒着。尼古拉大叔对他诚恳的态度让他感到安慰，也给了他勇气。那就趁现在吧！他要对尼古拉大叔说出自己的心事。一切都很轻松自然。说吧，把心里的话都说出来，但他要先准备好语言。

彼特罗默默地思考了一会儿，用手捂住脸又突然张开手指，发疯般地盯着炉火……终于能够把心里的话一吐为快了。

"亲爱的东家，我只是个一穷二白的仆人，您要是行行好帮帮我，我就能变得富有起来。我姑姑身体不太好，她要我继承财产……虽然没什么值钱的玩意儿，只有一栋破房子、一小块土地而已。但我打算拿它们去卖钱，用赚来的钱去贩牛。在牛这方面，我很懂行。也许我运气很好呢，这谁也说不准。尼古拉大叔，您也是白手起家啊！请您把玛丽亚嫁给我吧！我保证会发财的，您想一想……亲爱的东家，尼古拉大叔，您同意吗？……"他放下手来，温柔地倾诉着。

但尼古拉大叔并没有说话，而是头靠在手上睡着了。

彼特罗的脸一下子涨得通红，觉得自己受到了侮辱，于是像以前一样产生了强烈的反应。

"我应该是喝醉了。"他心想，脸上露出了他惯常的轻蔑神情，摇了摇头，"睡觉吧，睡觉吧……"

他躺到席子上之后又起来看了看尼古拉大叔。

"要把他叫醒让他回去睡吗？算了，管他呢……"

他又摇了摇头，躺下了。他的耳朵仍然没有冷却下来，困意一阵阵袭来，但眼皮就是闭不上。红色的炉火把天花板、墙壁和地板划分成许多竖道。在这些光影组成的竖道中，有一排蓝绿色的蜗牛伸着触角慢慢地爬过。突然传出了一阵爆裂声，飞溅出一片金星。

那是噼啪作响的炉火。

"彼特罗，你们昨天晚上唱得很高兴啊！"第二天，玛丽亚语气中有些嫌弃。

"那是肯定的！你是什么意思呢？"彼特罗看着她说。

"你们醉成什么鬼样子！我可不喜欢醉酒的男人。我爸爸是因为太可怜，没有别的办法发泄心中的委屈……你呢，你有什么理由呢？丢不丢人啊？我今天早上看到你像条狗一样躺在席子上，脚都伸到炉灰里去了。"

彼特罗虽然也后悔喝醉了，但他觉得玛丽亚说话有些过火，不过想到她在关心他，心里又有些欣慰。

"我喝不喝酒你管得着吗？"彼特罗仍然露出不屑的表情，抬着头说，"你管好自己就行了，谁也入不了你的眼，小心最后嫁给一个比我还爱喝酒的酒鬼……"

"我的天啊！"她恨恨地说，"我宁可嫁给强盗也不会嫁给酒鬼的！"

"行吧！"彼特罗有些难过，"我答应你再也不喝那么多酒了还不行嘛！"

玛丽亚并没有被他的话感动，但彼特罗却信守了诺言。他后来又去了小酒馆，但一口酒都没喝，也没看酒馆老板娘一眼。他只是和别人聊天，也替自己东家说几句好话，因为那个托斯卡纳人总说尼古拉大叔的闲话。

后面几天，他一直在诺伊纳家在镇子上的菜地里干活。傍晚时分，就回东家的家里一起吃饭。他在家的时候，路易萨大婶就让他干些家务，偶尔还让他去打水。

如果是在过去，他肯定不会干这些活儿，因为他是被雇来干农活的，只要耕地、播种、收割就行了。但现在让他干什么他就干什么，被人轻视也无所谓，只想讨好玛丽亚，不得不说爱情的力量真是伟大！

他最近不知何故，自我感觉还不错。他有时候也会有些忧伤，但忧伤中又带着一些甜蜜，大部分时间里他都像儿童一样无忧无虑。他有时还会像圣诞节那天一样痴痴地幻想着：最后，这一天终于到来了，他很晚回到家里，看到玛丽亚自己坐在炉火旁。然后，他也坐了过去，目不转睛地看着她。"彼特罗，你一直看我干什么？""因为我爱上你了，玛丽亚！"玛丽亚听到后笑了。他站起来，抱住她的腰，弯下身子和她热吻。

虽然这只是一个激动任性的梦境，但他终于下定决心，要把这种无法克制的情欲和幻想变成自己的计划。

有一天，他到附近的镇上买了一把梳子和一面镜子，趁着没人打理了一下自己的头发和胡子。他久久地看着镜子里的自己，欣赏自己的五官。

他心中不由得高兴起来，因为他觉得自己真的很英俊。

主人们通常早早就回房休息了，但如果炉火还很旺，两位女主人有时候就会在厨房多待会儿，和彼特罗聊天。路易萨大婶总是坐在凳子上纺线，她的大脸在煤油灯发出的蓝黄色灯光的映衬下，显得更白了，就像涂了一层粉似的，她的表情也更加安宁。玛丽亚累了一天无精打采的，在炉子旁边的角落里待着，不怎么说话，整个人在温暖而安逸的环境中瘫软下来。

玛丽亚像个女仆一样光着脚坐在地上，但仍然美丽动人。彼特罗有时会偷看她一眼，如果迎上了玛丽亚的目光，他就会感到一阵情欲的冲动，不能自已。

年长的女主人和年轻的仆人说起话来就像孩子在吵架：路易萨大婶总说自己的东西好，彼特罗就故意说别人家的好。

"今天我看到佛兰齐斯坎托尼·卡雷家的仆人去饮牛，那几头牛长得可真壮实！皮毛亮得就像镜子，身体壮得像狮子一样。"

"什么呀，就他们家的牛那么老，给我我都不要，和我们家的牛可没法比！"

"我觉得他家的牛不比你家的差……"

"那是因为你傻，不懂看牛。你知道，我的牛可能卖100块大洋呢……"

两个人正吵着，尼古拉大叔一瘸一拐地回来了，不停地用拐杖敲打地面。他每次回家都喝得大醉，然后强迫彼特罗和他一起唱那些自己编的歌。彼特罗为了讨他欢心只能由着他，其实心里有些厌烦。他发现，两位女主人和他的感觉一样。

"我的上帝，你们能不能别唱了！"玛丽亚有一天晚上终于忍不住喊了起来，"彼特罗，最起码你不要再唱了！"

"你这个臭丫头！"尼古拉大叔举起拐杖对她说。

玛丽亚把尼古拉大叔的拐杖抢了过来，笑了起来。她突然发现彼特罗用一种贪婪的目光盯着自己的脖子，她低头一看才注意到衬衫纽扣开了。彼特罗肯定发现那颗黄豆大小的朱砂痣了，那颗痣长在喉咙凹陷处，上面有三根金色汗毛。她赶紧系好纽扣。后来，不管东家怎么劝，彼特罗都不再唱歌了。

时光就这样流逝着。有一次，尼古拉大叔带彼特罗去托斯卡纳人的酒馆。那天酒馆里只有玛丽亚·佛兰西丝卡自己，她看上去有些憔悴，但那张圣马利亚一般的面孔却给冷清的酒馆带来了生气。她看到这两个男人走进来时，立刻热情地欢迎，并给彼特罗暗送秋波。

"你是不是喜欢他？"东家用拐杖指了指彼特罗问道。

"肯定喜欢啊，他长得多英俊啊！"

"怎么，我不英俊吗？你丈夫跑哪儿去了？"

"他到奥利埃纳进酒去了。"

尼古拉大叔不再说话，点了烈性葡萄酒连喝了好几杯。佛兰西丝卡回到了柜台，彼特罗发现尼古拉大叔死盯着她，眼睛放光，旁若无人。

尼古拉大叔终于说："彼特罗，我差点儿忘了，你到萨尔瓦托雷·布林迪斯家去一趟，告诉他明天到我家来商量买羊的事。然后你想去哪儿就去哪儿吧！"

彼特罗听到后马上就离开了，但他并没去找萨尔瓦托雷·布林迪斯，而是直接回家了。他有些晕晕乎乎的，就像前几天被情欲冲昏头脑时那样想着玛丽亚。在情欲的刺激之下，他产生了一种本能的残忍的冲动，恨不得马上得到她。

回到家之后，他发现厨房里只有玛丽亚一个人，她坐在路易萨大婶经常坐的那张放在煤油灯旁的凳子上。是欲望之下产生的幻想吗？玛丽亚安静地坐在那儿做针线活，并没有想走。

"路易萨大婶呢？"彼特罗一边把外套挂在钉子上一边问。

"她累了就回去睡觉了，我爸爸呢？"玛丽亚平静地回答，头也没抬起来。

"我回来的时候，他还在跟萨尔瓦托雷·布林迪斯说话，应该很快就回来了。"他撒了谎，然后把外套从钉子上移到了门楣上。

他有些窘迫，不知道怎么才能不被看出来。他觉得自己好像犯罪了似的，脸色惨白，浑身发抖。玛丽亚表情安宁，中指上戴着一个银顶针，慢慢地缝着，她这种安详的样子让他更加兴奋。

他担心尼古拉大叔回来听到他们之间充满危险的对话，于是走过去轻轻把门关上。

冬天的夜晚十分冷寂，院子笼罩在凄凉的月光下，在月光的照射下，铁锹和犁铧发出银光。圣马利亚的钟楼敲响报时的钟声，它那长长的颤音从空中传来。寒夜里一切都很安静，唯一热烈的就是彼特罗那颗燃烧的心和他沸腾的血液。

他从外面抱了一根长着青苔并且已经结冰的木头回来，放在炉灶里，干点儿体力活能让他的内心平静下来。他坐到地上，姿势潇洒，拍了拍双手以便把沾到手上的青苔弄掉。他想打破现在的宁静，但又不知道该说点儿什么，于是伸了个懒腰，把帽子摘了下来。

他突然站起来扑向玛丽亚，用力地亲吻她，他对那个吻的渴望就像发烧的人对新鲜水果的渴望一样强烈。但这一切都只是他的幻想罢了，因为他一动不动。

沉默继续蔓延，玛丽亚发现彼特罗离她很近，她接下来跟彼特罗说的话让他震惊得不知如何是好。

"彼特罗，我有话要跟你说。"

他抬头看着玛丽亚，但她没有看他，而是继续盯着手里的针线活，长长的睫毛向下垂着。

"你认真听着，我早就想跟你聊聊，可一直没找到机会。不论你最后怎么选择，你得跟我保证不告诉任何人，知道吗？"

他表情不屑地点了点头，他早就知道她要跟他说什么，但还是保证道：

"我用我的人格保证不会告诉别人。"

"那好吧，我问你，你觉得萨碧娜怎么样？你和她聊过吗？有人和你说过她的事吗？她已经爱上你了，可你是怎么想的呢？看上去你不是很在乎她啊！"

玛丽亚手里继续干着活，语气平和地说，好像并不是很在意这件事，也没有在意彼特罗怎么这么长时间不说话。

彼特罗吃了一惊，不知道该说些什么，只是愣愣地看着那块他刚放进去的木头，木头上的苔藓已经燃烧起来了。

该说些什么好呢？他早就把萨碧娜抛到九霄云外了，他对萨碧娜的感情就像快要熄灭的火焰，而扰乱他内心的，是那团只有把木头烧成灰才能熄灭的火焰。

玛丽亚抬起头，并没有很好奇，她拿起一团麻线，从中抻出一根用嘴咬断，然后在煤油灯的光亮下把线穿进针里，说道：

"彼特罗，你愣着干吗，倒是说话啊？"

彼特罗抬起头来，双眼绝望地把她从头到脚扫了一遍。在他眼中，当晚的玛丽亚比平日里要更加美。她正在缝的那块布盖住了她衣服的下摆，垂到了地板上，煤油灯把她穿的那件雪白的衬衫照得熠熠发光。在这光芒中，她那天鹅般的脖子闪烁着玫瑰色，脸看上去也更加妩媚了。玛丽亚被油灯和炉火的光芒包围了，令人神魂颠倒。

外面安安静静，厨房的四个角都笼罩在阴影里，在这一片寂静昏暗中，彼特罗觉得玛丽亚是属于他自己的，他们离得那么近，就像他在梦中看到的那样。

他只要轻轻伸出手，就能把她搂在怀里。

"彼特罗，你那样看着我干吗？你倒是说话啊！"她有些紧张。

"你想让我说什么？萨碧娜又想让我说什么呢？"彼特罗诚恳地说，"我曾经说过我爱她吗？我和她可什么也没说过，我根本不爱她！她到底想怎么样啊？"

富有的表姐高高在上地感叹着，为她贫穷的表妹感到不值得："彼特罗，你怎么能这么说话呢？你怎么能这么对我那个可怜的表妹呢？她虽然穷，可是个本本分分的好姑娘！你就别骗我了，那天在葡萄园里，我什么都看到了，你跟她说过悄悄话。你当时说了些什么？"

彼特罗对恋爱并不是一窍不通。

"你看到我和她说悄悄话？就算是这样，又如何？"他说着，低下那灰色的眼睛，拿起用来吹火、使炉火更旺的吹火筒。

"彼特罗，你说的是什么啊，什么叫'就算是这样'？"

他用吹火筒在炉灰上画了记号。

"我是有些心里话想跟她说，没错，我要跟她讲述我的爱情……不过这爱情和她没有关系，而是与另一个女人有关，我只是想问问她的意见。"

"你为什么要问她的意见啊？"玛丽亚疑惑地问。

彼特罗听到这句话，觉得自己很聪明，他有些害羞，又在炉灰上画了个十字。

"这你还不懂，因为我爱上的是萨碧娜的亲戚！"

"萨碧娜的亲戚？"玛丽亚跟着说。

他俩突然都不说话了，周围一下子安静了。玛丽亚沉着脸，停止了针线活。

"你爱上了……萨碧娜的亲戚？"她又重复着，既像是在问彼特罗，又像是在对自己说。她把手肘放在膝盖上，低下头，戴顶针的手指放在嘴唇上，静静思索着。

彼特罗突然有些担忧，他已经完全顾不上尼古拉大叔和路易萨大婶了，他现在只是玛丽亚一个人的仆人，他马上就要向女主人说出自己对她疯狂的感情了。

"萨碧娜的亲戚？亲戚……"

"没错，这个亲戚就是你啊！"他几近气恼地说。

她既没有表现出惊讶，也没有生气，只是静静地看着他，脸红了，大笑起来。

"彼特罗，你肯定是在逗我玩儿吧！"

彼特罗听到这句话之后，立刻回到了现实，他想到了自己的东家，还有横在他与玛丽亚之间的那条不可逾越的鸿沟——社会地位和出身。他终于向心中的姑娘表白了，他已经不再害怕。

两个人望着对方，却都沉默不语，那藏在心中的秘密再也不能将他们分开。

"你笑什么？我爱上的人真的是你！你是不是嫌我穷？因为我是个一穷二白的仆人，就失去了爱你的资格吗？不，玛丽亚，并不是这样，我比其他人都更有资格爱你。其他人都是爱你的财产，而我是爱你本人，就像爱橱窗里的展示品一样，可望而不可即。除了爱你这个人之外，我没有其他任何卑鄙的想法，我所求的不过就是你的回应。而且未来的一切都说不准呢！也许我也会变成有钱的老爷，难道我就发不了财吗？"

"彼特罗，你给我听着。"玛丽亚沉着脸，口气严厉地说，"我确实笑了，但并不是故意的，也没想到你会这么生气，只不过……你的话太离谱了！你穷能怪你吗？我们在上帝面前，人人平等。"

他知道她是不想惹他生气，所以他更肆无忌惮了。

"那又如何呢？"

"彼特罗，打住吧，你知道的，就算我同意了，别人也不会允许的……"

"那你自己是怎么想的呢……"

"我不能爱你。"

"为什么，你已经心有所属？"

"并没有，我从没爱过谁，也不会爱上谁的。"

"你这么说是因为你根本不知道什么是爱。咱们走着瞧！"他大胆而绝望地说，"看吧！你已经知道我的心意，以后肯定会对我另眼相看，迟早有一天你会爱上我的……"

玛丽亚瞟了他一眼，突然感觉到一阵莫名的恐惧，彼特罗有些过于兴奋了。

他是不是发疯了？他想干什么？她好心好意地诚恳地和他说，但她却感到恐惧，此外还有一点儿好奇，他的话确实很动人，从来没人跟她这样热情洋溢地倾诉过内心的秘密。但她清楚自己应该做什么，她不能再让他继续说了。

她露出不耐烦的样子，把布叠起来，收拾好针线包和顶针，起身要走。

她一起身，彼特罗好像双眼一黑，她一走就再也不能这样看着她了：在安静平和的夜晚，玛丽亚一个人在他眼前。

彼特罗一激动，跳了起来，在玛丽亚旁边坐下，拽住她的一只手。

"你别走啊，我还有话跟你说呢……"

"你要干什么，放开我！"玛丽亚喊道，身子生气而傲慢地摆动着，想要从他的手中挣脱，"你再不放开我的话，我就要喊我妈妈了！彼特罗，请你坐回去。"

他像被人浇了一盆冷水。

彼特罗的手马上松开了，心中疼得发紧。玛丽亚跳起来想要跑走，她如果不这样做的话，彼特罗也许还会安静下来向她道歉。

但他也突然跳起来，追上了她，粗鲁地把她抓住。

"别喊！"他近乎哀求地说，"我并不想伤害你，但请你听我说。我拉住你就是想让你听我说话而已，你别害怕……我可以伤害你，但我绝对不会那么做的，连想都不会想。"

"那就请你放开我！"玛丽亚一边挣扎一边威胁道。

他一把搂住玛丽亚，把她的脸靠过来，轻轻吻了一下她的嘴，然后就把她放开了。

他浑身颤抖，就像在梦里的那种感觉一样，耳边传来了玛丽亚的抽泣声，她说：

"你怎么能这么坏……我要把所有事都告诉我父亲，看他不把你赶走！"

厨房里安静了下来，他又孤身一人了，那块木头噼啪作响，好像活了过来，大声重复着玛丽亚刚才说的话：

"你怎么能这么坏……我要把所有事都告诉我父亲，看他不把你赶走！"

完了，一切都完了。他应该主动离开，起码比被赶走要体面一些。可是，以后怎么办，要去哪儿呢？他的人生失去了方向。

玛丽亚跑走的时候把针线活落在了地上。彼特罗把它们放好，然后坐下来，静静地等尼古拉大叔。

"尼古拉大叔回来之后，我要向他坦白，然后就走，不过，他也许会原谅我，我会跟他说：亲爱的东家，请您宽恕我吧，我是个男人，今天晚上做了错事，我亲了您女儿……没错，我亲了玛丽亚！"他想到这里又感到一阵兴奋。

彼特罗打了个哆嗦，欲望充满了他的身体，刚刚亲吻玛丽亚的时候并没有这种感觉。对于未来，他没有任何打算，心中充满恐惧，他就像个孩子一样双手捧着脸，被春梦所环绕。他确实拥有了一段回忆，但这回忆和欲望都充满了绝望。不论如何，他身体里那团欲望的火焰仍然在熊熊燃烧，而且比以往更加热烈。

八

　　玛丽亚气得大哭了一顿，但她毕竟还年轻，怒火逐渐被困倦浇灭了，她内心也慢慢地冷静了。

　　她第二天一大早就醒了，不由得又想起了昨天晚上发生的事，她觉得一切都像梦一样不真实。

　　没错，她就是做了一场梦，她梦到自己又回到了葡萄园，彼特罗在那里看守。春日的暖阳下，山被一片片繁茂的花草树木所掩盖。缠绕在葡萄藤里的杂草和铁线莲，把挂满了紫莹莹的葡萄的藤蔓都盖住了。她冲彼特罗喊道：

　　"你干什么呢，杂草怎么还没有除啊？现在摘葡萄都得使劲儿找才行呢！"

　　她弯下腰，突然感到有一双强健的手臂从身后将她紧紧抱住，她被抱了起来，那个人是彼特罗。就像那个晚上一样，他一手搂住她脖子，把她的脸靠近自己，吻了上去，一次，两次……不知道到底吻了多久。她想叫，但没有叫出声。再说，这个山谷里荒无人烟，喊了也没有人会听到。他闭着眼睛，就这样默默地吻着她。她很害怕，但她的膝盖不由自主地弯下了，彼特罗血液中炽热的火焰通过嘴唇传到了她的体内，她好像快要死了一样……

她醒了，想起彼特罗确实亲了她，她知道梦和现实混在了一起。一种从未有过的甜美感受袭来，让她的心都快要融化了。但没多久，她就产生了一种厌恶感。

彼特罗，这样一个地位低下的仆人竟然敢亲她！她竟然被仆人亲了！这简直就是个笑话，让人感到被玷污了。这天早上，她在心里用所有她知道的恶毒语言把这个无耻的仆人骂了个遍。她肯定不能再见到他了。从此以后，他可以不用再像仆人一样对她了，不用再对她言听计从了。把他像赶一条狗那样赶走吧……但这样一来，他可能会报复。他有可能还会恶人先告状，污蔑东家，给东家找很多麻烦。他还有可能把葡萄、牛、庄园全都毁掉。男人内心如果受了伤害，就会像风暴一样狂野，像火一样爆裂。不过，这些谁说得准呢？男人可能都很容易狂躁。尼古拉大叔要是知道了会怎么样？上帝啊！他肯定会把事情闹大，搞得人尽皆知，说不定还会引发斗殴呢……

算了吧，小心点儿，还是息事宁人比较好。强迫一般都不会有好结果，顺其自然才会有好结果。

更何况……她仿佛又听到了彼特罗的声音："我可以伤害你，但我绝对不会那么做的……"

没错，他确实可以，但他只不过吻了她而已。按照他自己的说法，早在葡萄园的时候，他就已经爱上她了。他要是真想把她怎么样的话，早就做了很多次了。他们以前经常单独相处，那些偏僻的山谷、菜地，根本没有其他人经过。

他一直都很尊重她……为了避免这种情况再次出现，她要找借口把他赶走，以免别人知道这件事。

玛丽亚站起来把窗子打开，呆呆地望着院子出神。本来还亮着的天空很快被乌云遮蔽了。天气阴冷，鸡鸣叫着，坏心眼也跟着叫。

玛丽亚又愤怒又忧愁，于是干脆什么都不想，突然想起来衣服还没有洗呢！天气这么差，还去不去呢？希望天气能赶紧好起来。到时候院子就会像大厅一样明亮清爽，田野中的花也会盛开，让人心旷神怡。那时候，彼特罗就不在镇上，而是回乡下去收小麦了。这次她肯定不会去看他的！

昨晚的事又闯入了她的脑海，她叹了口气。她发神经似的开始整理房间和床铺，把地板踩得咯吱作响，好像是在发泄自己的愤懑。

"大早上的，你发什么疯呢？"尼古拉大叔在院子里喊道。

她下楼来到院子里，发现厨房的小门开着，里面却没什么动静，彼特罗出去了？

她想到彼特罗为了不被赶走，自己先离开了，心情便好了一些。但她一只脚刚迈进厨房的门，就看到彼特罗坐在地上，头靠在小凳子上，睡得正香。看上去他昨天晚上应该失眠了，甚至没有打开席子。斑驳的阳光照进来，照到他苍白的脸上，让他看上去好像生病了一样。

"他没睡觉。"玛丽亚心想，她现在有些可怜他了。

她又想到了彼特罗的话："你是不是嫌我穷？"

"没错，他就是在这儿亲我的。"她继续想，"他因为怕我离开才会亲上来的……他要是醒来看到我会怎么样呢？他要是像我梦到的那样抱我、亲我，又该如何？"

愤怒、羞耻、可怜，各种感情交织在一起，她想要报复，但又怕激怒对方。她斜着眼瞟了一眼彼特罗熟睡中的苍白的脸，但她的目光不由自主地落在了他的嘴唇上，她似乎能感觉到他在梦里亲自己时的味道。

她默默地打扫着，不想吵醒他。但她不知道自己这么做是因为羞愧不敢见他，还是不忍把他从睡梦中吵醒……

彼特罗好像知道她来了，她在查看灶火的时候，他突然醒了，有些害怕地看着她。

"你把火灭掉干什么？"玛丽亚不看他，说道。

他站起来，又弯腰开始点火。

"刚才还好着呢，怎么给灭了？你别着急，我马上把火生起来。"他吞吞吐吐地说。他好像还没睡醒，面对玛丽亚有些害羞，更有些害怕。

"刚才还好着……这么说他一直没睡着？"玛丽亚想，她手扶着炉灶站直身体。

他用火镰和打火石把火又生了起来，然后跳了起来，晃了晃身子。

"玛丽亚，对不起！"彼特罗说，"是我不对，是我发疯了。求你不要告诉尼古拉大叔，我会想一个理由自己走的。你是个善良的姑娘，一定会原谅我的，对吧？我保证以后连你的眼睛都不看……"

玛丽亚背过身去。彼特罗也不知道该说些什么了。

但他并没有像他承诺的那样离开。不过后来几个星期里，他确实没有再看过玛丽亚一眼——除了问他话的时候——此外没有跟她说过一句话。他白天在葡萄园，晚上也不回镇子里。

但是，在狂欢节马上要结束的那个周日，和暖的阳光照在院子里，到处都喜气洋洋，彼特罗和玛丽亚两个人又单独相遇了。

他们都要出去，玛丽亚穿着节日盛装要去参加布道，彼特罗也穿了一身光鲜亮丽的新衣服，很英俊。

"你去哪儿？"玛丽亚一边系胸衣一边问。

"去假面舞会玩玩儿。"

"去参加布道不是更好吗？"

彼特罗不再避开自己的眼神，就那样充满欲望和执念地盯着她看，眼睛里好像要喷出火来，看得玛丽亚脸通红。

"你要是想让我去，我就去……本来我也不喜欢什么狂欢节。可是如果没有你，我一天也活不下去……"

"彼特罗，你别说了……"

彼特罗用那双迷人的眼睛看着她。玛丽亚赶紧走掉了，彼特罗觉得她是逃走了。

又过了几天，春天终于到了，这是情人们最喜欢的季节，它既柔情似水又充满骚动。那个周日之后，彼特罗每次和美丽的玛丽亚单独相处的时候都要说一些感情洋溢的露骨的话，但玛丽亚已经不会生气或者逃走了。她已经不害怕了，仿佛已经默认彼特罗为自己的追求者。

除了彼特罗，她没有其他的追求者了，或者说没有其他和她发生过有威胁性的身体接触的追求者。努奥罗富有的青年都知道，虽然玛丽亚·诺伊纳很美，但太高傲了。人们总说："她只想嫁给律师之类的资产阶级，那些只是穿着皮衣的人她才看不上呢！"

穷人家的青年在她面前连头都不敢抬，而那些有资产的律师又觉得玛丽亚不够富有。

不过，有一个叫佛兰切斯科·罗萨纳的地主，有一些家产，每次见到玛丽亚都会出神地盯着她。玛丽亚知道，他条件很不错，精明富有，唯一的缺点就是长得丑。过去一年多的时间，玛丽亚一直在等佛兰切斯科跟她表明爱意，但一直没有结果，她决定不等了。毕竟她根本没办法爱上这个地主，她渴望一个高大英俊、灵活敏捷的男人。那个富有的地主打算和一个死了父母的女人结婚，那个女人并不漂亮，但是继承了一大笔遗产。

有一天，一个相貌英俊的男人来找尼古拉大叔，玛丽亚看了看这个人，惊讶地发现他长得有些像彼特罗。她不知为何叹了口气，一整天都莫名地感到忧伤。

在这个春天里，她常常做梦，夜不能寐。她有时候梦见彼特罗，有时候梦见那个英俊的男人。她被两个人拥抱抚摸，梦到一些令人难以启齿的画面。

梦中的内容虽然并不一样，但永远是在苍翠而幽静的葡萄园里发生的。可能葡萄园就像沙漠里的绿洲一样，没有俗世的偏见，只有爱、美和力量，只有快乐、温暖和甜蜜。

一天夜里，玛丽亚像平常一样在等尼古拉大叔，他晚上总是要到酒馆里去晃晃。门外突然有人敲门，她走过去问是谁。

"是我。"门外传来彼特罗的声音。

玛丽亚以为彼特罗周六晚上才会回来，没有一点儿防备的她突然听到彼特罗说话，一下子紧张得不知如何是好。但她还是把门打开，让彼特罗走进来。

满天繁星让寂静的夜空更加温柔，院子里寂静无声，也没有灯光。

"你怎么这么早就回来了？"玛丽亚低声问，她说话的时候就已经猜到了对方的回答。

"三天了，我三天没见你了……"彼特罗站在玛丽亚身边说，"我只是想来见你一面，你要是不愿意，我马上离开。"

彼特罗的话让她不知道怎么回答，她不由自主地走向楼梯。彼特罗则顺从地跟在她身后，看上去有点儿怯懦。

"玛丽亚，别这样对我，让我看看你的脸，来厨房待一会儿吧，然后我就走……"

玛丽亚没有回答。这时，彼特罗被欲望冲昏了头脑，又一把搂住玛丽亚，把她拽进厨房。玛丽亚并没有反抗，只是稍微挣扎了一下。厨房的门虚掩着。

"里面有人吗？"彼特罗低声问。

"没人。"玛丽亚答道。

厨房里灯光昏暗，他们走进厨房，彼特罗死死盯着她，就好像毒蛇盯着猎物。他们两个人离得非常近，以至于彼特罗激动得浑身颤抖，心跳快得几乎要让他昏倒，但他还是不敢亲她，反而松开她说：

"我已经满足了，你要是想让我走的话，我马上就走。"

"算了，你别走了，他们应该已经看见你了。麻烦你记得给爸爸开门……晚安。"

玛丽亚走了，刚回到自己的房间，她就无法控制地颤抖起来，她自己也不清楚为什么会这么紧张。

她在床上辗转反侧了一夜。做了一场梦以后，她醒了过来，外面仍然一片漆黑，她想继续睡，但怎么也睡不着了。她现在竟然感到一丝高兴，因为不久之后就又能看到彼特罗了。

她不知道为什么会感到高兴，也不知道将来会怎样，但她又不认为这是在回应彼特罗的爱，不过……有人爱自己，这不是一件好事吗？彼特罗老实可靠，听她的话，所以她不会害怕他，而是感到由衷的快乐。

如果自己对彼特罗表现出一丝温柔，他就会像一只绵羊一样对她言听计从，诚惶诚恐。可她凭什么要允许他有这种资格呢？这种资格又是为什么会让她感到愉快呢？

　　太阳出来了，玛丽亚梳洗打扮了一番，穿好衣服就下楼了。虽然她不愿意承认，但她的心却因为紧张和渴望狂跳不止。

　　彼特罗已经把行李都收好了，好像是在等她。

　　"今天天气真不错啊，玛丽亚！"他寒暄道，"我马上就离开了，天气这么好你不上山去逛逛吗？"

　　"现在上山又没什么可做的。"她言不由衷地说，"该去的时候，不用你说我也会去的！"

　　"那好吧，你一定要去啊！"

　　"我当然要去，我为什么不去呢？"

　　她说着，开始做家务。

　　"好吧，再见了！"彼特罗要走了。

　　玛丽亚没有回答，但却不自觉地转过身。

　　彼特罗走近她，身体被欲望所控制。

　　"和我握握手总可以吧，玛丽亚！"

　　"你疯了，快走吧，别再烦我了！"

　　"玛丽亚，你别生气啊，我不想烦你，算了，你要是不想握手，我也不能强迫你。但我的手不脏啊，你是因为我长了一双贫穷的手吗，玛丽亚？"

　　"你别说了，赶紧离开！"她躲开，用手指着门口，近乎哀求地说。

　　"你为什么非要低着头，能不能看我一眼？就看一眼！玛丽亚，是不是因为我，因为我穷？"他逼近她，固执地说，"没错，肯定就是这个原因。玛丽亚，我不是说过吗，我以后可能会发财啊！以后的事谁知道呢？况且……我根本不想要你做什么啊！我只想让你对我好一点儿，此外别无他求，哪怕是看我一眼都行，抬头看我一眼吧……"

玛丽亚跟中邪了一样，她所渴求的快乐不正是如此吗？有人充满崇敬地赞美自己，甚至卑微地向自己乞求，只是为了能让自己看他一眼！

突然，彼特罗紧紧抓住了她的手，就在两只手接触到的一瞬间，双方都颤抖了一下，就像触电一样。

"再见，玛丽亚，你会再来葡萄园吗？"

"不知道！"

彼特罗走了，苦苦地等着玛丽亚。周六晚上，他急匆匆地回到主人家，就像饥肠辘辘的人要去偷面包充饥一样。但这天，主人们很晚才回来。

他心里既伤心又焦急，晚上连觉也没有睡好，一直熬到第二天早上。他受不了了，再不能这样下去了。玛丽亚要是接受了他的感情……又要怎么办呢？这些问题他都没有答案，但只要他下定决心，就一定会去做。

这天玛丽亚比平常晚了很多才下楼。

她看起来很平静，神态自若，一进厨房就直接走向灶台，弯腰把咖啡壶拿到炉子上。

"你怎么没有来？我等了你好久，天气这么好……是因为你害怕吗？"

"我可没那闲工夫。"玛丽亚冷冰冰地回答。

她突然又高兴起来，好像是故意惹他生气，她是在告诉他：自己根本不害怕。

"我下星期过去！到时候应该有茴香了，我去摘一点儿来。葡萄园你都收拾好了吗？剪枝了吗？"

"我正剪着呢，我知道了，你是不会过来了……"

"你到底让我过去干什么？"

"我只是想看一看你，就像现在这样。我知道，你现在已经爱上我了，对不对？"

她摇头，看上去有些生气也有些难过。

"就算我爱上了你……"

"怎么样呢？"

"不怎么样。"

彼特罗站了起来。玛丽亚向门口走去，望着外面。阳光洒在院子的角落里，路易萨大婶过一会儿就要下楼了。

彼特罗轻轻地靠近玛丽亚，亲了上去。

"就算你爱上了我……那又如何？"他逼问，"你为什么要在乎其他人的看法？但你真的……真的爱上我了吗？"

"彼特罗，放开我……小心被人看到……"

"别再纠缠我了，彼特罗……"

她虽然这么说，但却没有继续挣扎。彼特罗突然感到自己是在做梦，他怀里的这个女人已经不是玛丽亚·诺伊纳了。

"好好，我放开你……没问题，但你要先告诉我……"

"没错，我爱上你了。"

但彼特罗食言了。

九

接下来的几个月，彼特罗都仿佛在梦里一般，不过他觉得自己已经习惯了这种每天神魂颠倒的生活。最初一段时间，他每天都像生病了一样精神不振，整个人都像飘起来似的。现在，他不论白天还是晚上都很高兴。这种高兴是彼特罗前所未有的体验，而且他现在每天都会做美梦。

经过了第一次的甜蜜之后，玛丽亚和他约会的时候都表现得既温柔又有耐心，而且很热情。她非常主动，好像要把整个身心都交给彼特罗。

中间有几个星期，他们没办法约会，有别人在的时候，他们两个就摆出一副主仆之间冷漠的样子。玛丽亚会因为彼特罗做错了一点点小事就火冒三丈，骂个不停，他也会用讽刺来还击。他们总是吵个不停，每次都要尼古拉大叔来劝架，而尼古拉大叔好像总向着彼特罗。

每当这种时候，彼特罗那愉快的心情马上就转成了失落。玛丽亚和他约会时既温柔又可爱，可平时却总通过一些事来提醒他不要忘了自己的身份，她是主人，而他只是一无所有的仆人。

他深知自己现在只是个仆人，但将来可不一定！爱情的力量是伟大的。

"我姑妈的遗嘱终于立好了，我能得到财产。"一天夜里，他在厨房里跟玛丽亚说，玛丽亚是偷偷下来的。彼特罗非常高兴，"我姑妈年纪不小了，你要是能等我该多好啊！到时候我就把房子和地都卖了，拿那些钱去做些买卖。你就等着瞧吧……"

玛丽亚任他吻着，但并没有回应彼特罗对将来的憧憬，也没有为他鼓劲。他们是不可能正大光明地谈论结婚的问题的，虽然玛丽亚一直都说自己对彼特罗的爱是真诚而深沉的。有时，哪怕一个人影出现，他们甜蜜的约会就会被打断，这种时候，彼特罗就会很忧伤，玛丽亚也会失魂落魄的。

"你没事吧，亲爱的？"

"彼特罗，我没事，只是心情有点儿不好。"

"我也是。"

他们甚至不敢讨论自己内心的忧虑，只能互相吻在一起，品尝对方温热、苦涩的泪水。然后，他们就把所有不开心都抛在脑后，尽情享受当下的幸福，享受这一去不返的美好时光，就像其他所有情人一样。

他们总是在晚上约会，每次见面的时候，彼特罗都很害怕被人看到。他会轻轻走到门口向外张望，这几秒钟就把玛丽亚拉回了现实，她会突然沉下脸来，露出失落的神情，有时还会低低地哭泣。

"不会有结果的，我和他是不可能有结果的。"她想，"我为什么还要这样继续欺骗他呢？"

但彼特罗又回到了她旁边，用热烈的眼神和甜蜜的语言将她拥抱。

她很聪明，知道彼特罗不是那种随便勾引其他姑娘的人。她清楚，那火一样炽热的爱欲在折磨他，他拉着她，就像有上帝的力量推动着他们一样，像那团火焰扑去。她有时会抗拒这种命运的力量，严厉地训斥那个让她爱恨交加的年轻仆人。

"他能得到什么呢？"她自言自语，"我是不可能嫁给一个仆人的……他自己也知道这一点，所以他根本连提都不敢提。他是个坏人，坏人，怎么能勾引我这种好人家的女孩呢？我就算结婚了，他还是会一样爱我的……"

彼特罗很尊重玛丽亚，越来越想和她白头偕老，他觉得玛丽亚是那么纯洁，只有自己才能吻她，要一辈子和她相守。他不敢和她谈论结婚的话题，因为他不想让她误以为自己是一个自私的占有欲很强的人。

就这样过了一天又一天，彼特罗内心的狂热逐渐平息下来，他开始憧憬未来美好的生活。在这种憧憬中，他变得开心了一些，而玛丽亚却开始越来越任性了，有时候这种任性会变成热烈的激情。

她渴望体验真正的爱情，在这种渴望的推动下，她不断逼近英俊的彼特罗。爱情之火开始展现它的威力，玛丽亚被这团烈火烧灼着，只不过她的内心依然未被触及。

她不知道，也不想知道，自己体内的这团热情之火到底想要什么。而她的内心深处则阴云笼罩。她曾经在彼特罗身上感受到的那种怀有恶意的爱，现在也在她的身上出现了。

有一天，她来到谷底，彼特罗已经种好葡萄了。他们又在梨树下相会了，彼特罗第一次发现玛丽亚的美也是在这里。

天空一碧如洗，山谷被绿色覆盖，就像一个盖着天鹅绒的摇篮。这些都是爱情的预兆，彼特罗已经神魂颠倒了。他把玛丽亚拉到一块岩石后面，他就是在这块岩石上做梦亲吻萨碧娜的。空气中飘散着常春藤的味道，有两只麻雀亲密地依偎在藤蔓上。玛丽亚眼神恍惚，彼特罗浑身发抖，他记得自己说过：

"我肯定不会伤害你的……"

玛丽亚走了，孤身一人来到大街上，想到自己是怎么逃离那种危险境地的，她有些后怕。

"他还觉得我有可能嫁给他，想要讨好我父母。但是……我不敢告诉他：他发疯。老天啊，我是不是也发疯了，我该怎么办呢？我来这里做什么，是要为这折磨人的事情做个了断吗？没错，一定要做个了断，这种日子不能再过下去了。晚上我就会对他说：'彼特罗，不要再纠缠我了，我们结束吧！'几天之后，他就要运煤灰到遥远的海边去了。然后，就到丰收季节了。那三个月里，我们只会碰到一次，他会忘掉一切的。没错，就要结束了。"

一晚上，她的内心没有得到片刻安宁，充满悲伤。她在床上趴着，等父母睡着之后就哭了起来，她哭既是因为舍不得，也是因为悲愤。她把嘴闭得紧紧的，但仿佛还能感觉到彼特罗那温暖的双唇。她紧紧攥着手，指甲嵌到掌心里，这种刺痛又让她想到彼特罗有力的抚摸。

"玛丽亚，别这样，走吧，我们别再做无用功了，求求你，走吧……"

于是，她走了。她本来打算永远不再和他相见，而现在必须再见他一次。

"我们别再做无用功了……"

他们在做无用功吗？就这样不顾未来、无欲无求地相爱，难道不行吗？她知道错在她自己身上。她对爱情的欲望，和对爱情的欺瞒，既是对父母的不孝，也是对仆人的侮辱。不过，她已经真心悔过了，善良慈悲的上帝肯定会原谅她，她的灵魂一定会受到圣水的洗涤。但是，她必须马上把这段感情做个了结，这段畸形的、让她丧失身份地位的感情。彼特罗是个好人，他对这份感情充满信心，急切而狂热地爱着她……他真可怜啊！

月光散发出微弱的惨白的光芒，玛丽亚靠在楼梯护栏上犹豫着。

她又回到自己的房间，抽泣起来。他为什么是个仆人啊？他怎么敢抬起头看她？他们彼此都被痛苦折磨着，这都怪彼特罗！他就是个疯子、傻子！就这样吧，把所有错都怪在他身上，应该做个了断了。

玛丽亚怀着满腔愤怒走出了房间，下楼来到厨房。彼特罗还在痴情地等着她，看到她来，以为是因为上次在岩石后的激情拥吻来找他的，所以非常激动。他一见到玛丽亚，就抱着她吻起来，她好像也忘了自己是为什么来的了。但这之后，玛丽亚内心的纠结和痛苦更加强烈了。

她干脆不再探寻自己的内心，不再思考自己到底要什么，只是顺其自然，期盼时间会解决一切问题。她对彼特罗也不再感到害怕：他就像个孩子一样，并不像个成熟的男人，而且他不过是个仆人，面对所爱的人时是那么卑微、温顺。

但玛丽亚一天比一天消瘦了。她那聪明的头脑开始变得混乱，灵巧能干的双手也开始迟钝，原本炯炯有神的眼睛也变得黯淡无光。

尼古拉大叔有时会因为她把账本和纸弄乱而责骂她，路易萨大婶想起自己年轻的时候，说道：

"女大不中留，玛丽亚是该嫁人了！"

但城市里的律师和其他富有的人都不想娶玛丽亚，气得路易萨大婶故意说他们的坏话，而夸赞那些出身贫苦的富人。

"律师都是些坏心肠的骗子，为了几块钱出卖自己的良知！他们的良心早就烂成筛子了，给佛兰切斯科擦鞋都不配！真正的贵族人家，并不是表面风光，只会夸耀，像佛兰切斯科那些人才是真正的男子汉！想过上贵族的生活，不但要有知识，更要有钱。城市里的律师之流，相比之下都是穷鬼。"

路易萨大婶念个不停，后来传到了罗萨纳耳朵里。从此他一看到玛丽亚，不管是在教堂还是在大街上，眼神都会紧盯着她不放。

玛丽亚甚至错过了一年的复活节礼，她压根不敢请求宽恕，她害怕神父根本不会原谅她的行为，她爱上并亲吻了一个她根本不想嫁的男人，恐怕连上帝都不会原谅她！

"我犯了双重罪！"她想，"我不但欺骗了父母，还欺骗了彼特罗。"

丰收季节又来临了。彼特罗一连几个星期都不能回家，但玛丽亚信誓旦旦地答应他，要去高原上和他相会。玛丽亚确实说到做到，她真的出现在了彼特罗面前，她站在金黄色的麦田里，脸庞和身材仍然是那么美丽，美得像一朵艳丽的罂粟花。

高高的山峰下，山谷里丰收的气氛更浓了。天空好像在燃烧。麦田里，人们弯着腰，低着头，努力地割麦子，虽然辛劳但心中充满喜悦。他们割麦子的时候都沉默着，只有几个姑娘在欢笑、歌唱，好像喜鹊和知了的叫声融成了一片。

玛丽亚在山上的这几天都在自家的田地里，好像一朵盛开的鲜花。炙热的阳光洒在她脸上，给她的脸染上了一层金色。

萨碧娜也在割麦子的队伍里，只不过她对彼特罗仅存的爱已经消磨光了。

一个安宁的午后，人们放下镰刀，阳光洒在捆好的麦子上，远处的山峰笼罩在地平线上的蓝色雾霭中，这景色就像一场即将苏醒的美梦。人们都在阴凉地里躺着休息，艰苦的劳动和滚烫的阳光让他们气喘吁吁，大汗淋漓。那时，萨碧娜也和其他女人一起躺在那里，她突然醒过来，四下望了望，发现玛丽亚不见了。

这个被爱情折磨的姑娘突然冒出了一个想法，虽然这个想法还没有成形，她就如同一只蜥蜴般爬到了麦垛上，时而在麦垛的阴影里停一下。这时，她看到了——对方还没有看见她——彼特罗和玛丽亚在茅屋墙壁旁的阴凉处激情地拥吻着。

周围的一切都被阳光炙烤着，天空下仿佛只剩下了他们俩，他们热烈地亲吻，好像收割的人在争抢着熟透的麦穗。

　　九月的七日和八日，努奥罗的姑娘们踏上了一条崎岖小路，这条小路横穿过埋斯卡，那里长满了肥沃的草场和茂盛的橡树林，从努奥罗的乡下穿过这里就到了戈纳雷山。

　　这些漂亮的女孩深夜出发，她们要去戈纳雷山上的圣堂朝圣。这些姑娘中除了去朝圣的，还有去还愿或祈求保佑的，而大部分人只是去散散心。明天就过节了，当地人都会来这座山上欣赏美景，聚在一起狂欢。

　　姑娘们来朝圣时都会准备少量的食物，带一件节日才穿的长衫。那几个来还愿的姑娘是光着脚上山的，其中有一个人散着头发，举着一根彩色蜡烛，那就是玛丽亚·诺伊纳。

　　她的一头秀发又黑又亮，被昨晚的露水浸湿了，波浪般地披在肩头，把她衬托得更美丽了。她的发丝被风吹起来，有时会遮到她的脸。她虽然不喜欢这样，但其他姑娘都夸她这样很美，所以她又开心起来。

"玛丽亚·诺伊纳，你披着头发就像仙女一样美。"

"玛丽亚·诺伊纳，你的头发和玛丽埃达的一样那么好。"

玛丽埃达是寓言中被关在塔里的姑娘，她的头发又长又美，后来，她把头发编成长辫子，从窗口放下去，王子顺着辫子爬上来拯救了她。

"玛丽亚·诺伊纳，上帝保佑你的头发，我可以摸一下吗？可以帮你把厄运赶走……"

"快点儿祈祷吧！"罗莎说。她听到其他姑娘都在称赞玛丽亚，有些不高兴。

玛丽亚望向戈纳雷教堂，空中有一颗星星在闪烁，她开始诵读《玫瑰经》。

罗莎突然开始夸张地大笑，搞得其他人也读不下去了。玛丽亚提议自己默默祈祷，大家便安静了。

月光下的景色一片荒凉。草场无边无际，橡树林好像被烈日晒干了一样，几天前这里还发生了火灾，到处都被烧得焦黑，惨不忍睹。荒地里，几个牧民生起了火，火苗在田埂中齐齐的麦秆和干枯的长春花间闪烁，好像幽暗的鬼火，又像从大地中喷出的火焰。秋天的微雨落在远处的沼泽地上，看上去好像升起了一层朦胧的灰蓝色雾霭，又像大地冒出的热气。辽阔的地平线和天空融合在一起，月光下远处蓝色的山峰显得越来越朦胧。大地上一片寂静，好像万事万物都陷入了沉思。空中的星辰闪亮、深邃，好像守护大地的天使。

姑娘们突然停了下来，聆听着周围的声响。黎明的第一道曙光还没有出现，就能听到马儿奔腾的声音了。在风声中还能听到人声的回音。那些是什么人呢？看，一些细长的身影从草场和橡树林蓝灰色的尽头移动过来，又逐渐分散开，那是人和马在月光下投在麦秆上的影子。

"那是去参加节日聚会的人。"玛丽亚说。

那些人里面有男有女，每个人都盛装打扮，男人手持火枪，女人骑在马背或马鞍上，还有人骑着小牧马。他们走近了，那些在麦秆周围站着的姑娘被他们围了起来。

这群人中有一个人显得与众不同，他风流倜傥，骑着一匹白色的骏马。

这位年轻人长得并不怎么好看，但却有一种鹤立鸡群的傲气。他戴着一顶黑色天鹅绒帽子，披着风衣，戴着绣花腰带，带马刺的裹腿让他小腿的肌肉显得更加结实，手中的枪在月光下闪着银光。他让人联想到征战沙场的战士和西班牙趾高气扬的贵族子弟。

他真是个贵族，或者说他属于富有的农民阶层，他们认为自己与众不同，有着更高贵的血统、更高的社会地位和更好的教养。

"努奥罗的乡亲们，你们好！"这些外来者喊道，他们在姑娘们面前停下。

"努奥罗，大家好呀！"

"你们想不想上马来喝点儿东西？"一位看上去很文雅的老先生说。他转过身，从包里掏出一个装满葡萄酒的酒葫芦。

"谢谢！"玛丽亚开朗地说，"不过，葡萄酒还是您自己留着喝吧！或者给你们的女伴们喝，说不定她们喝多了就没法骑马了！这样回去的时候，我们就能和你们一起骑马走了。"

"好啊！"老先生喊道，"我就听你的！"他举起酒葫芦，把头向后仰，好喝得更痛快些。玛丽亚这时候正跟那些骑马的女人斗嘴呢！

"玛丽亚，你好啊，你也去参加节日盛会吗？"骑白马的男人弯下腰来温柔地问道，"你的斗篷真好看，把你衬得更美了！上帝保佑你的秀发更靓丽，我多想能亲手摸摸你的头发啊！"

"佛兰切斯科，你好啊！"玛丽亚说，她抬起头，装作这时才看见对方，把及臀长发撩到背后。

他突然露出了贪婪的目光，但当他看到玛丽亚那狡猾的讽刺的目光时感到一些尴尬。他挺了挺腰，把马辔松了松。

"佛兰切斯科！"玛丽亚故意充满挑逗地说，"你回去的时候，能不能带我一起骑马啊？"

佛兰切斯科立刻大声回答：

"当然可以了，现在就能，你来吗？"

"现在就算了，等回去的时候吧！"

"那好啊！姑娘们，节日快乐！"他高兴地喊道，看上去神采奕奕。

他骑的白马牙齿咀嚼着马辔，甩着尾巴，扬起马蹄。佛兰切斯科追他的同伴们去了，一路上他笑着向刚才和玛丽亚说话的地方张望。

"没问题了！"罗莎狡猾地说。

"什么没问题了？"

"这桩婚事没问题了。你没看到他刚才开心得像个初恋的少女吗？"

"他长得不好看。"玛丽亚说。

"恐怕你心里并不是这么想的吧！"

"人家可是市议员呢！"

"而且他那么富有。"

"他拥有四个牧场，一会儿我们就要路过其中的一个了。"

"但他真的长得太丑了。他长了个鹰勾鼻，虽然眼睛还凑合，但他跟人说话的时候根本不会正眼看人。"

"你就别口是心非了……"

这时，玛丽亚心里想起的却是独自一人在远方葡萄园里的彼特罗。她突然决定要结束这段感情，她对他感到同情，但也只是对不得不抛弃的东西的同情。在这件事上，她难道做错了吗？她应该清楚，今晚在这辽阔的牧场上遇到佛兰切斯科，就是命运的安排！

她来回走着，就像在命运之路上徘徊不定，不知道会与谁相遇。

太阳从奥托贝内山背后升起，珍珠、水晶般闪亮的阳光洒在奥利埃纳蓝色的山脉上。晨光渐渐变成玫瑰色，麦秆上的露珠被照得闪闪发光。微风轻轻吹过，四下寂静无声，茂盛的草场上不时传来百灵鸟的啼叫。

玛丽亚继续向前走，彼特罗和佛兰切斯科的样子始终在她的脑中徘徊。彼特罗离她越来越远，在安静得有些吓人的地方停下来；而佛兰切斯科则慢慢地向她靠近，好像有魔法似的，在山坡上召唤她，就像一只在捕猎的秃鹰。

她和别的姑娘继续往前走，一路上都默默地发着愁，连欣赏美景的心情都没有了。她们路过一片田地，里面长着挂满果实的荆棘和野生李子树。她们又经过一条布满岩石的路，清晨的阳光透过岩石的孔隙射出来，更加耀眼。远处的山脊被初升的太阳染成了麦田般的金色，玛丽亚看到后不禁打了一个寒战。山顶上的圣堂矗立在乱石中，与蓝天交相辉映，又被阳光染上了一层玫瑰色。

姑娘们跪在圣堂前，开始祈祷。

玛丽亚掏出一把梳子，让伙伴帮她散开头发，她因此显得更加美丽。然后，她们继续向山上那片并不茂密的橡树林走去。

这时，她们才开始遇到人：很多男女老少从努奥罗的边远山区穿过毕蒂和奥鲁内来这里祈祷，他们有的走路，有的骑马，做完弥撒之后想要赶紧回家。那些男人长着黑色的脸和黑色的眼睛，表情有些高傲，他们穿着羊绒大衣、薄呢子和皮衣，有些像西塞罗书中写到的斗牛士和窃贼。女人们只穿着简单的羊毛衫或黄色布衣，但朴素的装扮难掩她们本身的美丽。

"努奥罗人，你们好！"毕蒂人用拉丁口音跟她们打招呼。

"奥鲁内人，你们好！毕蒂人，你们好！"姑娘们回应道。

几个奥尔赛人出现在了更高的地方，这些人对宗教非常虔诚。一个看上去像修女的脸色苍白的奥尔赛女人，在和一位相貌美丽的加沃伊姑娘讲述圣巴巴拉的故事。

"这就是戈纳雷的圣母和我们的圣巴巴拉相会的地方（以圣父、圣子、圣灵的名义起誓），"奥尔赛女人一边说一边画着十字，"他们望着对方，握了握手，圣母说：'奥尔赛的圣巴巴拉，在我们要去的地方，我们永远都不会再见。'"

确实如此，从全区各个地方都能看到戈纳雷的圣母堂，而圣巴巴拉所在的奥尔赛教堂却看不到。

上山的人越来越多，每条路上都有很多人，其中还有一些乞丐，此外还有马匹、牛车和狗。其中有巴尔巴古亚人；神情傲慢的是努奥罗人；一些漂亮的奥拉内姑娘，她们包着白色头巾，只露出玫瑰般的脸庞；还有穿着红色紧身衣的马莫亚达女人；穿着典型的撒丁人穿的粗糙羊毛衣的人，是奥尔格索罗的牧民；长着长鬈发的多尔格拉人穿得就讲究多了；奥利埃纳女人们紧紧牵着马，马背上载满了甘甜的葡萄酒；还有穿着皮靴的巴罗纳人；还有几个脸色苍白，长着阿拉伯人那种大眼睛的哥切亚诺女人；几个坎皮达诺女人戴着黄色头巾，脸庞被映衬成金黄色和玫瑰色，看上去好像拜占庭时代的圣母像。

当太阳升得高高的，透过树叶缝隙照下来的时候，玛丽亚和其他姑娘在来做九日祈祷的几家努奥罗和奥拉内人的破旧房屋旁边的商贩帐篷前停下。

她们放下行李，打算在去教堂之前坐到树下休息一会儿。玛丽亚四处望着，想看看佛兰切斯科在不在附近，但并没看到他骑的那匹白马。

她因此有些百无聊赖，把头发拢了拢，又四处看了看。

这里风景并不美，小山坡上长满了枯草和灰色的树丛，树木还在上面投下了斑驳的影子。就在这样的环境中，人们在欢笑、吵闹着。他们觉得既然大家聚在这里，就要好好地娱乐娱乐。

卖东西的人高声兜售着白铁皮制的箱子，和过往的姑娘们说一些粗俗的笑话；而托纳利的女人们则捂着厚厚的衣服，炽热的阳光、人们的欢笑声对她们来说好像并不存在，她们只是默默地称苞米，或者切开点心售卖，只不过点心都快被晒化了。

商贩们在草棚下摆出很多布匹：有像鲜血那么红的布，闪闪发光的金布，本地特色的头巾，还有五颜六色的披肩，真是热闹极了。

一群男人围在酒桶旁边，他们有的是老朋友，有的只是刚刚认识。其中有几个城里人，在人群中显得非常与众不同。这些人信心十足，美味的葡萄酒和烈酒使他们更加兴高采烈。美酒散发着迷人的香气，好像天上的仙露。

玛丽亚和姑娘们随便吃了点东西，就穿上长衫，继续向教堂走去。

路越来越宽，但是也越来越陡峭，越来越危险，好像是在巨石中凿开的一样，路边长满了杂草和树丛。青翠的山峰高耸入云，姑娘们艳丽的节日盛装被衬托得更漂亮了。在高处，渐渐听不到人们的声音了。

但玛丽亚还是偶尔能听到几句傻话，有的甚至让人难以说出口。年轻的单身汉们互相推搡着，想看一眼玛丽亚。他们经常停在她面前，一动不动地盯着她，完全不在乎别人的眼光，好像享用美食的野兽一样。这让披散着头发的玛丽亚因此感到害羞，同时又有些骄傲。

有人问：

"这些姑娘是从哪儿来的啊？"

"好像是从努奥罗来的。"

"不是吧，是从奥拉内来的。"

"不对，明明是从奥罗泰利来的。"

"漂亮的姑娘，你是从哪儿来的？"

"从地狱来的。"罗莎有些嫉妒，挖苦地回答道。

大家笑了起来，喊道：

"努奥罗真好啊！"

山上的道路两旁有很多十字架，十字架旁边站着一些乞丐，他们摊着手，嘴里唱着什么，旋律听上去很悲惨。虽然没人听得懂他们唱的到底是什么，但人们都会在地上的帽子里放一些钱。

玛丽亚也给每个乞丐放了一枚硬币。

山顶终于到了，努奥罗的姑娘们走进了这座古老的教堂，里面已经有很多虔诚信徒了。玛丽亚努力从人群里挤过去，站在祭坛前。

教堂里温度很高，玛丽亚的脸都被热红了，再配上她那乌黑亮丽的头发，更加美丽动人了。

玛丽亚突然发现佛兰切斯科靠在远处护栏上看着她，身体像触电一样打了个战。玛丽亚走过的时候，佛兰切斯科把她拦住了。

"你才过来？"他低声地问。

"嗯，刚过来。"她答道，但并没有停下来看他。

她把蜡烛插上，跪下祈祷。

"戈纳雷的圣母啊，我父亲从马上摔下来的那段时间，我曾经向您祷告，您回应了我，救了他的命。我光着脚，散着头发走到这儿，把这几根蜡烛献给您……戈纳雷的圣母，这是您应得的荣耀……"

虽然她还想继续祷告，但却不知道该说什么好，因此感到焦虑不安。她没有勇气说出内心深藏的隐秘的愿望。她想让圣母保佑她忘掉彼特罗，而把感情转向不远处那个一直在看她的男人。但她没有勇气。

这时，三个僧人开始唱弥撒，他们的白袍上有金线绣成的花纹。玛丽亚旁边有一个穿着红皮衣的年轻人在晃动香炉。

人们都拥到祭坛旁边，玛丽亚不得不起身，她感到有人碰了她的手一下，回头一看原来是佛兰切斯科，他笑着站在她身后。他费了好大的劲儿才走到她旁边，马上就要挨到她了，好像要把她一把抱住。

人越来越多，玛利亚环顾四周，看到各种各样的脸庞和表情，好像丰收时节翻滚的麦浪。门外的阳光十分耀眼，外面还挤着很多人，摩肩接踵，站满了教堂前的广场和旁边的土坡。她以前从来没有见过如此盛大的场面，是那么热闹、那么让人印象深刻，在努奥罗，就连圣诞节的时候，教堂里也没有这么多人。来自十几二十个村庄的人都聚集在这里，他们穿着各式各样的衣服。这些人中有上了年纪的表情严肃的牧民，还有达官贵人（和真正的公爵一样）。还有一个长期住在山里的人，他留着一头远古野人似的长发，长着紫铜色的脸庞，五官有棱有角，像刀刻的一般，他的嘴唇像鲜血一样红，脸色惨白。一些人戴着白色、黑色或黄色的头巾，一些人戴着风帽。有的人梳着东方式的发型，有的人戴着尺寸不合适的流苏头巾，还有人包着提花头巾。

人群中还有几个散着头发的女人，但她们的头发都没有玛丽亚的美。人们把圣像举起来的时候，玛丽亚向红色圣像跪下，她的头发快要碰到它了。

佛兰切斯科的目光紧紧跟随着她，有时他们还会四目相对，但彼特罗的样子总是在她脑海中出现。她有时发呆或者思考，总感到有一双明亮而温柔的眸子在注视着她，那种眼神不可能来自其他男人。但当她转身的时候，看到的只是佛兰切斯科那对锐利的黑色眼睛。所以，她只能忧伤而无可奈何地看着对方。

没错，梦已经结束了，必须回到现实。况且，她的忧伤根本不会产生太大影响。佛兰切斯科虽然丑，但起码是温柔和善的，并不会给人距离感。

命运捉摸不定，要珍惜现在所拥有的人……

虔诚的人们高声歌颂着圣母，那曲调十分沉重，好像一个被世间遗弃的可怜人在哭诉：

岩石嵌满珍珠，
树木郁郁葱葱，上天的恩赐啊！
各种人声，各种口音，
好像徘徊的鸟儿对人们歌唱：
空中的熠熠星光，
自天而降，为你加冕。

十一

　　玛丽亚从教堂出来就扎起了辫子，她用深色头巾把又粗又长的辫子包起来缠在后颈上。

　　佛兰切斯科一直跟在她后面，直到她的同伴们都走开了，才对她说："陪我去下面岩石那里走走吧，咱们看赛马去，那里都是努奥罗人。"

　　玛丽亚同意了，看到他那么殷勤，得意地笑了。他们一起向山下走去，在广场再下面一点，那里有很多岩石，还有一些努奥罗人要过去看赛马。从高处看去，马匹只有老鼠那么大，人骑在马上也好像变小了。人们走到四周陡峭的山崖上，开始粗鲁地大喊大叫。大家都在讨论胜利的人会有什么奖品，是牛、钱，还是丝绸和缎子。

　　玛丽亚很有兴致，站在她旁边的奥罗泰利女人在传着一小瓶什么东西。她们把小拇指在瓶子里蘸一蘸，然后恭敬地涂在眼皮上。

　　"她们涂的是什么啊？"玛丽亚问道。

　　"是供奉圣母的油灯里的神油，可以保护眼睛的健康。"佛兰切斯科略带嘲笑地说。

但她没有笑，而是问其中一个女人：

"能把这瓶神油送给我吗？我妈妈的眼睛常常难受。"

"姑娘，这可不行，不能给你，但你可以在这里用……"

"她的眼睛可没问题，"佛兰切斯科说，"我看你的眼睛才是有问题，看不出来她的眼睛有多美吗？"

"我出一里拉跟你买可以吗？"玛丽亚一定要得到。

"姑娘，你出多少钱我都不会卖的……"

"那算了吧……"

"玛丽亚，"佛兰切斯科插嘴道，"你想不想看看努奥罗？我可以去借那位先生的望远镜。"

"佛兰切斯科，可以啊！"她微笑着对他说。

佛兰切斯科真的借来望远镜，递给玛丽亚。她拿起望远镜向远处看，他把一只手放在她肩头说：

"看那边，这下面的村子就是萨鲁莱。看到远处的树丛了吗？我两年前就在那儿放牛，待了快三个月呢！再看这边，远一点儿的地方，看到了吗？那里是玛克梅尔平原。可惜今天雾太大，看不清楚。不过，明年我们还能一起来，对吧？"

玛丽亚没有回答。

她的伙伴们来了，开始取笑她，还偶尔暗示她将来的事。然后，他们一起向树林那边出发。走了一会儿，玛丽亚停在一块石灰岩旁边，旁边还有几个阿拉伯女人，她们从岩石上扫下一些粉末，细心地包在小袋子里。

"就是这里，"一个瞎了一只眼的老年女人说，"我们善良的圣母来到山上时，就在这块石头上靠过。谁肩膀疼，靠一靠这块石头就会好起来，这块石头上的粉末还能用来治发烧呢！"

"我要是没记错，"佛兰切斯科用意大利语说，"这里就是奇迹山。"

"你不是不信神吗？"玛丽亚不屑地说，然后靠在了岩石上。

她发现佛兰切斯科也在岩石上靠着，扑哧笑了，问他：

"你快说自己到底信不信神？"

"我只信你，你去什么地方，我就跟到什么地方。"

佛兰切斯科确实很有风度，也会献殷勤，这正符合玛丽亚的口味。

他们两个从这时候开始就形影不离了。

努奥罗的人们在树林里看了一会儿镇子上的人跳萨丁舞，然后去买了些东西就启程回家了。他们半路上都要到佛兰切斯科家的草场和橡树林那边歇歇脚。

玛丽亚果然像她说的那样，和佛兰切斯科骑一匹马回去了。她坐在佛兰切斯科身后，一手搂着他的腰。于是，大批人马就动身了。

玛丽亚的身子贴着这位地主的肩膀，让他觉得温暖，他抓住了玛丽亚的手，觉得幸福无比。

罗莎上了镇上一位上了年纪的男人的马，有时冲着佛兰切斯科的白马做鬼脸。

他们此行的终点——圣灵小教堂——还没有到，人们就停了下来，打算到橡树林里去吃午饭。

"看看！"罗莎指着玛丽亚和佛兰切斯科对同伴说，"这两个人在这里炫耀恩爱，真不嫌丢人！"

"我看你是嫉妒吧！"她的同伴回答。

"你说什么啊，我会嫉妒那个长满了刺的猪？"

"你说谁呢？谁是长满了刺的猪？"

"就是说你呢！"罗莎回应。

玛丽亚听出来她们在讨论谁，脸羞红了。的确，佛兰切斯科长得很丑，再多看两眼，就觉得他更丑了，更让人无法接受了。他的脸很白，一点儿血色也没有，长着泛黄的头发和稀疏的胡子，他的额头很窄，布满了皱纹，下颌凸出，还有一个鹰勾鼻，让他看上去很像一只老鹰。不过，好在他的眼睛很温柔，笑容也很温暖。而且，他穿得很体面，脚踩绅士穿的靴子，戴着金怀表和绣有号码的白手绢。总体看来，他不但富有，而且风度翩翩。

再说，圣灵小教堂旁的草场和橡树林，还有刚才他们休息的那片林子都是他名下的财产。这一切就像一件华丽的金色外套，将这个年轻人所有的丑陋和缺点都盖住了。

夕阳西沉的时候，大家才动身继续前进。美食和美酒，还有树下的欢乐时光都让骑马的年轻人和同行的姑娘们十分快乐。这种快乐掺杂着一些暧昧。马走了一天，开始感到疲劳，脚步也放慢了，马背上的姑娘们温柔地靠在小伙子的背上，小伙子也拉住她们的手。

太阳终于彻底离开了蓝色的天空，一片温柔的光笼罩在周围辽阔的景色上。远处的群山和河流也好像蒙上了一层金色的薄纱，树木和草丛的影子在这层金光中越发明显。水边的荆棘丛和芦苇在每一条溪水和池塘中都投下倒影。马儿奔腾而过，溅起闪着绿光的晶莹剔透的水珠。

佛兰切斯科挥着马刺赶着白马走在队伍最前方，一会儿又停下来，等一等后面的人。他转过头来，盯着玛丽亚看个不停，眼中燃起了欲望的火焰。她只好看着地上，偶尔笑一下，笑容让她脸上的酒窝更加美丽动人，让这个痴情的男人更加着迷了。

快到努奥罗的时候，佛兰切斯科终于要对心爱的姑娘表白了。

"玛丽亚，"他望着对方说，"我有一件事要问你，你今天对我很温柔，所以我决定向你表达我的内心。"

"你问吧！"她痛快地回答。

不过，她的声音因为紧张而微微颤抖，眼前好像有一层雾一样。

"玛丽亚，请你原谅我的粗鲁，你还没有和谁订婚吧？你还没有心上人吧？"

她又想起了那个男人，那个她努力想驱赶，但总是出现在她脑海中的男人。她的内心又被一种强烈的委屈和怜悯所侵袭。她一直在怜悯那个人；而委屈则是因为她自己，她是那么单纯，竟然屈尊爱上了一个贫穷的仆人。她要是把这些都告诉佛兰切斯科，他会说什么呢？

但她没有回答，这个年轻人握着她的手，渴求她快些作答。她嘴唇紧闭，双眼望着远方，她有一瞬间想要诚实地把自己那无望的爱告诉对方，但突然就因为自己竟然有这样会让她一无所有的想法而感到羞愧。

"没有，我还没有心上人。"她答道。

"那你愿意嫁给我吗？你要是愿意，我马上就去提亲。"

"佛兰切斯科，"她严肃地说，"我很感激你这么爱我，但你得明白，我不能这么轻易地回答你。给我两个星期思考一下，然后我再回答你。"

"要14天这么久？"他喊道，"那还不得把我等死啊！好吧，也只能如此了。"

他不再说话，不停地叹气，使劲儿抓了抓她那只放在他腰上的小手。

没错，他爱她，就和那个可怜的仆人一样……她低下头，流下两行痛苦的眼泪，但这种情绪只过了几分钟就消失了。9月的傍晚，天色明媚，在晚霞中努奥罗的房屋显现了出来。同行的伙伴们都用马刺赶着马快些前进，队伍浩浩荡荡地向城里走去。

玛丽亚使劲儿晃了晃头，好把那些不好的念头赶走，然后骄傲地扬起头。这群人好像凯旋，佛兰切斯科提议男人们骑马把和他们同行的姑娘们送回家。

于是，佛兰切斯科就这样穿过城镇，途中经过了他自己的家。

"看啊！"佛兰切斯科指着一座白色大房子对玛丽亚说，"那就是我的家，后面还有一个菜园，里面种着杏树、石榴树，还有一个瓜棚。你喜欢吗？"

"我之前没到过你家。"玛丽亚回答，她一直看着那栋房子。

"夏天菜园里很凉快。"他接着说，又小声补了一句，"以后我们可以一起在瓜棚里乘凉，是不是，玛丽亚？"

"我不知道……"玛丽亚害羞地答道。

"你应该很喜欢这座房子吧？街道很宽敞，狂欢节期间，街上挤满了戴着面具狂欢的人……"

"晚上好啊！"很多女邻居都在跟他打招呼，"今天过得怎样？给我们带杏仁蛋糕了吗？"

"大婶啊，蛋糕被我不小心弄丢了，路上的老鼠把我们的背包都咬破了！"年轻地主开玩笑地回答。同时，玛丽亚在向这些未来街坊低头微笑着打招呼。

路易萨大婶在门前一边纺线一边等女儿回家。

一个回来得比较早的人路过门前时告诉她：佛兰切斯科骑着马把玛丽亚送回来了，马上就到了。路易萨大婶那苍白的脸上突然有了血色，她整理了一下衣服和包头巾，嘴唇紧闭着，表情严肃地等着。她刚一看到这两个人，就发现佛兰切斯科拉着玛丽亚的手，她暗想："这门亲事应该就算定了。"她感到无比幸福。

"你们好啊，去过节的人！"她挥舞着梭子喊道，"佛兰切斯科，不下来歇一会儿吗？"

"已经很晚了，我就不去做客了。"他边说边帮着玛丽亚下马，"下次再来！您给我倒杯酒就行了。"

路易萨大婶马上去倒酒，玛丽亚和佛兰切斯科又单独说了几句话。

"要等两个星期？"

"嗯，两个星期……"

十二

两个星期转瞬即逝。

在此期间，佛兰切斯科经常会到玛丽亚家小坐片刻，有时候也会和尼古拉大叔去散散步，有时候还会去街上。大家都发现，他确实对玛丽亚情有独钟，不过，佛兰切斯科似乎也不想隐瞒这件事。

可是十四天期满之后，玛丽亚又提出，她还要再考虑七天。

"还要等！"佛兰切斯科略显不满地说，"这样的日子对我来说就是一种折磨。"

不过他觉得，玛丽亚只是无法确定对自己的爱，才会一拖再拖。所以，他又开始了等待，但是他的耐心已经消耗殆尽了。于是，佛兰切斯科的礼物就像雪花一样落到玛丽亚家。每天同一时间，围观的女人们都会好奇心爆棚。酒吧老板经常会看到一个女仆人，她头上包着白布，手里提着篮子，匆匆地走去诺伊纳家。

"篮子里装的是水果。"酒吧老板一边赶着店里的苍蝇一边猜测。

"不，我猜是糖渍饼干。"

"那我们打个赌好了。"

"彼特罗怎么不在呢，真是可惜，要不我们就可以从他那里打探到准确的消息了。唉，现在也不知道他们到底会不会结婚。"

"玛丽亚说，她需要一个月的时间来做决定。"酒吧老板说，他似乎消息比较灵通，"也不知道那个女人心里在想什么，总是犹豫不决的。"

有一天，酒吧老板趁着去诺伊纳家买麦子的机会，向玛丽亚打探道：

"姑娘，为什么你不同意嫁给他？"

"也许只有上帝知道。"

"为什么要问上帝？这是你自己的事情，只有你才能回答。佛兰切斯科等待你的答复，等得人都瘦了。"

"你是怎么知道的？"玛丽亚吃惊地问。

"我是听鸟儿说的，连鸟儿都知道的事情，别人又怎么会不知道呢？姑娘，你得想清楚啊！"

她想起了彼特罗，既然大家都知道了这件事，那身处葡萄园的他应该也知道了吧？她突然被恐惧攫住了。

"不，不，"她说着，就把夹杂着泥土的麦子倒进了酒吧老板的袋子里，"我才不要结婚，也不管别人怎么说！"

"要是你不想嫁给佛兰切斯科，那你想嫁给谁？他不但有钱，还很和气，完全就是个绅士嘛！姑娘，你听我说，你们俩确实是天生的一对，非常适合结婚。快点儿决定吧！"

左邻右舍，特别是女性亲戚，都对佛兰切斯科赞不绝口，劝她快点儿下决心嫁给他。

此时，彼特罗已经完成了今年的工作，签订了明年的工作合同。

玛丽亚曾经苦口婆心地劝说父亲，让他不要再续签合同，没想到尼古拉大叔不但不听她的，反而轻蔑地说："女人就是头发长见识短，你怎么能辞退他呢？你上哪儿去找比他更能干的仆人？没有任何一个仆人能比得上彼特罗，找一个比他更能干的仆人，比找到比小麦面包更好吃的面包还要难！"

此时，彼特罗正在葡萄园里一边埋头工作，一边胡思乱想。虽然他听说了玛丽亚即将订婚的传闻，却不知道真假。而且，他以前也听说过佛兰切斯科要迎娶玛丽亚的传闻，所以，他现在不愿意去相信这是真的。他把自己变得又聋又瞎，只靠着心中那份爱情活下去。他把自己关在梦中的小岛上，想要逃离现实。

和煦的阳光照射着大地，在山峦的映照下，葡萄也开始成熟了。在层层叠叠的山沟里，那被大火烧焦了的黄连木就像被人弃置于此的废铁。

彼特罗总是喜欢抬起头看着大路，希望能够看到玛丽亚的身影。而此时的玛丽亚却恰好相反，只要一想起他就会咬牙切齿。自己怎么就会让他爱上了呢？他就像一块顽石一样，横亘在自己前进的路途中，难道自己只有付出巨大的代价才能越过这块石头吗？

不得不承认，每当她回忆起这个男人的眼神和亲吻，她就会对佛兰切斯科痛恨不已。这样的回忆让她又爱又恨，让她心里感到非常难过。不过，这时候总会有些邻居大嫂来到她家，买些大麦、小麦或杏仁。她们脸上带着讨好的笑，对这位地主家的年轻女儿说：

"你看到他过来了吗？这个可怜的人都瘦脱了相了，唉，你真是铁石心肠，他不但很富有，还温文尔雅。在努奥罗，他可算是首屈一指的帅哥。而且，他的衣服也是最华贵的。玛丽亚，你可别后悔呀！"

于是，她又陷入了幻想之中。

到了葡萄收获的季节，彼特罗回到了城里。他恳求了玛丽亚很久，玛丽亚才同意见他一面，但是只有一会儿。

"我得了很严重的病，"她对彼特罗说，"你看，我发高烧了，也许我很快就要死掉了。"

她确实是在发高烧，面无血色，浑身发抖。彼特罗留下她坐了一会儿，才让她回房休息，还让她注意身体。

她跌跌撞撞地走了几步，走到门口时，又回过头来对他说：

"彼特罗，你千万要小心。我最近刚刚拒绝了一件大事，我的父母都在怀疑我可能有心事。我想，你应该会按照我说的做吧？"

"我愿意完全听命于你，就算赴汤蹈火，我也在所不辞。"

"我不会这么要求你的。我只希望你别总来看我，别跟我说话……"

"我什么都听你的。"他激动地说。

他本来想打听一下，她拒绝的到底是什么大事。可是此时他突然想起了佛兰切斯科，就没有再问。此刻这个可怜的姑娘正病着呢！

他目送着她离去，看着她披着月光，穿过院子，似乎能看到她在哭泣。

路易萨大婶遵从玛丽亚的意见，等葡萄采摘的工作刚一结束，就安排彼特罗去了别的地方。

和去年一样，他又要去高原，开始播种。走的时候，他把车子装得满满的，上面全是种子和食物。犁耙上装了新的铧刃，在太阳下闪耀着光芒。

这是十月的一个月朗星稀的夜晚，甜美而宁静。彼特罗都没有能够拥抱一下玛丽亚，就离开了，这让他觉得十分遗憾。相比过去她有了很大的改变，现在的她沉默寡言，愁云惨淡。他能感受到，因为她拒绝了佛兰切斯科，路易萨大婶和尼古拉大叔都对她非常冷淡。

"她很害怕父母，所以拒绝我在夜里去看望她。"彼特罗想，"我要过很久很久才能回去。"

不行，他不能就此离开。走到一块田边的时候，他停了下来，把自己的大车和耕牛托付给一个农民，又把狗拴好，就踏上了来时的路。

他就像一具行尸走肉，受到一种神秘力量的推动。在忧郁和爱的刺激下，他的心怦怦直跳。他小心地回到主人家，看到尼古拉大叔正在酒馆里，就走到门前敲了敲。开门的是玛丽亚。

她害怕地说："彼特罗，你怎么回来了？"

"我没有办法扔下你一个人走掉，"他浑身颤抖着说，"请你原谅我，玛丽亚，我真的不能走，我想见你。请你告诉我，我们为什么不能像以前那样见面了？"

他哀求着，如同灵魂被抽走了一样，匍匐在她脚下。

她看着他，心中满是恐惧和怜爱，这让她不由自主地颤抖起来。没错，这个可怜的人在全身心地爱着她，他的爱意超过了那个富有的地主。可是她又能怎么办呢？她想鼓起勇气，把整件事情原原本本地告诉彼特罗，可是她做不到。她又撒谎了，她一直在撒谎。

"难道你不知道我的父母在监视我吗？"她温柔地说，"我已经跟你说过了，我拒绝了很多人的求婚，他们都觉得我心里有别人，觉得我是爱上你了。所以，彼特罗，请你不要再折磨我了，好吗？"

"我怎么会折磨你呢？我宁愿自己死去，都不愿让你受到折磨，"他激动地说，"我只是偶尔回来看你，你就是我赖以生存的面包和水，玛丽亚，我只是偶尔回来！"

"不，彼特罗，你不可以回来，听我的话，别让我为难，你快点儿走吧！"

她推着他往外走，唯恐有人此时出现，当场抓住他们。但是，此时他根本无法行走，无法离开这里。他很想死，觉得自己难过得要命。

"至少让我……玛丽亚，都已经那么久了！"

他像疯了一样，把她拥入怀中，疯狂地亲吻着她。她一边回吻他，一边流下了无助的泪水。

彼特罗重返这片荒原已经有两个星期了，每天他都在埋头苦干。

十一月初的一个夜晚，一位年轻的农民从努奥罗经过这里，给他捎来了一篮食物。

彼特罗邀请这个小伙子到草房里歇一歇脚，烤烤火。坏心眼也围着这个小伙子转来转去，嗅他的衣衫，舔他的双手。不过，小伙子急着上路，就走到草房门口，俯身放下篮子，准备离开。

"你能不能告诉我，我的主人有什么消息？"彼特罗问。

"玛丽亚已经接受了佛兰切斯科，准备和他订婚了。托斯卡纳人说，这桩婚事是他一手促成的。"小伙子微笑着说。

"你说什么？"彼特罗吼叫着冲向了小伙子。

"你不知道吗？"

他隐约听到这么一句。

此时说的彼特罗已经分不清楚，到底是人还是风在说话，还是说这是狗在叫。他只记得，自己听到了一声凄厉的惨叫，然后是振聋发聩的响声，就像有人拿着一把锯在不停地锯他的脑子，他的内脏都能感觉到彻骨的疼痛。他双唇紧闭，如同一具行尸走肉。他能看到，一个魔鬼正奔向自己，想要夺走自己的性命。

这一切都是在一瞬间发生的。那个小伙子还在不停地重复着："你不知道吗？"这时，彼特罗的精神不再恍惚了。

"不可能！"他旁若无人地嘀咕着，"你肯定是听错了。玛丽亚亲口跟我说，她拒绝了佛兰切斯科的求婚。"

这里的光线太过昏暗，那个小伙子并没有看到彼特罗突变的脸色，只是平静地说：

"我也不清楚，但是我可以肯定一点，每天晚上佛兰切斯科都会去玛丽亚家看望她，还会派仆人去她家送礼物。大家都说，他可以在诺伊纳家自由出入。不过，这关我们什么事呢？好了，我走了，你去洗澡吧！"

那个小伙子已经走远了，可是彼特罗突然吹起了口哨，把他叫了回来。

"你听着，我刚才想起了一件事。今晚我得回努奥罗一趟，我有急事要处理。要是路易萨大婶问你我去哪儿了，你就说我在你到来之前就已经离开了。如果他们问我，我就说我回去拿食物了。"

"好吧，晚安。"

彼特罗踏上了回努奥罗的路，他觉得自己就像个瞎子一样，内心比黑夜还要阴郁。他不知道自己为什么要走，也不知道自己要去哪里，能干什么。不过，他还是继续往前走。他感觉，自己就像一头绵羊，身上有一只虫子在动来动去，让他觉得无比难受，因此，他已经打定主意，要把头冲向木头，冲向树干，冲向阻碍他的任何东西。

一定要向前走，要用自己的眼睛去看一看，给自己的心灵一丝慰藉，虽然这种慰藉可能会带来比现在更大的痛苦。

仿佛受到某种神秘力量的驱使，他麻木地走了很远。他的太阳穴突突直跳，他好像听到，崎岖不平的马路上传来了嗒嗒的马蹄声。他好像看到，刺骨的寒风吹着紫色的云朵不停地转来转去。

他慢慢变得清醒了。他抬头仰望天空，想要通过星星推测出现在的时间。他看到，碧绿的木星高高地挂在天边，把夜幕照得像水晶一样透明。于是他想道：

"现在大概是七点，我再走一个小时，就能到主人家。今天是星期六，如果那个人没有骗我，那佛兰切斯科应该还在主人家。要是让我碰到他，我就掐死他。玛丽亚不爱他，怎么可以嫁给他呢！就算犹大背叛了耶稣，她也不会背叛我。她肯定是受到了家人的逼迫，无奈之下才订婚的。她胆小懦弱，不敢反抗，又有谁能明白她此刻的痛苦呢？说不定就是她派人来通知我这个消息的，好让我赶去救她呢？"

离玛丽亚越近，他就越觉得玛丽亚没有背叛自己，对玛丽亚的信心就越坚定。此时，他的脑海里不断地回想着往事。这一切都是关于玛丽亚的，她看向自己的每一个眼神，她的海誓山盟，她的每一句话。回忆就像潮水一样汹涌，他又沉浸在玛丽亚的温柔之中了。

不到两个小时，他就已经爬上了山谷。他疯狂地向前跑着，都快喘不过气来了。他觉得，自己是要去闯龙潭虎穴，救出自己的爱人，与不公平的命运抗争到底。他张开双臂，握紧拳头，好像要试试自己到底有多么大的力气，又好像是在练功，好向不知名的敌人发起挑战。此时，原始人所有的本能都在他身上复苏了。

"我要打死他，我要掐死他，像暴风雨吹倒树木一样把他打倒在地。我要杀死他！杀死他！"

他一边重复着这几句，一边步履匆匆地往前走。他甚至觉得，自己的脚步也在重复这几句话。他的太阳穴、心脏和咽喉都在剧烈颤抖，都在重复这几句话。

离努奥罗越近，他对佛兰切斯科的恨就越深。而玛丽亚，在他看来就是一个被逼无奈的可怜人。

走到小教堂的门口时，他突然停住了，似乎突然回到了现实。此刻，努奥罗沉浸在静谧和夜色中，只能看到零星的几点亮光，那是夜行的人手中的提灯发出的。远处的钟声传来，提醒人们该熄灯了。月黑风高，正是睡觉和作恶的好时机。

"我要去哪里？"彼特罗问。

黑魆魆的奥托贝内山上吹过来一阵风，直吹进他的衣服，让他的肩膀觉得寒彻骨髓，这一路疾行所出的汗似乎也结成了冰。在寒风的吹拂下，他感觉自己披上了一件冰冷的外衣。

是啊，他要去哪里呢？再往前走一段路，就能到玛丽亚家。佛兰切斯科可能已经走了，也可能还在。他只不过是个身份低微的仆人，又能做些什么？他需要打个招呼，能做的也只有打个招呼了。

"没关系，"他一边走一边想，"我先在门口看着，等那个坏蛋走了，我再想办法进去见见玛丽亚，跟她商量一下，我下一步该怎么做。"

正在这时，他听到自己身后传来了一阵急促的喘息声，有点儿像人的呼吸。他刚要扭头去看，坏心眼就冲到了他面前。

"是这条狗！"他大声说，"现在我该怎么办？"

他骂了一声，又吹响了口哨，可是那条狗既兴奋又疲倦，颤抖着奔向了城镇那边。

所以，彼特罗觉得，自己是时候回家了。可是，他越走心脏跳得就越快，现在他的脑子里一片混乱。

"要是他现在还在主人家里，我就要杀死他，我要像一条疯狗一样扑向他。我现在该怎么办？还是在门外等一等吧，我可不想被仇恨冲昏头脑。我可以肯定，玛丽亚还爱着我，我一定要控制住自己，念在她对我的爱的分儿上。"

走到主人家门口，他停住了脚步。坏心眼举起爪子，不停地挠着门，叫声非常悲凉。他揪住它脖子上的链子，拖着它到了墙角。

狗拼命地挣扎着，哀叫着。彼特罗没有办法，只好俯下身去，乞求地对它说：

"好了，我求你了，不要再叫了！"

他和狗就这样对峙着，谁都不会伤害对方，也不会退让。至于他们在墙角待了多久，他也不知道，他只是觉得那是一段非常漫长的时间。

突然，门内射出了一道红光，照到了大街上。然后，门打开了，从里面走出一个男人。他站在门口说了几句话：

"晚安，玛丽亚。"

"再见，佛兰切斯科。"

然后佛兰切斯科就离开了。彼特罗听到他们的话，心痛得无法呼吸，感觉自己就快死掉了。狗借此机会，从他手里挣脱了。他站直身体，慢慢地挪到门口，站在光明的中央。就这样，他见到了自己牵肠挂肚的玛丽亚，感觉自己是在做梦。玛丽亚手里握着一支蜡烛，她一看到彼特罗突然现身，就吓得脸色苍白，惊诧地看着他。此时，狗已经冲进了厨房。尼古拉大叔恰好也来到了门口，大声说：

"坏心眼，你来了？你怎么突然回来了呢？你想做什么？"

彼特罗对别人的话充耳不闻，只是看着玛丽亚发呆，玛丽亚却扭头就走，进了大门。

他们没有任何交谈。他知道，一切都结束了。他拖着沉重的脚步走进大门，又把门关上了。

"晚安，"他随口说了一句，然后走过了庭院，"我想，你们并没有打算等我，对吗？"

玛丽亚觉得，他这句话是说给自己听的。她害怕极了，就吹灭了蜡烛，走进厨房，站在尼古拉大叔身后。

但是他并没有再看她。

他走进去，坐进了炉火旁边的角落里，他曾经在这里有过美好的回忆，可是现在，他的情敌刚刚离开这个凳子。他很想像野兽一样，把自己内心的情绪彻底发泄出来，把周围的一切都摔个稀巴烂，踩成碎末。他有一种冲动，想要拿起那燃烧的木炭，把周围的一切东西和人都烧个干干净净，连同自己一起，都离开这个世界。可是，沉重的痛苦让他动弹不得，他没有抬手，更没有睁眼。

"你就像一具行尸走肉，"路易萨大婶用比平时温和的眼光看着他，大声说，"你是不是生病了？"

"没错，我生病了，所以我才回来的。给我点儿奎宁片吧，我马上就走。"

"你做得对，既然回来了，就在家好好休息休息，明天早上再走吧！我现在去给你拿奎宁片，玛丽亚也生病了，我刚给她买的。"

"她也病了！"彼特罗小声地对自己说。

他抬起头来，审视着四周，一切都还是老样子，东西都还在原来的位置，路易萨大婶还是在纺线，尼古拉大叔还是用双腿夹着拐杖，玛丽亚还是背对着他收拾炉灶上的杯盘。

只是，他觉得自己好像从来没有踏足过这里，一切都是那么陌生。在这里，他觉得自己像草芥一样渺小，就像一个死人。没错，有人拿着一块石头击中了他的头颅，让他一命呜呼。所以，此时他不再是原来的彼特罗，而是一个从死亡和痛苦中重生的彼特罗。

"你就像一具行尸走肉，"路易萨大婶又说，"好了，你快点儿把奎宁片吃了吧，你是不是饿了？"

"我不饿，只是发烧了。"

"你是得了相思病吧！"尼古拉大叔一边开玩笑，一边用牛角烟壶击打着拐杖，又拿起一个有图案的软木塞盖住了烟壶嘴儿。

"我说过了，我只是发烧！"彼特罗愤怒地把刚才的话重复了一遍。

"真奇怪，我还以为你是在梦游呢！年轻人，说话不要这么大声，要是你真的发烧了就快去睡觉吧，"尼古拉大叔说，"不过，我觉得你再喝一杯酒比较好。玛丽亚，去拿点儿酒过来。你快转过身来吧，杯子里又没有佛兰切斯科。"

玛丽亚并没有转过身来，而是直接离开了。彼特罗看着那几个杯子，心想，佛兰切斯科一定用过其中一个。于是，他厌恶地把玛丽亚不情愿递过来的杯子推到了一边。

彼特罗的心碎了。只要能和玛丽亚在一起，哪怕只有一会儿，他也愿意用自己剩余的生命去和上帝交换。现在，他就想亲耳听一听，她说的不能明说的结果到底是什么。

不过，玛丽亚把彼特罗推开的酒杯递给尼古拉大叔之后，在厨房里慢慢转了一圈，就离开了，再也没有回来。

"她是不是在害怕我？"彼特罗心想，"她为什么会害怕我？我又能把她怎么样呢？我跟上帝发过誓，我绝对不会做任何伤害她的事情。她是那么卑鄙，我却还是爱她爱到骨子里。如果她可以原谅我……"

他自己也不知道，为什么一想到她，自己就像一个小孩一样，根本没有理智和坚强可言。这时候，他似乎又听到了从远处传来的嗒嗒的马蹄声，他的脸红得像一团火，一圈红云从他脸上飘散。

他要杀人！杀人！他觉得，此刻只有人的鲜血才能让他喉咙里的火气暂时平息。

"就是今晚，我一定要宰了尼古拉大叔这头穿着红色衣服的蠢猪！"

不过，路易萨大婶刚一回房休息，尼古拉大叔就举起拐杖，轻轻敲击着彼特罗的肩膀。

彼特罗哆嗦了一下，如梦初醒。

"怎么了？"

"当然是好消息了，"尼古拉大叔讽刺地说，"我现在就告诉你。"

尼古拉大叔拿出一块绿色的大手帕，放到火上烤了烤，深吸了一口气。

"这是个好消息，至少大家都是这么说的。彼特罗，你要不要来点儿鼻烟？要不就祝你今晚做个美梦吧！好了，我现在要开始享受鼻烟带来的乐趣了。我上了年纪了，一切就都听天由命好了。现在，我的宝贝女儿就要嫁给佛兰切斯科了。"

彼特罗安静地听着，一言不发。主人最后的几句话如同让他遭遇了当头棒喝。事情已经发展到了这个地步，他居然还在怀疑是不是自己听错了。

"没办法，"尼古拉大叔说，"本来还可以再等一等，说不定她还能找一个更加帅气的郎君。可是现在你也看到了，女人对丑男人根本不屑一顾。就说你吧，你长得是很好看，可是有哪个女人会爱上你呢？机会错过了可就再也不会有了，帅气的小伙子！路易萨大婶，玛丽亚，还有别的所有人，都认为这个人很不错。"

"谁很不错？"

"我刚才已经说了好几遍了，你没有听到吗？当然是佛兰切斯科了，他不但年轻富有，还是市议员，口才也很棒。玛丽亚的结婚对象，应该是中产阶级，医生或者律师，不过路易萨大婶认为，律师都穷得叮当响。所以，你应该已经猜到是谁来求婚了吧？"

彼特罗抬起头，脸上是他惯常的那种轻蔑的表情。

"是市长呀，年轻人，名副其实的市长！"尼古拉大叔高兴地说，一开始他是想表现出对面前这个男人的不屑的，可是因为他太高兴了，所以此刻他的脸上带着一种难掩的得意。"这是一件多好的事情！"他一边说，一边取下帽子，又歪戴在头上。"至于怎么操办，我们完全听他们的。钱都是小事，在佛兰切斯科家里办。玛丽亚真是天生的富贵命。"

"不过大家都说……"说到这里，彼特罗打住了，脸上又是一种轻蔑的神情。

"别人说了什么？你快告诉我！"

"别人说，玛丽亚根本就不爱佛兰切斯科。"

"啊？鬼才会管爱不爱呢，我再跟你说一遍，女人根本就不知道什么是爱情。不过，没有人会逼着她去爱上一个人。她只要觉得他还不错，就可以跟他结婚。关于这方面，我根本就没有对玛丽亚说过自己的想法。"

"完了！"彼特罗心想。

尼古拉大叔说的都是肺腑之言，却把一个残酷的真相给他揭露出来了。根本就没有人逼迫玛丽亚，她是自己想要离开的，谁也不知道她的这个阴谋筹谋了多久。

是的，在她亲吻他的那一刻，她就决定要像犹大背叛耶稣一样背叛他。

一切都结束了。

现在，彼特罗什么都没有了，他孤身一人，在愤怒和绝望的海洋中苦苦挣扎。他走到院子里的小楼梯附近，踱来踱去，想要趁人不备偷偷潜到玛丽亚的房间里。但是，他根本做不到，因为所有房间的门都是关着的。现在，整个世界都陷入了一片静寂。抬头仰望，院子上方的天空挂着一颗绿色的星星，正在闪烁着耀眼的光芒，如同一颗小小的月亮。也许，在彼特罗从马雷里山谷拼命地往外跑的时候，就是这颗星星为他照亮了前行的路。可是此刻，它的光芒似乎是对他的痴情的无情嘲笑。

他回到厨房，瘫倒在地。一幕幕往事浮现在眼前，撕扯着他的心灵，如同一块沉甸甸的巨石，压得他喘不过气。没错，在那神圣的灶台旁边，在那像有生命一样的炉灶前，玛丽亚对他献上了甜美的亲吻和海誓山盟。也是在那里，他苦苦地思念着她。这些都在他的脑海里挥之不去。

他闭上眼睛，似乎又听到了她刻意压低的声音，她那双可爱的手就握在他手里。一切都像一个残酷的梦。突然，那个声音变成了一个鼻音很重的男人的声音，正在一个字一个字地说着什么。是的，他的情敌就在这里，端坐在炉火前面，他的嘴巴一张一合，他那像鹰一样的影子在墙壁上不停地晃动，看起来如同猛兽一般。

他的眼前出现了幻觉：看吧，路易萨大婶正在嘲笑他，笑声里带着平日里没有的阴森，这让她看起来像个女巫一样。她织布的梭子发出嘎嘎吱吱的声音，听起来非常怪异，似乎是什么东西的尖叫，又像是生锈的门框在门缓缓地打开的时候发出的声音。还有尼古拉大叔在向他讲述自己昔日的情史，事无巨细，所有不堪的情节都没有遗漏，这让彼特罗欲火中烧。突然，眼前的一切都消失了，路易萨大婶和尼古拉大叔的脸也不见了，炉火也渐渐熄灭了。在这暗红的影子中出现了两个人，是一男一女在拥抱着，亲吻着，他们就是玛丽亚和佛兰切斯科。

彼特罗再也受不了了，他握紧拳头，从地上一跃而起，走过灶台，冲向了幻影。

可是，地板上和被即将熄灭的炉火照亮的墙体上，只有一个奇怪的大影子，它在不停地晃动，就好像一个人在猛烈地朝着墙撞击自己的脑袋，撞得头破血流。

彼特罗又回到原位坐下，用双手抱住了自己的脑袋，此刻他觉得自己的头即将爆炸。他好像又听到了从远处传来的嗒嗒马蹄声，以及很多巨石落地的声音，他感觉自己又一次热血沸腾。

院子里传来了轻微的响声，他似乎一下子又充满了力气。

"是不是她来了？她来告诉我：'彼特罗，这一切都不是真的，我还是你的，我会永远在你身边。'"

玛丽亚并没有来。不过，这短暂燃起的希望，让他又恢复了动力：怎么可以就此放弃呢？他们毕竟还没有结婚，再说了，就算玛丽亚结婚了，我也可以再爱上别的女人啊！

"我还这么年轻，一定可以放下这里的一切的。"

这时候，他想起了萨碧娜，想起了其他穷人家的女孩子。她们一定会喜欢他，愿意与他共度余生。既然这样，又何必为了一个已经背叛自己的女人放弃一切？

但是，一想到玛丽亚这么久都在欺骗自己的感情，他就火冒三丈。曾经，玛丽亚是他的最爱，也是他有生以来唯一爱过的女人，就像他赖以生存的空气，让他的血液不断流动，也是让他痛苦的根源。没有了她，一切就都毫无意义了。

就这样，时间一分一秒地过去了。为了让自己相信玛丽亚对自己的背叛是合情合理的，他不断地质问自己的良知：我有没有犯过罪？我有没有犯过错？可是，他想来想去，除了爱她，自己并没有做过别的。

他已经愤怒了，根本无法想明白到底是什么导致她突然变心的。在他的心目中，她就像北斗星一样重要，所以，此刻他唯一能看到的就是这颗星星的光芒。

"她之所以会背叛我，是因为她再也不爱我了。"他想，"因为她身边的人总是说佛兰切斯科的好话，她才会对我弃之不顾，转而投向他的怀抱，可是佛兰切斯科长得真的很丑！"他又想，"但是他上过学，口才也不逊色于一个律师。他到底是用了怎样的手段，怎样暗送秋波，怎样甜言蜜语，才抢走了我的玛丽亚呢？玛丽亚只是个柔弱的小女孩，可是他居然把她抢走了，让她嫁给他，这对我是极大的不公平。这个该死的佛兰切斯科简直就是禽兽，我一定要杀死他，杀死他！"

他的脑海中涌现出了各种复仇计划。

"我一定会在这个圣洁的灶台边亲手杀死他！"他大叫着，把手伸向了火苗，"就在这里，我要在他们举行婚礼的那一天，在玛丽亚嫁给他之前，把他杀死在这里！我要他的血，我要他的眼泪！"

他的耳边响起了震耳欲聋的响声，他的眼前飘过了一团带血的云团，然后，一切都重归寂静，一切都消失得无影无踪。可是，往昔那些永远不会再回来的温暖的记忆却温暖了他的心，他忍不住号啕大哭。

自从他的母亲去世之后，这还是他第一次流泪，也是他最后一次流泪。

十三

第二天一早，他还在望穿秋水，苦等着玛丽亚。路易萨大婶从楼梯上走下来，递给他几片奎宁片，就催促他赶紧走。

"昨天晚上玛丽亚发烧了，一整晚都没有好好休息。"

"只怕是在思念谁吧，"彼特罗临走之前说，"举办婚礼的时候，让我回来观看一下好吗？"

"当然，我们还会在婚礼上吃用你种的麦子做成的面包呢！"

"只可惜到时候你们可能就见不到我了。"彼特罗说完就离开了。

"孩子啊，你可得保重身体，现在你的脸色有点儿难看。"路易萨大婶顺口说道。说这番话的时候，她面无表情，根本没有对这个生病的仆人产生任何怜悯，"你可要注意身体啊，身体是革命的本钱。"

路上，彼特罗思绪纷飞："玛丽亚是不是故意对我避而不见，再也不跟我说话了呢？这样的话我可如何是好？不如我找机会再回去一趟，但是她一定会小心提防我。唉，要是我可以给她写一封信就好了，我可以给她写一封血书。唉，我到底该怎么办呢？"他几近绝望，"我到底该怎么办？我没有活路了！"

突然，他想到了一个好主意：我可以到玛丽亚的邻居家藏起来，再请人去把她叫过来。

"可是我该怎么和她的邻居说呢？而且她一定会时刻提防我的。到时候她不但不会过来，还会因为我的做法而生气。"

然后他又想起了路易萨大婶的话："我们还会在婚礼上吃用你种的麦子做成的面包呢！"这仅存的一丝希望迅速让他找到了光明。

"这么说还是有希望的，慢慢来吧！"

于是，他回到了工作的地方，满怀苦涩地种下了"在婚礼上用来制作面包的麦子"。

他心中的愤怒让他有在麦子上下毒的冲动，他甚至盼望着它们都被大风吹走。

日子就像流水一样滑过，过得那么难熬，那么乏味。在高原特有的紫色黄昏中，这个很难被人想起的仆人看起来更加麻木和黯淡了。每当他站在岩石上，用满含着悲伤和狂野的眼神遥望天际的时候，他似乎变成了一尊满怀仇恨的雕像。

他对每一个人都充满了仇恨：他恨路易萨大婶，这个可恶的胖子，眼睛里只有钱，她觉得所有的穷人都是低等生物；他恨尼古拉大叔，这个有胆有识的美男子把一个女子娶到了手；他恨佛兰切斯科，这是一头凶猛的野兽；他也恨玛丽亚，她竟然那么顺从地跟着这头野兽走了。是的，他恨她，恨得咬牙切齿，有时候对她的恨甚至超越了对其他任何一个人的恨。不过，就算他被仇恨冲昏了头脑的时候，那狂野的激情也能战胜仇恨。他们刚在一起的一切情景都还历历在目，他像一头饥饿的雄狮一样，想要得到玛丽亚。如今，原始人的本性在他身上再次复苏，他身上的慷慨大方已经不复存在。这样的心情让他在深爱玛丽亚的时候变成了一个温柔体贴的人，如同一只翩翩起舞的蝴蝶。可是春天过去了，蝴蝶的翅膀掉落了，只剩下一只让人感到恶心的毛毛虫。

那些痛苦的梦幻让他难以成眠，尤其是在晚上，他的悲伤就会被放大。

他经常能够梦到迎亲的队伍，他就跟在他们后面，从娇嫩的麦苗上踏过。他怒火中烧，拿起火枪把新郎给打死了。一天晚上，他梦见了两条乌黑的篱笆，中间夹着一条向远方无限延伸的灰色公路，它似乎穿越了整个世界。他扛着一捆柴火，沿着大路一路狂奔，就像他小时候经常做的那样。当时，他经常去山里捡柴火，只为了可以帮母亲减轻一些负担。

他就这么跑啊，跑啊，天色已经暗了下来，可他还没有跑到路的尽头。他饥肠辘辘，汗流浃背，感觉一点儿力气都没有了，浑身都在颤抖。他看不到路的尽头，也不知道自己该往哪里去。

在远处那昏暗的天空和乌黑的篱笆连接的地方，似乎藏着一个可怕的妖魔，是他从小就害怕的那种妖魔。每次他在黑夜里背着柴火，从奥托贝内山跑下来的时候，就会想起这些事情，觉得害怕极了。

他就像一个发烧的病人，做了那些噩梦之后觉得自己周身无力，手脚麻木。但是在这种时候，他又会觉得自己足智多谋，变得十分精明，就像一个在心里谋划着各种阴谋的老流氓。

就是在这种周身无力的时候，当他在梦中杀死了自己的情敌佛兰切斯科之后，他开始预见到以后会发生什么。

"他们肯定会把我抓进牢里，我可怜的下半生就会在监狱中度过。就算我杀了他又能怎么样？事情只会更加糟糕。不行，我必须要像女人一样聪明。"他自言自语道，"现在能看出玛丽亚有多么狡猾了吧？她抛弃了我，在没有引起我任何怀疑的情况下，实施了这些阴谋，我连问她为什么要这样做的机会都没有。我只是为她家做工的人，她抛弃了我，我却压根没有察觉到。以后我也要变得奸诈一点儿，要懂得用计谋。"

他果然变得奸诈，也懂得用计谋了，可是他也更痛苦了。他就像路边的一棵野草，孤独地恣意生长着，他的爱也是如此。

一天晚上，他又回到了镇上。不过他这次回来并不是一时冲动，而是受到内心的渴望的驱使。他渴望再见玛丽亚一面，还想做些什么，好跟命运做斗争。

他带着狗离开了高原，在晚上九点的时候到达了小镇，此时诺伊纳家已是大门紧闭。他轻轻地敲了敲门，希望玛丽亚可以来为自己开门。而事实却是，很快就有灯光照亮了院子的前面和围墙，然而这灯光很快就熄灭了。没有人来开门。

不用说，肯定是玛丽亚，她从房间里走出来，走进了院子，但是她想到了是谁在敲门，就决定不开门了，又回了房间。

彼特罗火冒三丈，他真想用石头把房子砸烂，可是他转念一想："这样做对我又有什么好处呢？只会闹得镇上所有的人都知道。我应该狡诈一点儿，看看她有多么狡诈啊！她真是狡诈啊！"

没办法，他只好走向姑妈们的小屋。他专门避开了人们平常走的大路，以免被人发现。在一个开阔的院子旁边，就是姑妈们的小屋。此刻，那两个老太婆就坐在厨房里。光线昏暗的厨房里，燃烧着一堆干枯的树枝。

彼特罗对这个家的情况十分熟悉。他悄悄地走向外部的楼梯，尽量不发出声响，然后，他走进了一个有木质阳台的卧室。在黑暗之中，他摸到了一个黑色的木头箱子，那两个老太婆的衣物都放在里面。他撬开箱子，摸到了那把曾经被强盗使用过的手枪。当初是托妮亚姑妈把它放在这里的，她想留个念想。但是，彼特罗就这么把它拿走了。这是他的第一步。

不过，他自己也说不明白为什么要这么做。此刻他已经回到了山谷，走在那条空无一人的小道上。在昏暗神秘的月光的笼罩下，小路也显得非常神秘。月亮一会儿藏在云雾后面，一会儿又露出头来，十分调皮。这时候，他又想起了自己在梦中见到的那条没有尽头的、有妖魔出没的公路。

"我要去哪里？我以后会有什么样的下场？"他下意识地问自己。

这片荒凉的山谷是个不毛之地，走在这里，他又想起了梦中那神秘的画面。他走到一片草丛中停住了，似乎看到自己的情敌正慢慢地从自己面前经过，走在那条静谧的白色的路上。于是，他掏出手枪放了一枪，枪声撕破了山谷里原本的宁静，但是很快一切就都变成了老样子。

他感到自己的心脏在怦怦直跳，感觉自己似乎是一个杀人凶手。然后他哆嗦了一下，摆脱了那种可怕的幻觉，就继续往前走了。

"我这是怎么了？我要去哪里？我以后会有什么样的下场？"

他就这么走着，走向那捉摸不定、半明半暗的天空。他走遍了所有荒凉的山路，这些山路有的漆黑有的明亮，这就要看月亮有没有被云彩挡住了。有时候，他内心的最深处也会出现一道微弱的光芒，但是这道光芒转瞬即逝。于是他的眼前就像他做梦的时候那样，出现了一条没有尽头的道路——邪恶之路。

第二天，他又掏出自己唯一的武器仔细检查了一遍，它已经十分破旧了。然后，他找了一片茂密的、人迹罕至的草地，把它放在了草丛旁的两块凹形石头中间。然后，他又开始埋头工作了，不过他觉得自己已经变成了另外一个人，如同刚从一场大梦中醒过来。

"以前的我真是太傻了，"他想，"本来我可以过上无忧无虑的生活，可我却没有这么做。唉，那次她倒葡萄酒的时候简直是天赐良机，我本来可以跟她喜结连理，逼迫她的父母同意我们的婚事……可那时的我太幼稚了，唉，我就像一条睡着的狗，只有别人拿石块扔我的时候，我才会醒过来……唉，玛丽亚·诺伊纳，我并不想打开你的心扉。没错，你是主人，而我只是你的仆人。不过你要小心了，你这个臭娘儿们，你玩弄我，跟我接吻，如今却不给我开门。你这个奸诈的人，不过，你也教会了我奸诈，我会变得更奸诈。"

但是他一边这么想，一边还抱有幻想，要是自己能给她想要的一切该有多好啊！

"我一定要回去，"他想，"马上就要到冬天了，我还要睡在那个破屋顶下。我又有机会跟她说话，把那些折磨着我的心里话讲给她听。"

他继续工作了。这真是悲惨、灰暗的一天。傍晚时分，突然刮起了一阵寒冷的北风。他想要生火，却怎么也找不到火镰了，也许是在努奥罗的街上的时候不小心弄丢了。于是，他朝着一片茅草屋走去，那里住着一些农民，他们工作的地点距离他干活的地方不远。

他想跟他们借火镰用一用，或者拿一块烧红的木炭回去也行。

这个漆黑的夜晚，寒风刺骨，来自奥鲁内山的北风如同猛兽一样，吹得人的皮肤非常疼。彼特罗看到，那些农民正围着一堆用刺柏烧起来的篝火，他甚至闻到了烤肉和刺柏的香味混在一起的味道。

在肆虐的北风的吹拂下，茅草屋摇摇欲坠，眼看着就要被吹跑了。茅草屋里充满了熏烟。农民们围绕着篝火，在地上坐了一圈。篝火上有两根插着木棒的羊腿，正烤得吱吱冒油。

看到彼特罗来了，农民们有一丝慌乱，但是很快又笑着邀请他共进晚餐。

"真香啊！这只羊是不是你们偷来的？"他一边问，一边捡起了一块木炭。

他刚要走，就听到农民们说：

"要是你拒绝我们，我们就得把你当作奸细，是来替老爷们打探情况的。留下来吧，跟我们一起吃，虽然是偷的，我们也会分给你的。哎，你要说什么？我们难道就不配吃好东西吗？难道只有老爷们才有权吃好的？"

彼特罗坐了下来，农民们告诉他，这只羊是从附近的羊圈里偷来的。可是，有一个人却大声说：

"谁说是偷的，明明就是它自己跑到这里来的。它好像在跟我们说：'快点儿抓住我吃掉吧！'快吃吧，彼特罗，你看起来也是饥肠辘辘的。为何你会如此瘦弱？难道你的主人不给你饭吃吗？"

然后他们就谈到了玛丽亚。

"要是你能把她带来这里，"一个人一边用自己尖锐的牙齿撕扯着手里的羊肉一边说，"我就会像吃这块羊肉一样把她吞下肚。说真的，她是我见过的最漂亮的姑娘。彼特罗，如果我是你，那就等着瞧吧！"

彼特罗浑身战栗，但是他一言不发，以前的自己真是太傻了！

彼特罗饱餐一顿之后，就打算留宿在茅草屋里。茅草屋里有一扇窗户是用藤蔓和石子盖住的，他就睡在距离这扇窗户不远的地方。然后，他就睡着了。他睡着睡着又会突然醒过来，似乎听到坏心眼在狂吠，他凝神谛听，心想：

"是不是有人偷我的牛？随便吧，这里这么温暖，我才不要去管什么牛呢！再说了，所有的牛都是主人的，让它们都去见鬼吧！"

他又进入了梦乡。

黎明时分，他又醒了过来。这时候，他真的听到了坏心眼的狂吠，好像是粗犷的、满是怨气的人声。这时候，农民们那只酷似呼啸的小母狗也一边哆嗦着一边狂吠。

"怎么了？"彼特罗不安地问。

他拨开盖着窗户的藤蔓，脸色突变：在晨曦的微光中，有四个穿着棕褐色衣服的宪兵，正僵硬地走过来。

他迅速地从茅草屋冲了出去，可是他还没来得及意识到自己将要避开的是怎样的危险，就被宪兵按倒在地。

其他的农民也都被抓住了。昨天他们吃完晚饭后剩下的肉类，都被剥下的羊皮包在了一起，这就是他们的罪证。

"快走！"一个宪兵一边用枪推着彼特罗的背部一边大叫，"很快就能知道你是不是无辜的。"

他没有办法，只好跟着他们一起走，感觉自己像做了一场噩梦。现在，他又踏上了那条让他痛苦的大道，像一个倒霉鬼一样边走边骂：

"我是不是真的该死了？"他问自己，"是谁要陷害我？如果主人得知这个消息会有怎样的想法？她会不会觉得我是一个贼？"

下山的时候，他们遇到了羊的主人，是他向宪兵队告发了这件事。

"博伯雷！"彼特罗半是威胁半是求助地对那人说，"我真的没有偷你的羊，你让他们放了我吧，要不我会让你后悔的！我和你无冤无仇，博伯雷，我可以向上帝发誓。请你放过我吧，我已经够倒霉的了。"

"彼特罗，"博伯雷说，"我当然相信你，可是现在你是落在了他们手里，我也管不了。我比你更倒霉，他们三番两次地来偷我的羊，我已经丢了三只羊了，我真的是忍无可忍了。"

农民们说："我们只是在篱笆附近发现了一头死羊而已，是上帝把它弄死的。"

"魔鬼会带着你们下地狱的，走着瞧！"

"真的跟我无关！"彼特罗大喊。

"别废话了，快走吧！"宪兵不耐烦地用枪推了他一下，让他快点儿走。

"博伯雷！"彼特罗又开始哀求他，"至少你要把实情告诉我的主人！就算看在你母亲的面子上，帮帮我吧，把实情告诉他。"

好在他们很快就抵达了努奥罗，路上没有遇到什么人。

在法庭上，农民们众口一词，表示此事与彼特罗无关。但是即便如此，彼特罗还是被关了整整一天。

尼古拉大叔听说了这件事之后，立刻赶到了努奥罗，他先是找法官咨询情况，又为彼特罗请了一位律师。

"您希望看到怎样的结果？"律师问，"法院里的事情是非常复杂的，就像复仇女神的头发一样，错综复杂。"

"少跟我废话！"尼古拉大叔在心里咒骂，不过还是为彼特罗的事到处奔走。

傍晚，彼特罗就被从拘留所押到了监狱。

在那里，他一待就是三个月。

他知道，一个有前科的人，就算没什么证据表明他犯了罪，也会被预防性监禁很久。但是他无法接受这一切，他觉得自己太冤枉了。他打算反抗，而且被关押的时间越长，这个想法就越强烈，有那么几天，他觉得自己快要崩溃了。现在玛丽亚在做什么？自己心爱的人就要嫁给别人了，自己却在蹲监狱，一想到这些，他就感觉十分煎熬。

有时候，诺伊纳家也会派人给他送一些食物和葡萄酒。尼古拉大叔为人厚道，到处托人，争取到了和蹲监狱的彼特罗见面的机会，让他宽心，给他讲笑话。本来尼古拉大叔是可以重新雇人来代替他的，但是尼古拉大叔不但没有这么做，反而对他说："明年我还雇你给我干活。"

彼特罗一言不发，拉长着脸。他又想起了玛丽亚，尼古拉大叔说，很快她就要结婚了。只要一想到他还要回到诺伊纳家，看着这对新婚夫妇百般恩爱，他就感觉自己要发疯了。

过了几天，监狱里来了一个新犯人，和彼特罗关在同一个牢房。他并不是努奥罗人，身强体健，没有胡子，长着一张聪颖又调皮的娃娃脸。他叫乔安尼·安蒂耐，刚一进牢房，他就和狱友们打招呼，并一一握手，还问了问他们的名字和入狱的原因。

他似乎是在找一个朋友，一个同伙，于是，他选中了彼特罗。

"告诉我，"安蒂耐问，"你真的偷东西了吗？"

"没有。"彼特罗说。

"那是你太笨了，要是你真的偷了东西，就不会在这里受苦了。你至少会得到一些好处，心理上也会得到一些安慰。"

彼特罗听着他的言论，笑了起来。

"不偷东西的男人算不上好男人！"安蒂耐说，"你说，上帝是不是真的存在呢？没错，他创造了一个世界，告诉我们该怎么在这个世界上享福。所以，世上的一切都属于我们每个人，我们只需要把自己想要的东西弄到手就可以了。"

"可是，"彼特罗说，"我们都被宪兵关进了监狱。"

"所以我们要变得狡猾一点儿，"安蒂耐说，"要知道怎么把自己想要的东西弄到手。"

"可是你自己也被关进来了啊！"彼特罗说，这个家伙说的话像是在开玩笑，但是也有有价值的内容，他是一个又讨厌又讨人喜欢的家伙。

安蒂耐眯着那双贼溜溜的眼睛。

"你不知道，"他说，"我是故意被他们抓到的。等我离开这里的时候，我就会像鸽子一样洁白无瑕。这次他们指控我的罪责，和我毫无关系，我要证明自己蒙受了不白之冤。下次我要是真的犯了罪，我就可以昂首挺胸地对法官说：'我是受到了别人的诬陷，我上次就是被人诬陷的，我相信，公正的法律一定可以还我清白。'这样的话，法官就会对我深信不疑了。"

"但我可以揭发你，把你说的这些原原本本地告诉法官。"彼特罗嚷道。

安蒂耐微笑着看着他，他的牙齿整洁又漂亮，在房间里的灯光的照射下发着光，如同一只饿狼的牙齿。

彼特罗没有发现，安蒂耐这番言论不但非常荒唐，还前后矛盾。他觉得，这个新狱友一直都在开玩笑。他长着一张娃娃脸，聪明机灵，声音好听，大家都被他给迷住了。

他入狱之后，每天都会讲一些可怕的强盗的事迹，还在故事里添油加醋，让它们听起来更加真实。其他狱友都围着他坐着，听他讲故事。

彼特罗觉得，自己的心仿佛遭受了烈焰灼烧。那些原始人在听到有关战争的故事，或者令人扼腕叹息的英雄事迹，或者在马背上驰骋的父辈的传奇故事时，就会像这样兴奋。

安蒂耐说，自己认识在努奥罗附近的所有逃犯（此时努奥罗确实是遍地草寇）。他甚至还从鞋底拿出了一封大盗科贝的亲笔信，给大家传阅。他说，他曾经和科贝一起在奥利埃纳山开怀畅聊。

每个人都对他传奇的经历羡慕不已，还争相吹嘘自己和强盗的往来。

大家传阅着科贝的那封信，虽然有人并不识字，却还是认真看着上面的内容，如同对待文物一样恭敬地抚摸着。彼特罗也接过信看了看，叹着气说："这才是我心目中的英雄。"他一边用手弹着书信一边说。

他似乎还想说点别的什么，却又闭口不言了，脸色也阴沉下来。

"啊，"他想，"英雄科贝绝对不会被人随意欺凌。他会像狂风一样，吹开束缚着自己的一切。而我呢，我一无是处，就是个废物。"

"还给你！"他一边说，一边把信递回去，"我也要学习写字，要是有一天我当了强盗，我也得写几封信。"

他只是随口一说，安蒂耐却奇怪地看着他。

"如果你愿意的话，"他对彼特罗说，"我可以教你写字，反正我们在这里有大把时间。"

彼特罗高兴地答应了。他开始认真地学习，在监狱里的日子也就不那么难挨了，他得到了一丝安慰。

一个上了年纪的狱警为他们拿来了一些纸笔，获得的报酬就是安蒂耐的酒。而且，他还拿了一些识字的课本和报纸过来，几天内，彼特罗就有了很大的进步。

在被释放之前，彼特罗已经可以读懂一整版的报纸，还会写玛丽亚和自己的名字了。

他非常高兴，感觉自己获得了一件强大的武器，可以用它来进攻了。

日子还是那么一天天过去，枯燥无味。现在，彼特罗已经没有什么时间观念了，有时候他会觉得在监狱里的日子过得飞快，有时候又觉得在监狱里度日如年。

夜深人静的时候，监狱里只有狂风的呼啸和宪兵们的呼喝。这时候，他就会想起在东家那温暖的房间里，他在炉灶边度过的美好夜晚。入睡之后，他又梦见了玛丽亚，她的亲吻让他继续承受着爱的苦难。

上帝啊，难道一切就这么结束了吗？往事都已经烟消云散了吗？他一睁开眼，就想起了佛兰切斯科，几乎被仇恨吞噬。他一边叫着仇敌的名字，一边咬牙切齿。他觉得，自己之所以落到这步田地，都是佛兰切斯科一手造成的。他想，要是他那天晚上不去努奥罗的姑妈家拿手枪，就不会弄丢火镰；如果火镰没丢，他就不用去农民家拿木炭，那他现在就不会身陷囹圄了。

他的内心深处燃起了一股烈焰，那是由怒气和郁气纠结在一起产生的，那是一种深沉的怨怒，是他想要和自己悲惨的命运以及上帝抗争到底的决心，这种决心在他的内心不断翻腾。在他的内心深处，安蒂耐所说的那些罪恶的理论就像一颗邪恶的种子一样，不但扎下了根，还在茁壮成长。

"好汉们，我们之间没有任何区别，"安蒂耐有时候是开玩笑，有时候却又一本正经地说，"我们没有任何区别，就像同胞兄弟。上帝就是我们的父亲，他在创世记的时候就跟我们说：'孩子们，我做了一个巨大的面包，人人有份儿，你们都去拿属于自己的那一份儿吧！'可是世人总有一些笨蛋，他们有的人会挑选最大的一块，有的人却一无所获。一无所获的人就去问上帝，他们该怎么做，上帝就会对他们说：'孩子们，这个问题需要你们自己来解决，你们先照顾好自己，我才可以照顾你们。要是谁都想不出办法，只能坐等饿死。'"

"可是，"彼特罗提出了异议，"只有东西并不代表会快乐。"

"你听谁说的？"安蒂耐不屑地说，"傻瓜，你就是这么想的吗？让我来告诉你吧，金钱是万能的，有钱就可以获得别人的尊重和爱戴，谁都不敢去招惹他。而且，女人们也只会爱上有钱人。只要有钱，她们不会在意他是个丑八怪，哪怕他口眼㖞斜，走路瘸腿。"

"没错，"彼特罗大声说，"可是为什么会这样呢？"

"因为我们都愚蠢透顶，不懂得这么一个道理：大家生而平等，这世界属于我们每一个人。比如天上飞翔的小鸟，它们长着同样的羽毛，想去哪里找食物，想去哪里筑巢，都可以随着自己的心意。为什么我们人类就不能像它们那样呢？因为人笨！"

"可是说到底，就和你刚才说的那样，世界上有聪明人，也有傻子，而我就是一个傻子。别人欺负我，我却不敢还击，我也不敢去能够赚钱的地方大赚一笔。我到底有什么罪过？不就是这么回事吗？"彼特罗愤怒地说。他觉得，自己本来是可以占有玛丽亚，并享受爱情的。"没错，我就是一个傻子。"

"但是你是可以从傻子变成聪明人的。"

"我该怎么做？"

"你可以学习啊，你看，你现在不是已经学会写字了吗？这是一样的。"

有时候，彼特罗也有一种冲动，想要把自己那段痛彻心扉的爱情告诉安蒂耐。不过，他实在是没有这个勇气。他的内心还有那么一丝希望。

他还是抱有一丝希望，还有一些恶念：如果有什么突发事件，导致玛丽亚和佛兰切斯科无法成婚，比如他一病不起，撒手人寰。到时候，玛丽亚可能会想起往日的情谊，再和他重修旧好。可是，现在他还没有任何被释放的迹象，这个世界为什么如此不公？

很快彼特罗就听到了玛丽亚和佛兰切斯科的婚讯，这让他如同饮满了一杯苦酒。他怒气冲天，拼命地摇晃着栏杆，似乎想要把栏杆晃断。他觉得，这些栏杆快要让自己窒息了。

不管怎么说，他们都应该把自己放出去啊！出去之后，他才能想办法做点什么，他会去哀求，或者去威胁，甚至宁愿杀人。

在监狱中度过的最后一周，他一直都饱受仇恨的折磨。外面的雨不停地飘落，他站在铁窗旁边，只能看到外面灰色的天空。他还看到，孤独的乌鸦狂叫着飞过天空。

"这个世界上根本就没有上帝！"这个绝望的犯人说，"要是真的有上帝的话，像我这样无辜的人又怎么会在这里受罪？"

终于有一天，法院发布了公告，承认了错误，彼特罗就这样被释放了。

"等我出狱之后，我会去找你的，"安蒂耐对他说，"到时候我可以帮你做笔生意，你要开心一点儿，千万不要忘记我。"

当彼特罗再次踏上那条熟悉的街道，他觉得自己是从噩梦中醒来，就像一个濒死的病人突然又康复了一样开心。

他的每一寸神经都因为紧张而不停地跳动着。由于长期的监狱生活，以及内心的折磨，他的脸色苍白如纸。他木然地朝着诺伊纳家走去。玛丽亚不在家，路易萨大婶神情淡漠地接待了他，还跟他说了玛丽亚很快就要结婚了这件事。

"你还给我们家干活吗？"她问，"佛兰切斯科说他缺一个仆人。"

彼特罗颤抖了一下，他怎么能去做佛兰切斯科的仆人呢？

"玛丽亚去哪儿了？"他问。

"我也不知道，我猜想是去做九日祈祷了。彼特罗，你想不想喝点儿什么东西？现在你的脸看起来如此苍白，也许喝一点儿葡萄酒，你的脸色就会好看一点儿。我想，你一定会去参加婚礼吧？"

他喝了酒，只不过，他感觉自己好像喝下了一杯毒酒。

他走出房间，徘徊在房子周围，等着玛丽亚回来。暮色四合，黑暗笼罩了一切，连同他的心也被笼罩住了。

"我想她一定是藏在家里，她居然连看我一眼都不愿意。"他痛苦地想，"看来，一切都结束了。"

他开始考虑复仇的事情，他已经下定决心，在婚礼之前干掉佛兰切斯科。他想：我今晚就可以干掉他了，我就藏在诺伊纳家门后。

看，彼特罗似乎看到了自己的情敌，他那么高兴，那么自信。彼特罗只需要一点儿勇气，就可以冲向他，把他掐死。可是之后呢，他会把牢底坐穿，余生都过着暗无天日的生活。

彼特罗非常害怕再次回到监狱，这种恐惧压制住了他的怒气和复仇的念头。此时，他又想起了安蒂耐的话："要学会等待时机，利用时机！"

"没错，"他对自己说，"要等待时机。"

他心情沉重地离开了诺伊纳家的倒霉的房子，与他做伴的是被阴影笼罩的灵魂。

十四

玛丽亚结婚的前一夜。

屋子内外被彻底地粉刷了一遍，焕然一新。厨房里的碗和锅子
也都被洗得干干净净，干净得能照出人影。路易萨大婶觉得，锅子
是金铸的，锅盖是银质的。

就连楼梯和阳台上的护栏和扶梯，都用灶灰和素油擦洗过，在
初春阳光的照耀下熠熠生辉。

由于院子里要迎来一对新婚夫妇，所以空气中弥漫着喜庆的氛
围，充满了爱情和祝福。

所有的炉灶上都坐着一个咖啡壶，咕咕噜噜地冒着泡；所有的
房间里都飘着点心和葡萄酒的香味；所有的茶几、床和椅子上，都
布置着五彩斑斓的蛋糕和用蜂蜜杏仁制成的点心，点心上还有阿拉
伯式建筑风格。

门开了又关，关了又开，进来了很多衣着光鲜的女人，她们无
一例外的都是浓妆艳抹，顶着糕点和杏仁食品，还有用长春花编制

的装满小麦的筐子。在这些金灿灿的小麦里，还有一些葡萄酒，既有红色的，也有黄色的，所有的酒瓶处都用小花塞紧。

每一位来访的宾客都会在诺伊纳家和罗萨纳家的仆人的引领下，到这对新人的面前道贺。

萨碧娜拿着盘子和筐子，婀娜地走了进来。此时，在诺伊纳家其他亲友的带领下，女人们来到了一间摆放好了食物和葡萄酒的房间。萨碧娜走进房间里，把小麦倒出来，把蛋糕收好。在每一个需要还礼的容器里，她都放上了一块牛肉，一块做成爱心形状的杏仁饼干以及各种形状的小点心。

一位红发女孩坐在摆满了牛肉和鲜花的桌前，在一张纸上写下了前来送礼者的名字。

萨碧娜进进出出，一边念着送礼者的姓名，一边拿出小麦和葡萄酒：

"玛丽亚·罗萨纳大婶，杏仁蛋糕一块。"

"安乐尼奥·玛丽亚·钟凯都老爷，小麦。"

"格拉齐亚·卡苏拉大娘，小麦和杏仁零食一份儿……噢，我说卡德琳娜，你能不能写快一点儿？"

卡德琳娜一言不发，还是慢悠悠地写着。可是等到房间里只有她一个人的时候，她就会变得活跃起来，拿起桌子上的蛋糕，想尽办法藏在自己身上，口袋里、前胸里、袜子里……

最近一段时间，玛丽亚都没有做家务，她有点儿难以接受这种状态。她从头到脚都换上了新衣服，雪白的衬衫，带花的头巾，脖子上还系着一条黑色的装饰带。她和新郎的亲戚们坐在一起，一边烤火一边聊天。

每个来送礼的女人都会跟她握手，俯下身子祝福她"生活幸福，就像我们带来的数不清的麦粒那么多"，然后就一起去喝咖啡了。

玛丽亚优雅地向来客道谢，心中想的却是：这些祝福并不都是真心实意的。不过此时，路易萨大婶却拿出一副贵族太太的架势，一边接受她们的祝福，一边招呼她们尽情吃喝。

对于母亲表现出的这种贵族太太的架势，玛丽亚并不认同，有几次，她悄悄地把母亲拉进隔壁的房间，对她说：

"让她们随意点儿就好了，你不要把整盘的糕点都倒进她们的围裙里。"

"别管我啦，女儿，"路易萨大婶一边说，一边整理着自己的包头巾，"我这辈子都不会再有这样的日子了，当然得好好庆祝一番。"

她还有一番话没有说：这几天就是显摆自己家的高贵和阔气的好机会。玛丽亚明白她的心思，也就没有再说什么。

"玛丽亚！"新郎的表妹，一位十分可爱的小姑娘叫她。

玛丽亚立刻迎了过去，跟她握手寒暄，带着她走到楼梯口，看着她走上楼梯，看着她停下来和萨碧娜说话。

"萨碧娜，你看起来似乎很高兴的样子。"小姑娘说。

"我一直都很高兴啊！"萨碧娜说。

"明天彼特罗也会来吧！"

"随便他。"萨碧娜装出一副不以为意的样子。

"他来了你不高兴吗？"

"他爱来不来，跟我无关。"

"萨碧娜，你可真会装啊……"

萨碧娜笑了一下，就走向了另外一个女人，从她手里接过杏仁和蜂蜜蛋糕，走进了屋子。屋子里的光线十分昏暗，她的脸色也阴沉下来。彼特罗会来吗？他为什么要来？他想做什么？

"啊，"萨碧娜想，"我倒想看一看。"

此刻，恐惧、怨恨和残留的幻想都让她心烦意乱，她不敢对自己承认：当她听到玛丽亚订婚的消息的时候，她又重新燃起了希望，她对那个男人充满了怜悯，又旧情复燃，因此，她打算原谅一切。

萨碧娜和玛丽亚很有默契地都对彼特罗避而不谈。虽然这位有钱的表姐在过去的一段时间内误入歧途，但萨碧娜还是原谅了她，因为她已经认识到了自己的错误。

现在，彼特罗回来了。萨碧娜已经有好几个月没有看到他了。她早就听说，他会在玛丽亚结婚的时候前来道贺，对此她一直觉得十分忐忑，不过她还有那么一丝期待。她打算用可怜的目光注视着他，趁机感化他，让他回到自己身边。

她就这样一边想着事情，一边不停地接受礼物，一直忙到很晚。除此之外，她还需要在礼物上做记号，那个女孩吃够了点心之后，就丢下了工作离开了。

傍晚时分，新郎到了。他剃光了胡须，穿着笔挺的西装和一条白裤子，皮鞋踩在地上发出咯噔咯噔的响声。他打扮得十分帅气，目光中闪烁着兴奋和欲望。

可是新娘子却心神不宁的，对他的到来十分冷淡。

她一直在为彼特罗会来的事情担心和伤心。他为什么要来？是不是想让自己当众出丑？

从监狱出来之后，彼特罗再也没有来过这里。有一次，玛丽亚出人意料地收到了一封信，是彼特罗让托斯卡纳的酒馆掌柜捎给她的。在信里，彼特罗说自己想见她一面。

我会在每天晚上十一点到你家门口等你，如果你对我还有一丝怜悯，玛丽亚没有给他回复，也没有给他开门，从此，他就再也没有出现过。那他现在为什么要回来呢？他想干什么？他是决定要咽下这口气，还是要回来报复？

"也许，"玛丽亚想，"我真的应该跟他见面，跟他把话说清楚，请求他的原谅。而且，要是他真的想报复的话，他应该早就动手了。我想，他明天也许不会来吧……"

现在她开始感到恐惧，脑海中出现了一些自私的念头：

"法院为什么不把彼特罗多关一段时间呢？既然他都被关了三个月了，那关四个月又有什么关系？我不是不希望他好，只是想让大家都平安无事。要是我结婚之后他才被放出来，也许他会更容易接受一些。"

看吧，只不过是短短的四个月，那团曾经在她的心底熊熊燃烧的不幸的爱情火焰就已经熄灭了。虽然她现在没有爱上佛兰切斯科，但是她也已经不爱彼特罗了。她的爱情就像是得了一场重病，虽然已经恢复了健康，却还是浑身乏力。

"不，"她对自己说，"我为什么要恐惧。我比任何人都明白，彼特罗是不会伤害我的。"

更何况，还有很多小事让她分心，所以她根本没有心思去考虑这些事情。她已经和佛兰切斯科商量好了，婚后住在娘家，这样就可以把新郎家的房子租出去，得到一笔收入。而且，玛丽亚和父母住在一起，也会觉得舒服一些，这样的安排真是再好不过。

玛丽亚的房间进行了重新装修，墙壁涂成了天蓝色和玫瑰色。床是在萨萨定做的，其他的椅子、屏风、镜子，都让乡亲们十分羡慕。

之后的几个月，这些都还是大家热议的话题。

而且，中产阶级听说了玛丽亚结婚的盛况之后，提出了酸溜溜的批评，因为这些东西都被人为地夸张了：有人说佛兰切斯科·罗萨纳的新娘穿的是这一带最为华贵的衣服，有金质纽扣的紧身上衣，还有手套和金项链。

虽然这些都是谣言，但对玛丽亚却十分受用，她能够从这种虚荣心中得到很多快乐。

结婚那天早上，她比平日里起得早一些。因为在举办婚礼的过程中，她需要和丈夫亲近一些，所以她把自己洗得干干净净。洗澡的时候，为了不咽下水，她还紧紧地闭上了嘴。然后，她就穿好了衣服和一双锃亮的皮靴。虽然这双靴子稍微有点儿小，可是她穿上之后，那双脚就看起来更加小巧了。

她像一个孩童一样，得意地看着自己的脚，又把萨碧娜叫到身边，撩起自己的裙子，说：

"你看我的脚漂亮吗？"她和萨碧娜说话的语气还和往日一样，充满了嘲笑。

萨碧娜打开窗户，然后转过身来，若有所思地看着表姐。阳光洒满了玫瑰色的卧房，在阳光的照耀下，墙上那些镶嵌着贝壳的风景画也反射出了亮光。院子里，燕子在叽叽喳喳地叫着，公鸡也在打鸣，一切都是那么祥和和欢乐。

在隔壁的屋子里，尼古拉正在打哈欠，这时候传来了敲门声。

"我们要快一点儿把房间收拾好，"萨碧娜一边说，一边收拾着房间里的东西，"今天天气不错，是个好兆头。"

"你听，这靴子多响啊！"新娘盯着自己的靴子说道，"真像佛兰切斯科的靴子，可是它有点儿小。要是别人看到我穿这么好看的靴子，又不知道会议论些什么了，你说是不是？"

前一秒新娘还是笑容满面，后一秒却又阴云密布。萨碧娜看了她一眼，语带嘲讽地挖苦道：

"是不是新靴子弄疼了你的脚？"

"不是，我只是想……"

"你还想什么？帮我来弄一下被角，对，就是这样，还要把枕头弄一下。这是我见过的最美丽的婚床。"

"我在想，佛兰切斯科跟我说，春天到来的时候，我要跟他一起去他家住上半个月左右。到时候你可以来陪我母亲一起住吗？"

"到时候再说吧！你先让一让，我得在地板上洒点水。快起来，到一边去。"

萨碧娜在擦洗地板，玛丽亚不想干活，就躲到了隔壁的房间。这时候，尼古拉大叔已经起床了。他穿着节日的盛装，在院子和厨房里来回走动，用手中的拐杖指挥别人，但是根本没有人理会他。路易萨大婶带着比平日里更加冷漠的神情走进了厨房，拿腔拿调地跟邻居家的女人们聊着天。

"这么多礼物！路易萨大婶，你可真了不起！"所有的女人都在拍她的马屁。"我活了这么大，还从来没有见过这样的排场。你们招待宾客的规格太高了，真是有钱人。"

"这种事情一辈子也没有几回。再说了，既然有这些东西，就拿出来和大家分享嘛，上帝还会保佑我们挣回来的。"

"当然，上帝会保佑我们的。"

所有的房间都收拾干净之后，玛丽亚和萨碧娜就一起到了楼下的厨房里，她们就像两个小孩子一样，天真地打闹着，你追我赶地下了楼梯。看到新娘的靴子，夫人们都赞不绝口。

"简直像写字楼里的笔尖一样娇小。"她们一边说一边弯下了腰，以便看得更清楚一些。

萨碧娜给玛丽亚递上了一杯牛奶咖啡，打趣道：

"要是你不喝的话，我可喝了啊！"

这时候玛丽亚打了一个哈欠，一个女邻居开玩笑地说：

"今天晚上你一整晚都得不吃不喝呢！"

玛丽亚的脸红了，迅速冲进了厨房。这时候，她该开始穿婚礼的礼服了。与此同时，尼古拉大叔和路易萨大婶的娘家哥哥一起去接新郎，要把他接到新娘家。

佛兰切斯科的妹妹和姐姐们早早地就来到了玛丽亚家，想要把她打扮得光鲜动人。她们穿着自己做新娘的时候穿的衣服，富丽堂皇的厚衣衫，束得很紧的腰身和上衣，双手都戴满了戒指，尽心尽力地打扮着新娘。

玛丽亚笔直地站在镜子前，端详着镜子中的自己，还不停地转来转去，看看自己的前面和后面有没有不如意的地方。不过，镜子中的她模模糊糊的，还很矮小，所以，她并不是很满意自己的这套礼服。

比起镜子，也许新郎更有说服力，让她对自己的外表和礼服充满信心。佛兰切斯科一走进房间就惊呆了，他满含深情、目光灼灼地看着她。

"你真美！"他忍不住赞叹。

他曾经见识过她的美丽，就是在戈纳雷那天的晚上，但是当时的美和现在的美完全不一样。

他把自己现在的感觉告诉玛丽亚，然后走到她身边，含情脉脉地看着她。他颤抖地抬起手，为玛丽亚整理华丽的裙子上的蝴蝶结。

"你疯了。"她一边说，一边举起自己那镶嵌着贝壳的《玫瑰经》上的金佩饰，朝着佛兰切斯科的手轻轻地打了一下。

"我们走吧，你们等一会儿再聊。"佛兰切斯科的一个妹妹说。

可是他却突然搂住了玛丽亚的腰，想要亲吻她。

"放开！"她挣扎着说，"你这是在犯罪！"

"如果亲你是一种罪过，我愿意犯罪。"

她走到了一边，脸上出现了一丝阴霾，因为她又回忆起了彼特罗给自己的吻。但是，别的一些事情又很快把她拉回了现实，新娘子明媚的笑容让她的眼睛再次明亮起来。

参加婚礼的都是路易萨大婶钦点的。"你和你，你们俩走在前面。"她一边说，一边将两支用蓝色丝带装饰的蜡烛分别递给了一个小女孩和一个小男孩。

"你们俩继续往前走，就像一对新婚夫妻一样，可千万不要吵架哟！"

然后是新娘，表姐和表妹分别站在她的两侧。再然后是新郎，尼古拉大叔和路易萨大婶分别站在他的两侧。在他们身后就是其他的亲友。

路易萨大婶站在门口，目送着迎亲的人越走越远，然后她走进了厨房，用头巾的一角拭去了自己眼中的泪水。

女邻居们早已经把街道打扫得纤尘不染。此刻，所有的女人、孩子和猫猫狗狗，都在为这场婚礼喝彩。

玛丽亚觉得越来越忐忑，她并没有看到什么，也没有听到什么，只是双腿在不由自主地颤抖，心也快蹦出来了。她似乎是在哭，又似乎是在笑。她想，一个小时之后，她还会回来，可是那时候她就没有了自由，也不再是处女。从此，自己将和一个自己不喜欢的男人共度余生。不过，她并不觉得自己可怜，只是觉得有一种莫名的恐惧。

还有一件事也让她十分恐惧，因为她也不知道，彼特罗那不依不饶的又让人心疼的身影到底会不会出现。最后，婚礼队伍终于浩浩荡荡地进入了教堂。现在，她的一颗心才算是落地了。教堂的拱顶是灰色的，让她觉得十分宁静，从而内心也渐渐平稳下来。现在说什么都晚了，也没有什么可担心的了，过去的就都让它过去吧！

阳光透过窗户，倾泻在落满灰尘的长凳下。此时，这里的空气十分温柔，偶尔还能听到几声鸟叫。

此时，玛丽亚和佛兰切斯科一起跪在祭坛的阶梯上，绘在穹隆上的永恒之父正严肃地看着他们。他被画得像是撒丁岛上的一个老牧民，四周环绕着祥云。玛丽亚虔诚地进行了祷告，她向上帝发誓，自己会做一个好妻子。她的声音铿锵有力，做出了坚定的承诺。可是直到走出了教堂，她才敢直视自己的丈夫。

这就是自己后半生的依靠，自己会跟他共度余生。以后她就不是玛丽亚·诺伊纳，而是玛丽亚·罗萨纳了。

她高兴地走到丈夫身边，丈夫也目光灼灼地看着她。

"玛丽亚，你有什么话想说吗？"他温和地说，"跟我说点儿什么吧，笑一笑，大家都在看着我们呢！"

她笑着说："我很紧张，什么都说不出来。"

大家都知道，婚礼队伍还会原路返回，所以都扒在窗户上，或者站在大门口，或者等在大街上，等着看他们。大街上还有一群小乞丐，他们一见到这对新婚夫妇就围了上去。这对新婚夫妇在家人的陪伴下，一起走出了教堂。

不断地有小麦、干果和鲜花从窗户和大门里飞出来，不过只这样做是不够的，还有几个女人拿来了新盘子，在新娘脚下摔碎了，发出清脆的响声。这么做是有一定的意义的，因为如果是重嫁的寡妇或者非处女结婚，就没有这个仪式。玛丽亚羞得脸都红了，佛兰切斯科却得意地笑着。

在诺伊纳的邻居们住的那条街上，盘子被摔碎的声音不绝于耳，女人和小孩的欢呼声响彻天际：

"祝你们幸福，祝你们幸福！"

路易萨大婶提前回了家，她站在门口守候着，期待着女儿和女婿的身影。一看到他们，她的泪水就夺眶而出。她哭着抱住了这对新人，新人也抱住了她，他们就这样互相亲吻起来。

玛丽亚的泪水顺着脸庞慢慢滑落，然后，头巾的一角把它们给吸掉了。泪痕尚未逝去，新娘子又绽放了微笑。

十五

　　也许是冥冥中自有天意，彼特罗又回到了诺伊纳家。最近几天，他的内心和那些困扰他的念头不断地抗争着：他渴望见到已经嫁作他人妇的玛丽亚，虽然他已经永远失去了玛丽亚，而且再也无法让她回头，可他还是想见到她。可是见面之后，他又能做些什么？他自己也不知道，可能是因为已经绝望了吧！

　　他现在寄居在他那些上了年纪的姑妈那里，姑妈们有一小块田地，他就帮着她们干活。玛丽亚举行婚礼的那天，他早早就醒了过来，跑到田里埋头苦干，力气明显要大于以往。可是他的心思根本就不在这里，他想要冲到这一对新婚夫妇的房子里，观看他们的结婚仪式。他看到玛丽亚身着新娘的盛装，他看到佛兰切斯科在对她微笑，他感觉自己像在追随着热闹欢腾的婚礼队伍。玛丽亚笑靥如花，佛兰切斯科在炫耀自己的幸福。而他却只能站在田地里，俯首向大地，听着春风拂过像待嫁的新娘一样的土地。他孤独地站在那里，如同一个被舍弃掉的仆人。

冷汗浸湿了他的后背，他的太阳穴突突地跳着，如同受到了打击。想冲回镇子上参加婚礼的念头胜利了，他被这个念头攫住了。

"我现在正在发高烧，没法干活。"他对自己说，像是要为自己的懦弱找一个合理的借口。他给自己把了把脉，擦干了汗水，就动身了。到了努奥罗的时候，他好好地打扮了一下自己，还把节日的华服拿出来穿上了。然后，他就大步地迈向了那个曾经让自己快乐如今却让自己伤心的地方。他似乎是受到了某种神秘力量的推动，径直走向诺伊纳家，如同一个杀人犯重新回到自己犯下罪孽的地方。

来到大门前，他又思来想去，不知道自己到底要不要进去。最后他终于决定，用自己一贯的那种轻佻的姿态，若无其事地走了进去。他昂首挺胸，大步向前，但是走到天井的顶棚下面时，他又停住了。此时大概是下午一点，阳光洒落在院子里，咖啡和炖肉的香味不断地从厨房飘出来，人们在尽情地嬉闹着，杯盘不停地碰撞着，婚礼现场真是热闹极了。

彼特罗的眼睛赤红，似乎要喷出火来，他看了看阳台，我要不要上楼呢？还是应该去厨房，继续做那伺候人的工作？往事就像一根细针，扎得他的心很疼，他觉得自己的心都要碎了。他好像回到了过去，回到了自己和玛丽亚初次约会的时候。他咬紧牙关，想要压制住自己内心的愤怒和痛苦汇集成的一声怒吼。

这时候，一个女人端着一个大白盘子来到了厨房。在阳光的照耀下，盘子反射出耀眼的光芒。

"彼特罗，你好呀！"她高兴地说，"快到楼上来吧！"

"客人多吗？"他问。

"不太多，快来吧，尼古拉大叔可是一直都念叨你呢！"

他跟着那个女人上了楼。

"快看谁来了。"女人走进宴会厅，大声地对大家说，于是所有的人都盯着他。他碰了一下帽子，就走到尼古拉大叔身边，伸出一只手放在他的肩膀上。

此刻尼古拉大叔已经微醺，他欠了欠身，让彼特罗坐在他身边。然后他递给彼特罗一个盘子，还说了几句话。

可是彼特罗什么都听不见，什么都看不见，他感觉自己从来没有来过这里。这里不属于他，他也不属于这里，他只能听到自己狂乱的心跳声。但是很快他就平静了下来，他推开了自己面前的那个盘子，又看了看四周。

再看看客厅里，一共有 30 多位宾客，有男有女，围坐在餐桌旁边。餐桌摆放得非常华丽，上面有各种颜色的碗筷和形状各异的杯子。很明显，这都是从不同的人家借过来的。

按照撒丁岛的结婚习俗，此时新郎和新娘正用一个盘子吃饭。不过佛兰切斯科有些过分殷勤，不停地给玛丽亚送酒送菜。

此刻她已经脱下了新娘礼服，但是上衣下面还穿着那套美丽的绣花衬衫，头上是一块深色的裹头巾，上面还有玫瑰和风信子的图案。她可真美啊，佛兰切斯科看着她，如痴如醉。这既是因为爱，也是因为喝醉了，此刻他的眼中只能容下玛丽亚一个人，客人们的叫嚷声根本打扰不到他。彼特罗进来的时候，他似乎没有察觉到。就连玛丽亚都没有抬眼看他，只是不停地微笑。

"她眼里根本就没有我，我为什么要来？"彼特罗心想。

"哎，你的皮肤这么白，跟个娘儿们似的，"尼古拉大叔边说边把盘子推回到他面前，"你还别说，坐牢之后你好像更好看了，但是你怎么不吃东西呢？"

"我已经吃过了，我真的变好看了吗？太好了，那就会有更多的姑娘愿意嫁给我。"

"姑娘，"尼古拉大叔说，"我把这里给你让开，你只要姑娘就行了。"

玛丽亚飞快地环顾四周，看到了彼特罗笑容可掬的脸，然后就低下头，盯着自己的盘子，再也没有抬起头来。

"他来到这里，就是让我知道他心里已经没有我了。"她想着想着，居然皱起了眉头。

佛兰切斯科把热得发烫的手放在了她的手上，她抬起头，对他展露了一个迷人的微笑，然后他就用胳膊搂住了她的腰。

彼特罗目不转睛地看着他们：他在绝望中想到的却又不敢相信的幻想，此刻真真实实地出现在了他面前。原本他连做梦都不会想到的事情，此刻就出现在他眼前。

这是真的吗？他感觉自己的世界支离破碎，一切都成为往事了。

只有萨碧娜注意到了他。她看到，他愤怒地看着那对新婚夫妻，眼睛里似乎要喷出火来。萨碧娜面色苍白，心都要碎了。她的那种焦虑和沮丧是无法掩盖的。她苦苦等着他的到来，结果呢，她等到的只是一个心如死灰的彼特罗。

"完了，"她说，"没什么希望了。他是那么爱她，连看都不看我一眼。他看她的眼神就像蟒蛇一样，让人害怕。"

"怎么了，宝贝？"一个小伙子问她，"你的脸色好难看，你看到了什么？"

她耸了耸肩。年轻人环顾四周，只看到了一些微笑的、喝得红光满面的脸。

欢庆进入了高潮。大家有说有笑，嘴唇上满是油光，眼睛也闪闪发光，手也高举着；语意双关的玩笑话和暧昧不清的言语从房间的一端传到另一端，还有人不知在骂着什么。

这时候，站在新娘旁边的一位牧羊人挺直了身板。他看起来十分强壮，紫铜色的脸蛋在太阳下闪闪发光。他有一头红色的头发和满脸的胡楂。他拿起刀，动作熟练地把一头小乳猪切成一片一片的。这是一把折叠刀，是他从口袋里拿出来的。那把刀就像是从他那瘦骨嶙峋的手里长出来的，能够准确地找到乳猪的每个关节，切断每条筋，在红色的猪皮上不停地划来划去，发出咔咔的响声。切完之后，他随意地舔了舔自己的手指，又用餐纸把刀擦干净，然后长出一口气，得意地往四下里看了看。

有几位客人为他大声叫好，新郎也看着他，用意大利语说："先生，你这手艺可真棒，要是国王亲临此处，一定会把你带回王宫，让你做他的切肉大厨。"

客人们哄堂大笑，除了萨碧娜（因为绝望）、路易萨大婶（因为矜持）和玛丽亚（因为烦躁）。是的，玛丽亚看到佛兰切斯科已经有了醉意，非常生气。彼特罗看到这些，一定会偷偷笑话他的。

盛有切好的乳猪片的大盘子围着餐桌转了一圈，佛兰切斯科在盘子里找了半天，才找出了几块猪腰子，把它们切成小块儿，撒上盐，放到了玛丽亚面前。

她却礼貌地把佛兰切斯科递过来的叉子推了回去。

"我吃饱了，不能再吃了。"

可他还是坚持把一块猪腰子放进了她嘴里，她没办法，只好把它吃掉，但是更加生气了。

"好了，你让我安静一会儿，好吗？"

"玛丽亚，你是不是在生我的气？"佛兰切斯科问，然后摆出一副诚心道歉的架势，"玛丽亚……"

"你不会因为这点儿小事就哭吧？"她小声说。看到他伸出手想要拿酒杯，她打了他的手一下，"为了我，别喝了行吗？"

"你是不是怕我睡着了？"他顽皮地看着她说，"好了，我不喝了，今天不喝了！"

他抬起手放在了她手上，不吃不喝了。但是，他现在已经醉了，眼皮都抬不起来了，美酒和情欲蒙住了他的眼睛。

突然，他站了起来，用意大利语说："爱情万岁！"他先亲吻了身边的一个老太太，又亲吻了玛丽亚。

宾客们哄堂大笑，还为他鼓掌。

"佛兰切斯科这么高兴，跟疯了一样。"路易萨大婶对身边的一个女人说。

彼特罗一直在看着玛丽亚，而萨碧娜则一直在看着他。他们两个神情严肃，面色苍白。在这个热闹的宴会厅里，他们两个就像透明的恶灵，似乎就是为了给这里增添凶兆。此刻，就连平日里脸色惨白的路易萨大婶，都因为美酒和食物的作用而面色绯红，高兴极了。根本没有人在意他们：彼特罗刚刚脱离监狱，而萨碧娜只是一个一文不名的用人，谁会在意他们的伤心事呢？宾客们的兴致越来越高，美味佳肴接连不断地上桌，围着餐桌转来转去，最后都不转了，因为已经没有人想吃了。佛兰切斯科家的一个女亲戚掰着手指头算桌上到底有多少道菜，算了两遍才算清楚：二十道！真是有钱人啊！

酒足饭饱之后，咖啡和烈酒就上了桌。伺候用餐的女人们全都站到客人们的椅子后面，有一搭无一搭地闲聊着。忽然，邻村的一个小伙子举着酒杯站了起来。大家都以为他要祝酒，没想到他却举起酒杯，用左手的拇指和食指打起了节拍。然后，他开始朗诵，这是撒丁岛诗人写的《爱莲诺拉·达博雷亚的胜利》一诗：

爱神射出金箭，
第一次射中我的胸膛……

"他疯了。"玛丽亚说着，拿起餐巾挡住了自己的脸，以免让别人看到自己在笑，"他喝醉了。"

尼古拉大叔站起身，对邻村这个小伙子做了个手势，后者就不说话了。此刻，尼古拉大叔张开双腿，跨坐在椅子上，用手杖轻轻敲击着桌子，开始作婚礼诗。他邀请在座的诗人们应和他的诗句，向这对新婚夫妇送上祝福。

一位年轻诗人开始即兴作诗，这是他的拿手好戏。他赞颂着新娘的美貌和新郎的善良，尼古拉大叔用一只手托住耳朵，仔细地听着，准备应答。

房门大开着，阳光倾泻进来，蓝蓝的天空上飘着几朵白云，就像山坡上的一头头小绵羊。这样的美景，让时光更加温馨而又宁静。

客人们很快就对作诗失去了兴趣，他们相继站起来，去了院子里。现在餐桌上只剩下五个人：两个老人，一个小孩，还有彼特罗和一个年轻的地主。

彼特罗和这个年轻的地主并没有心思听他们吟诗作对，而是在悄悄聊天。

"没错，"彼特罗说，"我手里有一些余钱，准备过一段时间买几头牛，再倒卖出去。我的合伙人非常有钱，也是一个地主。你有没有牛要卖？"

年轻的地主听到这个仆人说自己"手里有一些余钱"，并不觉得奇怪。彼特罗是个单身汉，他那些上了年纪的姑妈虽然总是装出一副穷酸相，但是大家都认为她们很有钱。

"没错，我是有很多小牛和牛犊要卖。"年轻的地主说。

"你看，"彼特罗若有所思地说，"我四月也许凑不够钱，不过到时候再想办法就行。你的牛现在在哪里？"

"在牧场。你的合伙人是谁？"

"乔安尼·安蒂耐，那可是个聪明人。"

"我知道他，可他现在不是还在坐牢吗？"

"他没犯什么大罪，只是用棍子把税警给打了一顿。"彼特罗急忙说，"用不了几天就能出来。"

"这么说来，你的姑妈们算是有棵摇钱树了。"年轻的地主感叹道，"彼特罗，我相信你总有一天会变成有钱人的。"

"谢谢你，"彼特罗说，"但是你要知道，我可没有什么摇钱树。我给别人当了十五年仆人，才积攒了这么点钱而已。"

他在撒谎，不过他也不知道自己为什么要这么做。他突然一跃而起，哈哈大笑，感觉此时的心情非常舒畅。

"我们也下楼吧！"彼特罗说。

他们走到阳台上，看到客人们正在院子里起劲地跳着拉丁舞。还有一个穿得非常漂亮的小女孩正坐在楼梯的台阶上，拉着手风琴。人们手牵手围成一个圈，高兴得又蹦又跳。

彼特罗和年轻的地主下楼梯的时候，拉手风琴的小女孩放慢了节奏。她扬起自己玫瑰色的下巴，大家才发现，原来她一直把下巴靠在手风琴上。她大叫着：

"现在轮到谁拉琴了？我想跳舞了。"

"帕丝卡，你再拉一会儿，等一会儿再跳嘛！"跳舞的人纷纷央求她。可是她却直接站了起来，把手风琴放在楼梯上，拉着那个年轻的地主的手一起走进了跳舞的人群中，跟着大家一起跳了起来。

这时候萨碧娜抬起头，幽怨地看着彼特罗。

"拉吧，彼特罗，你不是会拉吗？"她郑重地说。

她似乎是在向彼特罗交付自己的临终遗愿，但是彼特罗并没有任何回应。

"彼特罗，你怎么不高兴？是不是肚子疼？"那个来自邻村的喝醉了的小伙子说。

"我不会。"彼特罗暴躁地说。

"那就算了，别管什么手风琴了，我们唱歌好了。"一个跳舞的老人说。他长得非常帅气，面色红润，还有一脸黑胡子。

"那你至少也要跳跳舞吧！"萨碧娜壮着胆子说，然后拉起了彼特罗的手。

彼特罗被强拉着去跳舞了，但是他的手毫无活力，萨碧娜还以为自己拉住的是死人的手。

有三个小伙子一起站到了院子中间，哼唱着拉丁舞的韵律。有一位是粗犷的男中音，如同丛林中刚刚被唤醒的野兽。人们把这三个人围在中间，在他们的特殊的曲调的伴奏下，高兴地跳着舞，就像一条拽住了自己的尾巴的蛇。有时候他们会挨得很近，有时候又离得很远。有几个小伙子不停地大吼大叫着，声音既快乐又轻浮。这三个小伙子继续唱着他们那奇怪的歌曲：

宾巴拉姆巴拉，姆巴伊，宾巴拉姆波伊。

太阳慢慢地沉了下去，阴影笼罩了整个院子。客人们渐渐安静下来，又想起自己家里的各种事情，似乎已经从这场婚礼的狂欢中清醒了过来。舞蹈、歌声和音乐声都平息了，人们也都陆陆续续地离开了。佛兰切斯科拉着玛丽亚来到了一个没有人的角落，两个人并排坐下，他拉起了她的手。经过一下午的舞蹈和消化，新郎醉得已经没有那么厉害了，此刻他又变得温文尔雅，又有些往日的逢迎和做作。

人们走来走去。少女们在玩认亲游戏，她们拿出一块方巾，在每个角上都系起来七次，再解开七次，称呼对方为"您"，还互相叫着干爸、干妈。楼上的房间里，依稀还能传来酒杯相碰的声音，以及尼古拉大叔的朋友们的粗犷的笑声。这对新婚夫妇躲在楼梯的顶板下面，有一种略带愁绪的宁静。天边飘起了一缕晚霞，告诉人们此刻已经是黄昏。此时，没有一丝风，也没有一片云，更没有鸟叫声，没有任何东西会打扰此刻的宁静。这个时刻又甜蜜，又哀伤。可是，这对新婚夫妇却隐隐地有一丝不安。玛丽亚面无血色，眼睛也比平时大了一些。

"你今天高兴不高兴？"佛兰切斯科一边说一边用手敲打着玛丽亚手上的宝石戒指。她的手上几乎戴满了戒指。

"如果我今天都不高兴，还有哪天能高兴呢？"玛丽亚讽刺地说。

佛兰切斯科伸出胳膊，环住了她的腰，满是欲望的双眸深情地凝视着她的双眼。她可真美啊！她那略显疲惫的神情，她那迷离的眼睛，正凝望着黄昏时的天空。现在佛兰切斯科所感受的快乐，是任何一个国王都比不上的。他在微微发抖，就像被微风吹拂的树枝。他凝望着新娘的双唇，一种喜悦之情油然而生，如同一个干渴的路人在靠近吐着水的喷泉。

这时候，彼特罗重新上了楼，走进了尼古拉大叔待的那个房间。尼古拉大叔还在兴致勃勃地胡编乱造着诗句。

"时代不同了。"一位面色红润、满面胡须的老农民说，"以前总是会唱到后半夜，至少也会唱到新娘新郎入洞房，舞蹈也会跳到很晚。现在这些年轻人，身体素质太差，也不喜欢找乐子。这哪叫喜事，明明就是丧事嘛！"

"我还发现了一件事，"切烤猪的牧羊人说，"以前办喜事的时候，大家都会亲新娘的脸，有的女孩甚至会去亲新娘的嘴。现在大家也不知道害怕什么，都不去亲了。今天大家都没有亲玛丽亚。"

"我是很想亲她的，"老农民拍着手说，"我在送给她礼物的时候就想亲她，虽然我现在已经把礼物送出去了，但我还是想亲她。"

"你亲的话，我就跟着亲。"那个年轻的地主说。

"佛兰切斯科一定会打断你的骨头的。"

"胆小鬼！这不是我们的祖辈流传下来的习俗吗？她妈妈嫁人的时候，大家也都亲她了呀？"

"你可不可以帮我一个忙？"彼特罗对那个年轻的地主说。

"我想送给新娘一笔钱，你能不能把我的纸币换成两个银盾？"

"你想怎么样都可以，"年轻的地主说，"但是很抱歉，我没有带银盾。"

彼特罗灵机一动，马上想到了解决的办法。他把路易萨大婶拉到一边，问她能不能帮自己把十里拉的纸币换成银盾。

"只要你喜欢，换成金币都可以。"路易萨大婶说，"你想换什么，我都会给你换的。"

"那我就换成半块马连哥金币好了。"

彼特罗从路易萨大婶那里拿到钱之后，就把它紧紧地攥在手里。

"走吧，"他对那个年轻的地主说，"尼古拉大叔，祝你好梦。"

"你要走了吗，彼特罗？再喝几杯吧！"

"也行，您把酒拿过来吧！"

他拿起一杯烈性葡萄酒一饮而尽，就走出了房门，他那位新结识的朋友跟在他身后。走到院子里的时候，他停了一会儿，哈哈大笑。然后，他觉得自己有些头晕，手里的那块金币也像有了生命一样，在蹦蹦跳跳的。

"晚安，路易萨大婶。"他冲着厨房说，"晚安，萨碧娜。"

"晚安。"萨碧娜一边回应他，一边疯狂地冲到了门口。

跑到门口的时候，她看到了一个非常奇怪的场面：彼特罗和他新结识的朋友一起走向了这对新婚夫妇。本来佛兰切斯科是弯着腰，让玛丽亚依偎着他的，此刻他站了起来，笑容可掬。年轻的地主说了几句话，就弯下腰去，在新娘的额头上落下了一个吻。

彼特罗也照着他的样子做了，但是他亲的不是玛丽亚的额头，而是她的脸，差一点儿就要亲到嘴了。然后，他拉起她的手，把自己握着的那块金币塞给了她。

萨碧娜像是遭遇了晴天霹雳，都快站不稳了。

两个年轻人大摇大摆地穿过院子，头也不回地走了。玛丽亚拿出彼特罗给的金币，让佛兰切斯科看。佛兰切斯科微微一笑，打趣道：

"他们是做给我看的吧！不过，要是所有的人都像他们这样亲吻我的新娘，可就糟了！"

"傻瓜！"萨碧娜在心里说了一句，就转过身背对着这对新婚夫妇了。

彼特罗在这位新朋友的陪伴下，整晚都在游荡。他们走进了"外乡人"酒吧，老板娘玛丽亚·佛兰西丝卡不停地灌他们酒，还用目光挑逗他们，让他们浑身酥软。

然后，那个托斯卡纳人走到他们的身边坐下了。

"这婚礼简直没的说！"他赞叹道，"这应该是方圆几里之内最为盛大的婚礼了。"

"我们还亲吻了新娘，"年轻的地主得意地说，"可是我并没有尝到什么滋味儿。"

"新娘可尝到了很多滋味呢！"老板娘说。她的丈夫一直背对着她，此时，她的眼睛里充满了魔力，吸引着彼特罗不停地看她。

他突然觉得，这个女人居然酷似玛丽亚，不过他喜欢她粗大的嗓门。

在托斯卡纳人和年轻的地主不停地说佛兰切斯科的坏话，也说他太过做作的时候，彼特罗起身走向了柜台，想要结账。

"你要做什么？"年轻的地主说。

"好吧，"彼特罗说，"佛兰西丝卡，你可以给我换五里拉吗？"

她拿出钱柜，别有用心地说："今晚我的丈夫会去奥利埃纳，我要把这些零钱全部放到他随身携带的小包里。"

彼特罗俯身趴在了柜台上，在她抬起头时，他对她使了一个眼色。她一边摆弄着手里的钱币，一边微不可查地点了点头。

彼特罗和他的新朋友一直在酒吧待到很晚。后来，这位曾经的仆人遇到了别的朋友，就一起去了心仪的姑娘的家门口大声唱歌。月华如水，彼特罗有点儿喝醉了，但是他还是忘不掉那对新婚夫妇。为了忘记所有的烦恼，他也开始放声歌唱，还发出一些奇怪的叫声。事实上，努奥罗人通常是用这种叫声来表达欢乐的。不过，彼特罗的叫声里充满了悲伤和愤怒，如同野兽的嚎叫。

整个晚上他都在胡闹。

佛兰西丝卡等了他很久才等到他。一见面，她就伸出双手，把醉醺醺的彼特罗搂在了怀中。这时候，她听见了他如同病人一样的嘶吼。

十六

一转眼，两个月过去了。

诺伊纳家又恢复了昔日的宁静，一切都规规矩矩的。如今的收入是之前的四倍，路易萨大婶不但发福了，也更有底气了。玛丽亚也胖了很多，看起来十分幸福。如今她再也不会赤着脚走路，也不会干家务，已经成了一个名副其实的少奶奶。她有一个非常听话的女仆，干活勤快，手脚麻利。如果活儿较多，需要给佛兰切斯科的仆人们准备大麦面包，就会有别的女人来她家帮忙。在五斗橱的一个抽屉里，玛丽亚放了一个装纸币的盒子和一个装硬币的筐子。每个周日的中午，她都会打扮得光鲜亮丽地去做弥撒，引得努奥罗地区所有上等人家的女人都对她羡慕不已。总之，她过去的梦想全都变成了现实。

佛兰切斯科对她的爱日渐加深，不但对她体贴入微，还非常尊敬她，简直到了让人生厌的地步。

在阳光明媚的春日，这对小夫妻就会骑上那匹曾经把他们从戈纳雷驮到努奥罗的白色骏马，到家里的橄榄园、葡萄园和牧场查看一番。

他们甚至还打算，像努奥罗当地的牧羊人在新婚之后经常做的那样，在牧场住上一个月。

众所周知，佛兰切斯科并不是一个普通的牧羊人，他是个地主，收入不菲，不过，因为牲畜和牧场构成了他的财产的大部分，所以他需要拿出大部分的时间和牧羊人、牧羊犬以及强壮的奶牛待在一起。这些奶牛似乎非常眷恋他，他也很喜欢它们，还为它们起了一些极富诗意的名字。他还会经常抚摸它们，看看它们有没有生病。

这些奶牛终年都在这片肥沃的牧场上，过着自由自在的生活。它们会去橡树林中吃草，去小溪边喝水，在千年橡树林的树荫下休息。到了晚上，它们又会慢悠悠地回到扎着篱笆的院子里。冬天下雪的时候，牧羊人就会用橡树的枝叶来喂养它们。

玛丽亚自从听说五月份要去牧场住上一个月，就像个孩子一样，高兴地拍起手来。因为，她早就过够了这种无所事事的贵妇生活。

"我太幸福了，幸福得让我觉得有点儿害怕。"她一边给丈夫的衣领绣花，一边想着，"我对现在的生活非常满意。父母身体健康，非常恩爱，还把佛兰切斯科当成亲生儿子一样看待。所有的事情都让我非常满意。看来今年的收成也不错，我们不但会收获货物，还能余下一部分钱财，而且我们也不会跟人发生口角，大家都很喜欢我们。而且那个倒霉鬼再也没有出现过，我想他应该已经忘了我。感谢上帝！"

她在大门口的阴凉处坐着，安静地绣花。厨房里，路易萨大婶和女仆们忙得不可开交。佛兰切斯科在田里，尼古拉大叔在酒馆。

此时，诺伊纳家有着前所未见的宁静和安全，如同一个小城堡一般，俯瞰着四周那些贫穷的邻居。每一条小路上都长满了高大的野草，邻居们那占地很小的院落里长满了各种植物，蒲公英、天仙子、大戟草随处可见，瓜棚和豆架到处都是，呈现出一种荒凉的充满诗歌气息的景象。

"我现在只缺一样东西，"这个年轻的新媳妇想道，她抬起头，把针线穿好，"不过我想用不了多久，那样东西就会到来的。不要着急，才过了两个月而已，很快就会到来的，很快……"

她一想到自己很快就会成为一个妈妈，心里就有一种难掩的喜悦。

"圣母马利亚，如果没有儿女，幸福和金钱又有什么价值呢？"

虽然她从来没有和别人提起过，但是她知道，她唯一缺的就是这样东西。一盒钞票，一筐硬币，锦衣玉食，满屋子的仆人，同阶层的女人们的艳羡，都不会让她觉得快乐。

难道她缺的是丈夫的爱？

"亲爱的玛丽亚，你爱我吗？"他总是一边目光灼灼地看着她，一边问出这样的问题，"你是不是像我这么幸福？"

"是的。"她总是会给出这样的回答。

"我从来没有爱过别人。"她坚定地说，可是她的眼睛却模糊了。

有这样一个丈夫的爱抚，就算是一个石头人也会被感动。这个丈夫爱着她，也希望她同样爱着自己，希望她心思单纯，对他忠贞不渝。

五月的一天，这对新婚夫妇骑着马，朝着牧场跑去。

还是同一条路，还是同一个地方，几个月前，就是在这里，他们同乘了一匹马，才有了这段姻缘。如今，田野里郁郁葱葱的，在烈日暴晒下的平原上铺展开来。有风吹过，野生植物就像波浪一样起伏着，这里似乎变成了野草的海洋：银绿色的野生豆蔻；挂着露珠的长春花随风轻轻摇摆；阿魏草举着一把白色的可爱的透明小伞；一大片粉红色的野花如同给草原披上了一件斗篷；在阳光的照耀和微风的吹拂下，野草莓和野玫瑰散发出迷人的香气。

远山如同一顶蓝宝石镶成的巨大王冠，罩在大地上。

那匹名叫马塞达的牧马，正沿着从牧场和橡树林的草丛里开出来的一条小路不紧不慢地走着。此时的蚊虫并不多，但它总是要甩甩尾巴。每当佛兰切斯科松开缰绳的时候，它就会把鼻子凑到青草上，似乎要闻闻它们的味道。它的心情不错，似乎受到了这自由的空气的感染。当它穿过几条小溪，闻到小溪边的水仙花和薄荷散发出的香味时，它就张大了鼻孔，激动得浑身颤抖。仔细看一下，就能在橡树林的边缘发现几头奶牛，它们张着黑白相间的嘴，发出和善的哞哞声，作为回应，牧马也会发出嘶嘶声。

玛丽亚靠着丈夫的肩膀，放任马缓慢而有节奏地前行，她感觉到了一种带着忧伤的幸福。这里温暖的太阳和野草散发出的香气，以及四周的一片静谧，还有那蔚蓝的天空，对她来说都有无穷的魅力，她觉得自己如同在做梦一样。

在这片生满野玫瑰的荒野，她听到鸟儿们在啁啁啾啾地唱着情歌，奶牛温柔地发出哞哞声，苍蝇也被太阳晒得懒洋洋的，又被花蜜熏得晕晕的，到处飞舞着，翅膀反射出五颜六色的色彩。她看到了很多蝴蝶，有白色的，有红绿相间的，也有黑紫相间的，它们像是生在花丛中一样，又飞到空中疯狂地爱抚对方。她似乎也被爱情的酒灌醉了，只觉得产生了一种奇怪的情欲，浑身无力。这时候，佛兰切斯科那热得发烫的手还紧紧地握着她的手，她却无法把自己的情欲传递给他。她想，如果他回过头来吻自己，那自己一定会悲伤地大哭。

最后，他们终于到达了牧场。玛丽亚动作灵活地滑下了马背，并检查了自己的衬裙，唯恐它被马的汗水弄脏。

"真像是做了个梦。"她说着就走动了几步，好让双腿活动一下。

佛兰切斯科把放在马鞍上的步枪拿下来，挂在脖子上，然后吹了一个口哨，好让牧羊人知道自己已经到了。

牧场里马上热闹了起来，先是几条狗飞奔过来，一边跑还一边狂吠。牧场和橡树林刚才还十分安静，此刻却充满了人们的问好声。母牛们哞哞地叫了起来，附近牧场里的狗也大声地叫了起来，似乎是在对主人的到来表示欢迎。牧羊人也都跑了出来，迎接主人。

玛丽亚随意地走向了住处。

广阔的牧场和橡树林都被篱笆做成的围墙围了起来。在牧场的背面有很多大石头，再过去一些就是一些曲曲折折的小道，不过它们都被高大的荆棘丛和野生橡树盖着，如同神秘的隧道一般。

茅草房和牲口棚的墙都是用干打垒建成的，此刻上面爬满了枝蔓。它们坐落于牧场和橡树林中央，在一块巨石的前面，四周全是空地。

玛丽亚弯下腰，走进了茅草屋。对于这里面的一切，她早已十分熟悉。地上放着一块充当炉灶的石头，还有几张牧羊人自己做的简陋的木板凳，除此之外，这里就没有别的家具了。

牧羊人堆放着粮食的顶棚是用枝蔓搭起的，下面撑着一个十字架。除了粮食，上面还放着一些用来做干酪和炼乳的工具。这里还有一些生活用品：用来劈柴的长斧，用来烤肉的铁叉，用来做勺子的羊爪。就是在这里，这对新婚夫妇将会度过他们的蜜月。

玛丽亚在四周看了一圈，又把角落收拾了一下，这里看起来就整洁多了。她坐在了板凳上，不一会儿，那个牧羊人就进来了，她看着他，有一种本能的反感。

这个大汉块头很大，也很粗鲁，名字也不文雅，叫什么齐祖·科罗卡，小名更是别扭，叫图鲁里亚。单看他的样子，别人会以为他是个原始人。他的眼睛很大，是蓝色的，里面布满了血丝，长着一张像阿拉伯人那样的黝黑的脸。看到这张脸，很容易让人联想到熊或者鹰。再加上那件翻毛皮的大衣，他就更像野人了。

虽然齐祖·科罗卡外形粗鲁，待人却很有礼貌，说起话来像女人一样温柔。

"这一切都交给我就行了，"他对正忙着搭床的佛兰切斯科夫妇说，"我给您二位搭建一个比你们的婚床还舒服的床，我睡在外面的篱笆下面就可以，或者我再搭一个草房也行。我们可以在这里搭一个漂亮的床，再放上从努奥罗运来的床垫、枕头和被子。"

他朝着小溪边生长的有锯齿叶子的蕨草走了过去。然后，他就割了一大捆，放在阳光下，等晒干之后再拿进屋里。

临近中午的时候，仆人赶着装满东西的大车回来了，上面有床垫、枕头、被子和口粮。

玛丽亚把所有的东西都收拾好之后，这对小夫妻就去看了看奶牛，还在牧场和橡树林转了一圈。此刻的太阳如同一个大火球一般，向草原释放着热量。在阳光下，高大的橡树闪耀着璀璨的光芒。随处可见的木樨和毛茛如同在草场上撒下了一层黄金。在中午这宁静而明媚的阳光下，自然界中的每一样东西都在闪闪发光。在开着各色花的草丛里蹦来蹦去的小蚂蚱，在花丛中翩翩起舞的蝴蝶，几乎和草色融于一体的昆虫，让原本庄严的树林变得生机勃勃。眼前是长满青苔的岩石，远方是万里无云的晴空，看起来如同无边无际的大海一样。

佛兰切斯科对大自然有种与生俱来的好感。他用胳膊环住妻子的腰，温柔地望着她说：

"以前我看过一本带彩色插图的《圣经》，里面画着一幅人间天堂。有高耸入云的树木，有繁花遍地的田野，跟我们这片牧场和橡树林一模一样。亚当和夏娃行走在天地间，你看，亲爱的，此刻我觉得我们就是在人间天堂。我在遇到你之前曾经设想过无数次，我想跟你一起来这里。你看，我觉得自己此刻就是进入了梦境。"

他用力地搂着她，好像害怕她会消失一样。她并不反抗，而是平静地微笑着，如同女神一般。她在草原上自在地徜徉着，走在繁花似锦的小路上，不时弯下腰采几朵野玫瑰。

有黑色斑点的白色母牛，有大眼睛的红色公牛，刚长出犄角的、有玫瑰色的小嘴巴的咖啡色小牛犊，都缓缓地转过来，摇着尾巴，看着自己的主人。

玛丽亚非常满意这悠闲的田园生活，她每天都过得非常快乐，甚至希望可以在这里度过余生。

每天，她都伴着朝阳起床。此时，在晨风的吹拂下，橡树上的树叶在轻轻摇摆，淡淡的天色把树梢都染成了白色。他们夫妻俩一起去看了挤牛奶、做干酪，还帮着牧羊人把牛奶倒进桶里。他们站在牧羊人身边，看着一头头奶牛晃晃悠悠地走出牛棚。佛兰切斯科宠溺地看着它们，叫它们每一个的名字。牛奶像大雨一样落进铜锅和木桶里，还冒着热气。

小牛犊们站在篱笆的另一边，好奇地看着这边。在这片林子的尽头，有笔挺的燕麦，有打着小白伞的阿魏草，有金黄色的毛茛草，虽然它们都被露水弄湿了，却还是激动地看着这简单而神圣的工作。

过了一会儿，玛丽亚又回到了炉火边。她先让干酪得到充分的发酵，然后拿到火上烘烤，再把它分成小块。在做这项工作的时候，她的动作十分优美。她把袖子撸到胳膊肘，把头巾在头上打两个结，这样她美丽的珊瑚耳环就露在外面了。她在炉火边俯下身子，灵活地搅拌着锅里的奶酪。等到奶酪变成一块富有弹性的面团的时候，她就迅速把它拿出来放进汤盆里，把它轻轻地揉成光滑的梨形，再扔进凉水里泡着。接着，她开始做下一块干酪。

佛兰切斯科会和牧羊人把这些做好的干酪团做成各种艺术品，比如小鸟、小奶牛、野猪、梅花鹿，甚至还有辫穗和像泥偶一样的小人。他们甚至还做了一些戴着鞍辔的小马和骑士，看起来精致极了。

这些可爱的玩具都被交给了路易萨大婶，再由她转送给亲朋好友的孩子们。

玛丽亚做好饭菜之后，佛兰切斯科就会带着牧羊人一起来吃饭，通常，他们会把饭桌搬到橡树下面。吃完饭之后，这对小夫妻就会去牧场和橡树林里散步，或者去看看别人家的牧场，有时候也会去圣神小教堂。这座黑色的教堂孤独地矗立在绿色的田野里，如同一块巨石。

要是他们不想走太远，就会在林中解决午餐。有时候，他们甚至会在被阳光洒上一层金色的橡树林里，在微风的吹拂下小憩一会儿。他们躺在用稻草和雏菊铺好的床铺上，仰望着蓝色的、闪闪发光的山谷，会有一种自己在大海里的错觉。

每天从睡梦中醒来之后，玛丽亚做的第一件事就是煮咖啡，然后就坐在岩石的阴凉地，或者草屋前面缝补衣服。此时，佛兰切斯科就会拿起一份已经过期的报纸，或者是撒丁诗人多雷·地波萨达写的名为《爱莲诺拉·达博雷亚的胜利》的诗集。

这种远离尘世喧嚣的生活是这么甜蜜，就连小狗们都舒服得想要睡觉了。在草场上和林中的空地上，小牛们尽情地嬉戏。偶尔会从远方传来人声和口哨声。夕阳西下的时候，橡树的影子被越拉越长。

黄昏时分，玛丽亚就着手准备晚餐了。如果晚上的温度不太低，夫妻俩就会出去散步。萤火虫趴在草丛里，安静地发着光，如同神秘的夜之花，又像是夜空中寥寥的星辰的倒影。一切都是那么安静，到处都弥漫着田野的香气。橡树顶端的叶子似乎和天空相接，如同星星一般微微颤抖着。身着野外衣衫的牧羊人蹲在牛棚前，背诵着自己喜欢的《玫瑰经》。夫妻俩慢慢走回茅草房，蜷缩在用蕨草铺成的温馨的卧榻上。黑色张开它巨大的翅膀，盖住了大自然，让它沉沉睡去。

日子就这么一天天过去。

牧羊人中有一个年纪较轻的，他神情憔悴，不言不语。他的任务就是每天把挤好的牛奶送去努奥罗，再在次日中午从路易萨大婶那里给这对夫妻捎一些食物。每次尼古拉大叔都会让人捎话，说他很快就过来，可是他一次都没有来过。

这对夫妻在这个春天度过的田园生活是非常惬意的，没有任何人打扰他们，只是有时候附近的牧羊人会来做客，也有时候会有过路的努奥罗人来这里休息一会儿。不过，那个上了年纪的牧羊人，图鲁里亚，总是会和佛兰切斯科发生争吵，而起因不过是些小事。他对玛丽亚还不错，说话很温柔，做事也很勤快。他总是会向玛丽亚抱怨，说佛兰切斯科呆头呆脑，为人苛刻。每天晚上，他都会睡在茅草屋旁边那个用树枝搭成的顶棚下面，像狗一样警觉。

一天晚上，佛兰切斯科发现少了一头牛，于是主仆二人又像以往一样发生了争吵。吵完之后，他们才分头出去找牛。自从来到牧场，这还是玛丽亚第一次一个人留下来。她不断地告诉自己，佛兰切斯科很快就会回来。为了让时间过得快一点儿，她就沿着岩石丛中那条曲折的小路走了走。

此时月亮已经高悬在天空中，月光洒在草场和橡树林里，不过，西边的天空下还有一抹像烈火一样的红色。

玛丽亚背靠着一块岩石，凝视着脚下的这条路。要是沿着它一直往前走，就能走到草场和橡树林的边缘。

突然，她听到小路的尽头传来了脚步声，似乎是一个男人在走路。她以为是佛兰切斯科回来了，就往前跑了几步，但是她并没有看到人影，脚步声也消失了。

"佛兰切斯科？"她喊道。

没有任何回应。她抬起头，看向草场和橡树林的方向。她看到，一个又高又瘦的男人迅速沿着岩石旁的那条小路离开了。她认出了这个人，比看到了鬼还要害怕。

她本能地藏到了岩石后面，一动不动地待着，连呼吸都不敢大声。她浑身颤抖，心跳加快，脑海里如同一团乱麻一样。彼特罗怎么会在这里？她觉得自己看得很清楚，那一定是他，那又高又瘦的身材，那件黄色的皮毛上衣，努奥罗还会有第二个人像彼特罗一样傲慢吗？虽然月光不是很明亮，虽然距离有些远，但是她很肯定那就是他。

过了一会儿，她哆嗦了一下，伸出头环顾四周，又凝神谛听，此时四周十分安静，一个人都没有。在月光下，无限宁静在这片草场和橡树林里肆意蔓延，在草丛的阴影里，有萤火虫闪着青绿色的光芒，蟋蟀也在杂草中演奏着。

"我不可能看错的，不可能。"玛丽亚一边想，一边朝着茅草房走去。

不过，她的心情非常忐忑。她点上灯，着手准备晚饭，可是她的神经紧绷，哪怕是一个微小的声音都会让她觉得害怕。

很快佛兰切斯科就回来了。

"没有找到。"他郁闷地说，"我估计是找不回来了。真倒霉，怎么会遇到图鲁里亚呢？他就是个白眼狼。"

"他有什么过错？"

"我早就对他说，这附近有什么人在活动。"

玛丽亚不敢对他说自己看到了彼特罗。

佛兰切斯科说："最近的盗窃事件时有发生，周边的牧羊人也有被偷的。我想，一定是一些小偷和混混纠集在一起，组成了团伙，也许有的牧羊人也被他们拉拢了。我担心，我们家这个白眼狼也跟他们串通一气。"

"那你有什么打算？"

"先等等，等我们回到镇上，你就等着看好戏吧！"

夜深之后，图鲁里亚却牵着丢失的那头母牛回来了，牛腿受了伤，走起来一瘸一拐的。他说，自己是在山沟里发现它的。

之后的几天都很平静。到现在，这对夫妇已经在羊圈里生活了三周了。终于，尼古拉大叔来了，可是他只住了一天就走了，后来佛兰切斯科的亲戚也来了，也是住了一天就走了。

天气一直十分晴朗，碧空万里无云，但是对于撒丁岛来说，这可不是什么好消息，草地开始发黄，溪流也慢慢变得狭窄。

一天，一个年轻的仆人牵着一匹马来到了羊圈，马上坐着萨碧娜。

"我告诉你，有人向我求婚了。"她对玛丽亚说。看到玛丽亚似乎有些不高兴，她急忙解释道，"你认识的，就是那个农民，朱塞佩·佩拉，虽然长得不怎么样，好在为人不错，还有块地。而且，他兄弟在这附近也有一个牧场。"

"很好，祝你幸福。"

"别急着祝福我，我现在并不爱他。"萨碧娜说。说完，她就跑到草丛里去找野花了，她要吸食花蜜。

太阳升到了头顶，萨碧娜坐在草地上，准备休息一会儿。她躺了下去，闻着橡树林散发出的气息。然后，她听到从不远处的树下传来了那对夫妇的笑闹声和接吻声。

她马上回想起了玛丽亚和彼特罗接吻的场景，是在这高原上的麦地里。她忍不住颤抖起来。

她想着彼特罗，用颤抖的牙齿咬断了一根麦秸。她依然爱着他，这种爱越来越深。现在，玛丽亚在亲吻别人，那他为什么还不回到自己身边呢？

十七

第二天，牧场里的奶牛又少了两头。

虽然佛兰切斯科没有暴怒，却气得脸色惨白，他斜着眼睛瞅着图鲁里亚。

"跟我走！"他大声说，"我去看看，奶牛是不是又掉进沟里了。你去这边，我去那边！"他转过身来对妻子说，"玛丽亚，我去佩拉家的牧场看看他们有没有看到我们的奶牛，我很快就回来。"

主仆二人分头出发了。玛丽亚把晚饭做好之后，就走出屋子，焦急地等待着。牛又丢了，她有一丝不安，但也期待着可以像上次一样顺利解决，也希望丈夫不要撇下她一个人待太久。

她坐在茅草屋前面，朝着佛兰切斯科会回来的方向张望着。

她想："再过几天，我们就要回努奥罗了。现在天气要热了，也该收割了，是该回去了。我得好好干活，料理家务，现在妈妈一定很辛苦，我们是该回去了。"

转眼之间，距离上次的收割已经过去了一年，记忆中那些模糊的片段又掠过了她的脑海。这一年似乎过得很慢。人怎么老得这么快呢？去年她还只是一个小姑娘，冒失又任性，可现在呢，想起曾经做过的傻事她就羞愧不已。不过她并不后悔，谁还没有年轻过呢？谁还没有做过这样的梦呢？

"每个人都会犯错，"玛丽亚对自己说，"我循规蹈矩，对丈夫忠贞不渝，如同一个老太太一样，还能要求我怎么样呢？"

她一边想着，一边望向前方。此时她的大脑里一片空白，忘记了丢失的奶牛，忘记了佛兰切斯科的话，忘记了他是什么时候离开的。

暮色四合，月光十分温柔，就像一个夏天的夜晚。天空失去了春天那样澄澈的颜色，它阴沉地笼罩在橡树林上面，灰灰的，如同一大块用天鹅绒剪成的幕布，上面闪烁着一两颗星星。

这个夜晚十分寂静，甚至有一丝凄凉，最后一线光芒照耀在茅草房的大石头上。看着这一切，玛丽亚的心情也渐渐平和下来。远方的天空已经变成了黑色，森林也越来越黑，可是佛兰切斯科还没有回来。玛丽亚心中那种甜蜜而模糊的回忆渐渐散去，一种孩子才会拥有的忧愁和恐惧涌上心头。

他怎么还不回来？他不是说很快就会回来吗？到底是什么事情让他脱不了身？

"他知道我是一个人留在这里的，他知道的，如果他还不回来，一定是出了什么事。"

她坐不住了，起身走到林子的空地上，朝着远方眺望。她穿过草丛，又停了下来，环顾四周。她产生了一种前所未有的恐惧感，觉得这里阴森恐怖，觉得周围的阴影十分可怕。在那被暮色笼罩的远方到底发生了什么？岩石上面胡乱摆放着一些大小不一的石块，被暮光照亮着。这些石块来自哪里？阴影中的那些花朵在她路过的时候又在密谋什么？

"山上的圣母啊，到底出了什么事？"

她走着走着，就穿过了小溪和森林。此刻，橡树林里已经是漆黑一片，她什么都看不见，只好摸索着往前走。她害怕极了，连头也不敢回。她感觉，自己身后的夜幕正被撕成碎片，那隐约传来的夜莺鸟的呻吟声，又好像是被暮色掩盖的橡树发出的微弱的人声。

她就这样一边走一边胡思乱想，终于来到了草场和橡树林的边界。她跃过围墙，穿过草地，觉得自己的心跳得都让自己喘不过气来了。

"佛兰切斯科？佛兰切斯科？"

没有任何回应。这时候，她看到远处有一点点红光在闪烁，就照着那边走去，时走时停，密切关注着远方的动静，似乎听到了人的叫喊声和脚步声。她确定，自己确实听到了狗叫声和别的狗的应和声。

"佛兰切斯科应该已经回到了羊圈，他没有遇到我。我真是不该出来。"

可是既然都出来了，还走了这么远，不如就去安东尼·佩拉的牧场看一看吧！

"安东尼！"她叫道。

红点立刻熄灭了，一个黑影从草地那边跑了过来。

"是谁在那里？"

"是我呀，安东尼·佩拉。"

"玛丽亚啊！出什么事了吗？"

"真的是你啊，安东尼，可把我吓坏了。佛兰切斯科来过吗？

我不知道他去了哪里，我很害怕。"

"他大概半小时之前来过，但是很快就走了，说是先要去草场和橡树林里找找就回去。我想他现在应该已经回去了，走吧，我把你送回去。"

他们就这样一起往回走。可是，玛丽亚在听到安东尼的话后并没有放下心来，还是在浑身颤抖。

"玛丽亚，你不要害怕，也许是他们找到了那些贼，才会耽误这么久。"

"这么黑，他们能找到什么？"

他们回去之后才发现，茅草屋里空无一人。狗在拼命地狂吠，听起来十分凄厉，玛丽亚有一种不祥的预感，觉得会有什么可怕的事情发生。

"怎么办？他还没回来！我们得马上去找他！"她绝望地说，"一定是出事了！"

"不会的，玛丽亚，你不要胡思乱想。也许他回来过，没有见到你，就出去找你了。"

玛丽亚冲到林中的空地上，大声叫着："佛兰切斯科？佛兰切斯科？"

回应她的只有狗的叫声。

安东尼在茅草屋里点起一堆火，走出来说：

"要是你可以一个人留在这里，我就去帮你找找他。"

"快去吧，上帝啊，你可一定要找到他！"

安东尼大步走向了远处。玛丽亚坐到茅草屋前面那用草秆编成的小凳子上，焦急地等待着。

十八

　　玛丽亚等了一段时间，安东尼还是没有回来。只要草场和橡树林里有任何风吹草动，玛丽亚就会凝神谛听。可是时间一分一秒地过去，她的忧愁也在不断加剧。

　　安东尼点起的火还没有熄灭，把茅草屋的外面照出了一片红色的半圆。漆黑的森林上面，繁星还在闪烁。

　　狗不再叫了，只有远处的狗还在不停地狂吠。

　　安东尼终于回来了。

　　"我想正如我所料，他们发现了什么线索，去追赶那些偷牛贼了。"他的语气里带着一丝犹豫。

　　"不是的！我敢肯定，一定是出事了！"她绝望地站了起来，扭曲着双手。

　　安东尼只好不停地安慰她，可是她此时什么都听不进去，只能看到他的嘴巴在动。她在焦虑中认为，自己什么都看不见了，或者说，这片黑暗将会持续下去，黎明永远也不会到来。她现在该向谁求助呢？这些石头、野花、野草连生命都没有。佛兰切斯科被魔鬼抓走了，谁都没有办法。

"佛兰切斯科？佛兰切斯科？"

没有任何回应。

"他跟我说过，他很快就回来，他说过！难道在他心目中，我还比不上一头牛重要吗？他知道黑夜这么可怕，还把我一个人留在这里。"

安东尼觉得玛丽亚说得很有道理，却还是安慰她：

"现在并不晚，你看天上的星星，也就是十点钟左右。你不是小孩子了，不能这么绝望。"

"走吧，我们去找一找。"

他们又走向了来时的方向，玛丽亚连站都站不稳了，安东尼只好扶着她。路上，他们遇到了一个上了年纪的牧羊人，安德里亚大叔。他劝她先不要胡思乱想，好好休息一下。

"你先回去等着吧，"他说，"佛兰切斯科很快就会回来的，一定会的。你不用害怕，当然，他把你一个人留在茅草屋是不对的，可是我们也不知道到底发生了什么。也许他太想抓到偷牛贼了，才会忘记对你的承诺。如果你想惩罚他，就留在这里好了，等他回去见不到你，就会跟你现在一样着急。这里有一个麻袋，你先躺下睡一觉，安东尼再去找一找，我在这里守着你。好了，不要害怕了，有谁能伤害佛兰切斯科呢？"

玛丽亚脸色蜡黄地坐在了麻袋上。

她知道谁会伤害她的丈夫。

安东尼走远之后，安德里亚大叔对她说："我今天看见佛兰切斯科和那个仆人发生了争吵，他们是不是有什么矛盾？"

“是的，我害怕的就是那个图鲁里亚。我听佛兰切斯科说，这可不是个什么省心的家伙，也许他早就和那些盗贼勾结在一起了。这话我只跟你一个人说……”

“放心吧，我不会跟别人说的。但是，别的牧羊人也听到了他们的争吵。”

玛丽亚不作声了，闭目养神。

安德里亚大叔以为她睡着了，就离开了。其实她根本没有睡，只是感到绝望，这种绝望就像潮水一样把她淹没了。

“佛兰切斯科死了，是彼特罗杀死的，可是我不敢说。”

这个想法一直在她的脑海里盘桓，她多么希望是自己弄错了。她就这样一边纠结着，一边等待着。有时候，她感觉自己听到了佛兰切斯科的脚步声。她急忙睁开眼睛，却只看到了守在茅草屋门口的安德里亚大叔。

“安德里亚大叔，有没有看到什么人？”

“还没有，别担心，他们很快就会回来。”

她闭上了眼睛，大颗的泪珠从她的脸上滑落，打湿了她的嘴唇。

“别着急，你先睡觉吧！”这简直就是讽刺。

没有人知道，佛兰切斯科已经死了，或者是受了伤，正躺在某个地方呼救。她浑身发冷，动弹不得，咬牙切齿，手指交叉在掌心里发抖。为什么不动弹？为什么不呼救？她后悔不已，这种悔意淹没了她，让她无法动弹。

“佛兰切斯科死了，都怪我。”她想。

她睁开了泪水模糊的双眼。

“安德里亚大叔，是不是还没看到人影？那我们出去找一找吧，我不能再待在这里了，否则我会死的。我要去镇上，跟我父亲说……"

"他们很快就回来了，你哪里都不要去。放心吧，很快他们就会回来。"

如果真是这样该有多好，如果这只是她的一个噩梦该有多好。

现在四周一片静谧，东面的天空已经泛起了白色；在晨风的吹拂下，树枝轻轻摇摆，等着东边的月亮爬上来；星星似乎也变大了；黑夜静静地扩大着自己的势力范围，不在意这大地上的人有多么绝望。

玛丽亚又哭了，她想：

"要是佛兰切斯科死了，我该怎么办？为了我的声誉，也为了他的，我必须守口如瓶，一个字都不能说。这对我来说是多么严厉的惩罚啊？可是，到底发生了什么事？上帝啊，是什么事？我的担心不无道理，因为我过得太幸福了。"

她回忆起了这场爱情中的每一个细节，回忆起了彼特罗所有的吻，回忆起了他的承诺："我肯定不会伤害你的。"

"是的，他不会伤害我，可是他伤害了他，佛兰切斯科。唉，我当初为什么要收留彼特罗？我真是铸成大错了！不过也许是我多虑了，安德里亚大叔说得没错，等到天亮的时候，佛兰切斯科就会回来。要是他看到我不在牧场里，又会怎么想？"

她被疲惫击倒了，睡意如同一条温暖的鸭绒被一样盖住了她。

"我要离开这里！"虽然她是这么想的，但是她此刻已经累得动不了了。

而且这时候她又能去哪儿呢？安东尼还没有回来，安德里亚大叔正在茅草房和草场的围墙边走来走去。

"安德里亚大叔，现在一个人都没有回来，我觉得好痛苦啊！"玛丽亚小声地对自己说。这时候，安德里亚大叔从茅草房门口探出了头："我想去努奥罗看一看……"

"好姑娘，你先睡觉吧，没有消息才是好消息呢！说不定，现在大家都去追那个偷牛贼了。"

"那我们回我的牧场好吗？"她说。

"天亮之后再说吧！"

她低下头，打了个盹儿。

她感觉自己只睡了一小会儿，可是等她醒过来的时候，月亮已经升得很高了。她一个激灵，从地上跳了起来。

"安德里亚大叔！安德里亚大叔……"

没有任何回应。也就是说，现在谁都不管她了，把她撇在了这里。她觉得自己如同一只迷途的羔羊，她想要大叫，却只是振奋了一下精神，就走出了茅草屋。她就着月光辨别了一下房间，朝着前方走去。

今晚是下弦月，惨淡的淡黄色的月光洒落在草场和橡树林上。

"如果安德里亚大叔也走了很远，那肯定是出事了。"她想。

突然，她产生了莫大的勇气，这勇气推着她加快步伐，跨过围墙，穿过树林，沿着小路大步向前。淡黄色的月光洒在橡树上，又从枝叶的缝隙中漏到地上，如同一块斑驳的东方刺绣。

此刻，玛丽亚靠着绝望和痛苦给她带来的勇气，在黑夜中勇往直前，如同传奇故事中的人物。她心中的愧疚和预感，还有淡黄色的月光和各种悲惨的故事，把她重重包围起来。

她已经不哭了。她现在只有一个心思，就是弄明白事情的真相。她知道，自己之所以会痛苦，就是因为不知道到底发生了什么。

她回到了自己的茅草屋前面，凝神谛听。

林中的空地上寂静无声；月光下，灰色的草地也是一片沉寂；整个草场，整个树林，都是死一般的寂静；月亮越来越高，东方出现了鱼肚白，天要亮了。

玛丽亚走向北边，那里有一个栅栏门。她似乎听到，那里传来了时断时续的人声。她穿过了被月光映成淡黄色的小溪，又停下来听了一会儿，再看看东方，希望天可以快一点儿亮起来。

地平线上的白色越来越明亮。一颗晨星在遥远的天边颤抖着，如同远山上的一滴晶莹的泪珠。在晨风的轻抚下，这些哀愁的气氛一扫而空。青草和树叶都苏醒了。云雀站在岩石上，发出清脆的叫声，似乎在和那颗晨星遥相呼应。

玛丽亚继续着她痛苦的寻觅，此刻，她全身都沾满了露水，心中的焦虑让她的心都凉了，只靠着意志勉强往前走。

她又听到了远处的人声和狗叫声，这叫声唤醒了整个草场和橡树林。

走到栅栏门的时候，人声变得清晰了，但是依然相隔很远。她听了一会儿，判断出声音来自竖着篱笆的那条小路。

她开始奔跑，穿过小路，来到了路口有很多岩石的地方。那天，她就是在这里看到了彼特罗。

有三个男人站在青草和岩石中间。听到身后的响声，他们一起转过了头，脸上满是痛苦和惊奇的表情。然后他们一起围了上来，想要阻止玛丽亚。可是，她已经看见了。

她一言不发，用力推挡住自己的人，冲过去跪倒在地。

在那片被践踏得杂乱不堪的草丛里，佛兰切斯科静静地躺在那里，他的脸被一丛长春花的枝叶挡住了一大半，只有耳朵、脖子和乱蓬蓬的头发，以及惨白的脸露在外面。他的衣服上有一大摊血迹，已经变成了黑色。血还溅到了各个地方，石头上，青草上，他的右手上，到处都是。

牧人们到这里的时候，看到的就是他的尸体。于是，他们守在这里，派一个人去报告了警察。

晨曦的淡银色的光辉穿透了橡树林和荆棘丛；篱笆上的蜘蛛爬来爬去，吐出蛛丝，衬得露珠晶莹剔透；云雀还在叽叽喳喳地唱歌；岩石上方，残月洒下淡黄色的光辉，如同葬礼上的蜡烛一样守护着这具尸体。

十九

　　第二天早上十点钟，在诺伊纳家的厨房里，有二十多个中年妇女围坐在一起，抱头痛哭。她们一边唠叨着，一边等待着神父来把佛兰切斯科的遗体运走。原本的一个幸福的家庭，就被这件事一下击垮了。本来这个家庭的一切都是那么有序，那么平静，此时却变得惊慌失措。所有的屋子都是乱糟糟的：帷帐被拆掉了，镜子上也蒙了一层布，窗户也关上了挡板，地上铺着厚厚的一层灰尘。在新婚夫妇的房间里，现在放着一副勾着金线的棺材，佛兰切斯科就躺在里面。在棺材的周围，还点着八根长蜡烛。隔壁那个曾经摆设过婚宴的房间，此刻已经变成了尼古拉大叔接待亲友吊唁的地方。他脸色发黄，双眼深陷。此刻，房门紧闭，房间里弥漫着一种淡黄色的气氛，男人们平日里高傲的脸孔此刻也变得凄楚无比。每个人都心事重重，难掩悲伤。

　　大家都很喜欢佛兰切斯科，他的死就是一个让人难以接受的噩梦。所有的人都低着头，默默地流泪，不想被别人看见自己流泪的样子，因为一个勇敢的男人是不可以哭的。在这样的场合，没有人敢喧哗，所以妇女们哭泣的时候都压低了声音，听起来就好像从遥远的地方传过来的。在房间外面，五月灿烂的阳光洒落在大地上，笼罩着这所悲戚的住宅。每个人的心都像是被放进了油锅里，备受煎熬。

厨房里就像是在举行旧式的葬礼一样，因为灯光是半明半暗的，所以气氛更为奇怪。此刻，灶火熄灭了，窗户也关闭了，屋子里只有从门边和门缝透进来的光线，让空气里的灰尘都变得亮眼起来。

在厨房最深处的那个阴暗的角落里，新寡的玛丽亚穿着一身黑色的丧服坐在那里，这身衣服还是从邻居那里借来的。此刻她面色苍白，眼睛肿得像核桃一样，好像突然老了二十多岁。此时她的肉体和灵魂都受到了极大的打击，她几乎无法承受，变得麻木了。路易萨大婶和死者的一些关系比较近的亲属围坐在她身边，其他的妇女都围坐在地上。所有的妇女都穿着厚实的黑色长袍，包裹着黑黄亮色的丧巾。

房门不时打开，强烈的阳光就会趁机溜进来，照在这些悲伤的妇女身上。有几个人会抬起头，悲愤地看着外面：面对这样的不幸，为什么阳光还是那么灿烂，天空还是那么清澈？几位亲属走进来，轻轻地关上房门，然后一切又都恢复原状，甚至比之前更加凄惨。

新来的女人踮着脚走进厨房深处，来到玛丽亚身边，弯下身子，口气强硬地说："好了，玛丽亚，别哭了，世界就是这个样子，都由上帝主宰，我们唯一能做的就是忍耐，玛丽亚！"

"上帝可以忍耐，我却做不到，他们杀死我的丈夫，如同杀死一只羔羊。"玛丽亚哭着说，把这件事情原原本本地告诉了新来的这个女人，就像她已经跟别的女人讲过的那样。

现在，在场的所有妇女都知道了这件事情的来龙去脉。每次玛丽亚都会用相同的话复述这一切，如同在讲授一节惊悚的课程。每次她讲述的时候，听众都会抽泣起来。在一个角落里，两个女人开始小声地议论玛丽亚所说的事。

"她的胆子可真大，要是我，早就死上一千次了。"

"没错，你看她现在，如同一个一百岁的老太太一样。她经历了暴风骤雨，被摧残成什么样了！"

"我听说，那些牧羊人还把她独自留在了安东尼·佩拉的茅草屋里，怎么可以这么做呢？"

"他们以为她睡着了。安德里亚大叔总也等不到人，就自己去寻找了。他说听到当时有人在喊自己，就迅速赶回了茅草屋，可是当时玛丽亚已经走了。"

"这我知道，"另一个女人说，"但是他真的不应该留她一个人在茅草屋，要不是他离开的那一会儿，她又怎么会看到那具可怕的尸体呢？"

"不，她怎么都会看到的，她那么聪明，别人是哄不了她的。反正我觉得她的胆子很大，还要留在现场等警察过来，把自己知道的一切都告诉他们。"

"我听说，图鲁里亚今天早上被警察抓走了。当时他正向奥尔格索洛森林那边逃跑，想要去找他的同伙。"

"没有，他还没有被抓住。"

"唉，这个该死的混蛋！"

"你真是这么想的吗？"另外一个女人的话中别有深意。于是，有人就对她说，佛兰切斯科早就开始怀疑这个仆人了。

"我的好妹妹呀，他们争吵的时候，也有别人看到了。那个仆人觉得自己已经暴露了，就把佛兰切斯科给杀死了。他的凶器是一把刀，现在已经在小路的尽头被找到了。"

"上帝啊！"一个女人哀叹着擦了擦眼泪。

此时，前来护送尸体的神父们唱起了葬歌，远处的一口大钟也发出了缓慢又凄厉的声音。

厨房里，妇女们都号啕大哭，死者的两位亲属也唱起了葬歌，每个人轮流唱一遍。妇女们也跟着唱起来，中间还夹杂着哭泣声和呻吟声。

玛丽亚苍白的脸颊已经泛出了青色。她紧紧地抿着嘴唇，闭着双眼。此时，棺材已经被抬到了楼下，神父们也停住了，在街上唱着葬歌。玛丽亚突然倒下了，趴在了路易萨大婶的膝盖上。

厨房里的哭泣声和呻吟声更大了，大家都冲到了昏倒的玛丽亚身边，把她围住了。路易萨大婶却十分平静，她朝着女儿的脸上吐了一口唾沫，又解开了她的紧身上衣。

很快玛丽亚就苏醒了，她直挺挺地站起来，四肢却十分僵硬。她看到自己的丈夫被抬走了，再也不会回来，发出了刺耳的叫声。

萨碧娜站在院子里，一脸惨白，她的头上包着一块黑色的丧布，手里拿着一把蜡烛，分发给送葬的人。其他的一些妇女也来帮忙，跟她做着同样的事情。一身黑袍的神父们唱着丧歌，越走越远，他们衣服上的金线反射着太阳的光芒。穿着白衣抬着棺材的人也越走越远，拐过街角，不见了。然后，大门就慢慢地关上了。此时，明媚的阳光依旧幸灾乐祸地照耀着这个哭声震天的房子，照耀着院子里和布满鲜花的楼梯。墙头上的燕子也在叽叽喳喳地叫着，有几只还在互相追逐。萨碧娜回到厨房，在门口蹲下了。她没有哭，也没有四下张望，她心里的一个阴郁的念头攫住了她的心神。

虽然医生们已经进行了尸检，虽然有证人的证词，虽然司法局已经盖棺论定，可是，只有她那温柔的双眼看透了这出悲剧的秘密，她知道了令人绝望的真相。

玛丽亚再次昏倒，被抬回了房间，放到了床上。妇女们重新回到厨房里，开始唱葬歌。现在，年轻的寡妇不在场，大家只好自己胡编乱造一些歌词。

带头哭丧的有两个女人：一个是佛兰切斯科的奶妈，一个是他的婶婶。奶妈是一个个头不高的老太婆，穿着一身青衣，白皙的皮肤早已松弛下来，还有一双蓝色的大眼睛。婶婶穿得非常华丽，在一件绿丝绒的紧身上衣上扎了一条银腰带，她那粗壮的腰肢硬是被勒出了一条沟。

婶婶的声音十分甜美洪亮，是远近闻名的好嗓子。玛丽亚在场的时候，这两位说的只是佛兰切斯科的童年，他的品德，以及之前那场盛大的婚礼。现在玛丽亚离开了，她们就开始说他可怖的死状，以及这位年轻的遗孀的痛苦。她们哭喊着要复仇，咬牙切齿地诅咒凶手。

"上帝啊！"奶妈如同动了真情一样哭喊道，抬起袖子抹了抹自己的眼睛，"你对好人良善，对坏人不会手软。你要抓住这个凶手，他害死的，是这个世界上最善良的人，是我好不容易用奶水喂大的，是我的心肝宝贝！你要杀死他，让他永远都痛苦！"

"佛兰切斯科！"婶婶说，"在努奥罗，你是最帅气的男人，所有的姑娘都钟情于你，所有的男人都羡慕你。你骑着大马穿梭在自己的草场和橡树林里，对于未来有着很好的规划，踌躇满志。可是谁会知道，你居然会被人残忍地杀害！不管是谁对你下此毒手，都不会有好下场。"

"是的，凶手一定不会有好下场！我曾经喂过可怜的佛兰切斯科多少乳汁！那个杀死你的混蛋就是个魔鬼！天啊，喝我的乳汁长大的孩子，你将再也无法看到你的妻子，也无法像我养育你一样养育你的儿女。虽然不是我给你的生命，却是我抚养你长大的呀！"

"这是一件多么可怕的事情，我的侄子们一定会终生铭记。我们会记得佛兰切斯科是怎么丧命的，会永远诅咒那个凶手。昨天你们也看到了，愁云惨淡，乌云密布，那是老天爷因为自己喜欢的这个小伙子的被害而哭泣。"

"你是一个正直善良的人，是你们祖先的骄傲，是亲人们的顶梁柱。可是现在，你亲爱的妻子穿着丧服，在为你伤心地哭泣，你的亲人们也只能在痛苦中度过下半生。"

"你为什么要带着你的妻子去牧场，还把她独自留在那个茅草房里。"

"现在，你的牧场、土地和牲畜，都在翘首期盼着你回来。庄稼都已经成熟了，可是主人却再也无法庆祝丰收。"

"你单纯、勇敢、善良，就像一只初生的羔羊，可是他们却如此狠心地杀害了。耶稣头上的皇冠，都被你的鲜血染红了。"

"土匪见了你，都会毕恭毕敬。每个人都会发自肺腑地尊敬你。你的品质就像耀眼的黄金，就像灿烂的丁香花，你的离去让所有人都痛心。"

"我们痛彻心扉，怒气冲天，想让圣母为你报仇。所有帮助这个凶手的人都会不得好死，他们走过的每一条路都会生出荆棘，正义的人会抓住他，杀死他，为你报仇。"

"他们凶残地朝着你的胸口捅了七刀，那就让那个凶残的凶手忍受 77 年的折磨吧！"

"上帝深爱着你，在这可怕的一天到来之前，他早就把你的父母召唤到了他身边，以免他们遭受这种痛苦。可是，如今还有谁可以照顾你的妻子？我可怜的侄子，你是那么英俊，今后我再也见不到你了！"

临近中午的时候，大家就渐渐离开了。为了来参加葬礼，萨碧娜向女主人请了半天假，现在她也得走了。此刻，留在新寡的玛丽亚身边的就只有死者的几个亲属了。

诺伊纳家今天没有生火，也没有做饭，谁都没有心情吃东西。可是中午的时候，有三个妇女送来了三个大篮子，里面装着亲戚们做好的饭菜。虽然路易萨大婶非常难过，可还是郑重地道了谢。一开始，大家都装出一副茶饭不思的样子，可是很快那三个篮子就空了。

玛丽亚一直高烧不退。前几天她还是那么坚强，可现在，她如同被病魔缠住了，浑身一点儿力气都没有。她似乎觉得自己还在草场和橡树林里，躺在安东尼的茅草房里，苦苦地等待着佛兰切斯科。但是她很清楚，他再也不会回来了。

她的眼前出现了各种可怕的幻觉，她看到佛兰切斯科正在受到凶手的残害，一把尖刀插进他的胸口，有鲜血飞溅出来。

神秘又浓重的夜幕挡住了凶手，让她看不到他的样子。他是谁？是那个仆人还是彼特罗？她被这个问题一直困扰着，心中的痛苦无以复加。

她动了一下，环顾四周，想清醒一下。可是，她好像看到了佛兰切斯科，他的眼睛，他的亲吻和抚摸，都是那么真切。唉，他是一个多么善良的人啊！

哭丧的女人说得对，他单纯、勇敢、善良，就像一只初生的羔羊，现在却被人宰杀了。

是谁杀了他？是谁杀了他？

她思来想去，凶手的身影总是游走在无边的黑暗里，如同幽灵一样。可是，有时候她的记忆又会非常清晰，她看到，就是彼特罗，在五月的一个晴朗的夜晚，出现在那条小路的尽头。他手拿着一把尖刀，像一个土匪一样小心地走着……

这些幻想让玛丽亚深受折磨，于是，她得出了一个让人震惊的结论：彼特罗先是杀死了那个老仆人，又用他的刀杀死了佛兰切斯科……他一定有同谋，就是那些土匪，在那里，土匪随处可见。甚至还有这个可能：那些牧民也是他们的同伙，只不过假装是我们的朋友。

猜疑、绝望、悔恨……这些念头每天都折磨着她，但是，她根本不敢向别人吐露半个字。她不敢告发任何人，也不敢诅咒任何人。她的善良和坚强，让她变得远近闻名，她被描述得如同史诗一般崇高。

三天以来，每当长工们从玛丽亚面前经过，都会安慰她。大家都说："你要坚强，你要勇敢。"她自己也知道，她必须坚强，必须勇敢。

后来，事情慢慢地平息下来。灶火又熊熊燃烧起来。尼古拉大叔满脸哀伤，如同一只上了年纪的烦躁的野兽，到处闲逛，出没于酒楼茶肆。他拖着残疾的腿，吸着牛角烟壶里的鼻烟，不满地嘟囔着。

家里的女人们又忙碌起来了。她们买来了黑色的头布，分发给为佛兰切斯科戴孝的亲戚；为了拯救死者的灵魂，她们大方地施舍。等到新月出现的时候，她们就会用槠木的灰烬和树皮把玛丽亚的衣服染黑，因为满月的时候是没法做好这件事的。

在此期间，窗户和大门都关得严严实实。

二十

佛兰切斯科的葬礼持续了八天左右。有一天晚上，路易萨大婶和玛丽亚一起在厨房里等着尼古拉大叔，突然，她们听见了一阵敲门声。

路易萨大婶走进院子，把门打开了。

过了一会儿，路易萨大婶回来了，她身后跟着彼特罗。

"玛丽亚，你好。"彼特罗的声音十分沉稳，他一边打招呼一边走向她。

玛丽亚苍白的脸上泛起了红晕。彼特罗拿起一条板凳坐到她身边，直勾勾地看着她。

"请原谅，"他的声音不大，却依旧沉稳，"前些日子我去了外地，所以没有来看你，我这一去就是半个月。今天刚一回来，就听说了这件不幸的事。我真是大吃一惊，居然会有这种事！"

玛丽亚正视着彼特罗，眼睛都不眨一下。她的目光如同一把利剑，直插他的心窝。不过，彼特罗对此并不介意。

此刻，他们又坐在了老地方，他们曾经在这里无数次地亲吻对方。如今周围的一切都一如当初，和他们热恋的时候毫无区别，昔日的氛围笼罩着他们。灶膛里的火熊熊燃烧着，发出噼啪的响声，四周的一切如同见证人一样，让他们想起尘封的往事。

"他在撒谎！"她想，"他曾经在这里向我保证过，他不会伤害我，难道他不记得了吗？"

"是的，"她把已经讲述了无数遍的悲情故事又复述了一遍，连一个词都没有改动，"是的，就在5月20号，在我的丈夫出门寻找丢失的奶牛的时候，他们像宰杀一只羊羔一样，残忍地杀死了他。"

她一边讲述，一边死死地盯着彼特罗。

他冷漠地看着玛丽亚，眼神里不带一丝感情。玛丽亚突然觉得轻松起来。

她想："他已经不爱我了，他放下了我。我一定是头脑不清醒，才会怀疑他。"

彼特罗长高了，显得老了一些。他那乱成一团的头发下面，是他冷漠的眼神和瘦削的身体。玛丽亚还看到，他变黑了，神情也严肃多了。

但是，当她声音低沉，缓慢地讲述着这个悲惨的故事，说起自己看到佛兰切斯科的尸体时的细节时，他的目光变得柔和了，神情也不那么严肃了。他的嘴唇翕动着，如同一个孩子一般，向她表达着自己的怜悯和同情。他看起来像是要哭了，在火光的照耀下，眼睛亮晶晶的。

玛丽亚还是看着他，越来越相信他与这件事无关。

他还是过去那个傲慢的孩子，不过内心却充满了同情。虽然他看起来十分冷漠，却总是悲天悯人。玛丽亚觉得，看来是自己多虑了。

这个晚上之后，彼特罗就成了玛丽亚家的常客。

有一天，他拿来了一笔钱，要从玛丽亚继承的佛兰切斯科的遗产中买牛，包括几头公牛和一对耕牛。为了把事情办得更加妥帖，他还叫了一位朋友陪同自己前来。他叫乔安尼·安蒂耐，是个财主。据彼特罗介绍，这是他的朋友。

提到丢失的奶牛，安蒂耐就说起了图鲁里亚。当时，大家都认定是他杀死了佛兰切斯科，事发之后他和别的土匪一起逃到了科西嘉岛的山上。

"有一次，我从这个图鲁里亚手里买了一头非常便宜的奶牛。因为价格太低，我不得不怀疑他是偷的。后来他让我见了两个保证人，我才算放下心来。"安蒂耐说。

"保证人是谁？"玛丽亚问。

他提到了在努奥罗的两个年轻人的名字。后来，此事被证明是真的，于是，所有被偷了牛的人，都认为是图鲁里亚和他的同伙做的。

现在，玛丽亚已经十分确定，就是图鲁里亚杀死了佛兰切斯科。但有时候，她也会产生很多猜疑，难以平静。彼特罗经常会来拜访，帮助她和尼古拉大叔干活，与路易萨大婶的关系也融洽了许多。

有一天，玛丽亚问彼特罗："别人说你的买卖做得不错，赚了不少钱？"

他像以往一样，轻蔑地晃着脑袋说："都说狗急跳墙，人当然更是这样。好在我的运气不错，遇到了一个不歧视我的人，不拿我当仆人看待，反而视我为伙伴。我到处奔波，也不过是为了糊口。"

"你的姑妈们怎么样了？"

"不太好，他们年事已高，托妮亚大婶更是垂垂老矣。"他悲伤地说，就像鼻尖上停着一只苍蝇一样摇了摇头，"不过，人终有一死。"

"是的，人终有一死。"路易萨大婶附和道。

不过，玛丽亚更感兴趣的还是他的生意。

"彼特罗，既然你奔走各地做生意，那你能不能告诉我，哪里可以放心地存上几千里拉，还能得到很高的利息？"

"我可以帮你问问我的朋友，或者我们也可以帮你存钱，"彼特罗毫不在意地说，"至于保证，你们想要什么样的保证都可以，我们有贷款。"

"你打算什么时候结婚？"路易萨大婶着急地说。

"这个先不着急，等我发了大财再说。"彼特罗说笑着，眼睛却盯着玛丽亚。

玛丽亚坐在一旁安静地听着，用胳膊肘挂着膝盖，双手托腮，一句话也不说。彼特罗的每一句话都让她十分动心。

"唉，谁也说不好，"她想，"也许他能赚大钱，我的父亲不也是这么发家的吗？如果我当初等着他该多好啊，那样佛兰切斯科也不会死，我也不会承受这么多苦难。现在，一切都晚了。"

此时，院子里传来了萨碧娜那像孩子一样清脆的声音。

"路易萨大婶，在吗？"

"过来吧，我们在这里。"

萨碧娜一看到彼特罗就心慌意乱，不过她控制住了自己。她抬高声调，强装欢乐地说：

"彼特罗，你也在啊？你最近好吗？路易萨大婶，请帮我倒一升油，麻烦您快一点儿，女主人还在等我。我还得回一趟家，我的未婚夫在等我。"

"你是不是在开玩笑？"身材笨重的路易萨大婶一边挣扎着站起来一边问。

"没有啊，我说的都是实话。过几天您就知道了，我到底有没有开玩笑。好了，您快一点儿吧！"萨碧娜举起油瓶敲了敲门，轻声催促着，"再见，年轻人……"

现在就只剩下彼特罗和玛丽亚了，他们对视了一眼，玛丽亚害羞地低下了头。

她颤抖着叫着彼特罗的名字，说："很久之前我就想跟你单独说一件事。我知道，我的丈夫死于非命，都是那个残忍的图鲁里亚，害得我成了寡妇。可是每天晚上我都难以成眠，睡着之后还会做噩梦。也许我是病了，神经错乱，但是我也没办法。我觉得，有一种可怕的想法纠缠着我。彼特罗，请你看在你的祖先的分上，用这个十字架跟我发誓：你没有教唆别人杀害佛兰切斯科，你自己也没做，而且也没有这个念头。"

玛丽亚抬起手，她的手中握着一串念珠，但是她不敢抬头看彼特罗。

他一言不发。她着急地等了一会儿，还是没有听到他说话。她抬头一看，他的脸色十分苍白，于是本能地缩回了手。

这时，彼特罗疯狂地抓住了她的手，念珠夹在他们的手掌之间，硌着她的掌心。

"玛丽亚！"他怒吼道，"想不到你居然这么狠毒！你居然狠毒到这种地步！不……"

"因为我狠毒，我才会害怕……"

他快速地转动着自己的帽子，怒气冲冲地盯着玛丽亚，眼睛里都要喷出火来。

"我发誓，我用我最神圣的东西向你发誓！我对此毫不知情。现在你也告诉我，你相信我的话。"

"我相信。"玛丽亚像是卸下了一副重担，缓缓地说。

她呼出一口气，如同刚刚摆脱了一个噩梦。

彼特罗放开她的手，戴好帽子，说：

"我也不知道你怎么会有这样的想法，如果我有心害他，早就动手了。而且，这么做对我又有什么好处？你永远都不会属于我，你只把我当成仆人。"

"好了，你不要再说了！"她哀求道，"不要再说了。"

他站起来，火辣辣的视线却一直没有离开玛丽亚。玛丽亚又垂下了眼帘。

"我得走了，要不你的母亲就会看到我现在非常慌张。你看，我抖得跟个小孩子一样。是的，我是在发抖，因为你今天让我承受了前所未有的痛苦。我没想到是这样。我今天来，只是为了看看你，这已经是我最后的慰藉了。"

"好了，请你不要再说了，"她说，"别再折磨我了，我已经说过我相信你了。你快走吧，我放心了。"

"我现在就走。如果你愿意，我再也不会来了。你说吧，说吧！"

她站在那里一动不动，也没有说话。此时，萨碧娜正好从过道经过，他跟她打了个招呼就走了。萨碧娜目送着他离开，摇了摇头。

第二天一早，萨碧娜就如约去找她的未婚夫了。

她想："我现在也该为我自己考虑一下了。朱塞佩人还不错，像我这样的女孩儿，大家一定会觉得我是撞了大运才能嫁给他。我也没什么别的指望了。"

她也想过，彼特罗和佛兰切斯科的被杀有关，并为此痛苦不堪。可是，无论事实如何，彼特罗心里都没有她的位置，既然如此，她也不必执着于这份没有结局的感情了。可是，虽然她故意做出一种温和与通情达理的模样，但是她心里却隐藏着一个复仇的想法。她的未婚夫是安东尼·佩拉的兄弟，他的牧场距离玛丽亚家的不远。朱塞佩曾经对彼特罗发表了一番议论，让她惊奇不已，疑惑也更深了。

"玛丽亚和彼特罗永远都不会在一起的，永远都不会！"她既凄凉又满意地想。

这是十二月的一个晴朗而又寒冷的早晨，一大早，萨碧娜就头顶着水壶，来到了古尔古里盖伊泉边。走到小教堂前面的时候，她停住了。她经常在这里和朱塞佩约会，此刻他还没有来，她羞涩地想："他会不会因为我来得早，就说我是急性子？随便他怎么想好了，反正我就要嫁给他了。瞧，他来了。"

朱塞佩骑着他那匹枣红色的小马过来了，看到萨碧娜，他就从马上一跃而下。把马拴好之后，他就笑着迎了上去。

"他年纪不小了，不过看起来很老实。他有一排整齐的牙齿，还有一双好看的眼睛。"萨碧娜这样想着，也笑了。

"我来了，"她温柔却又疏离地说，"你有什么事？"

"什么事？萨碧娜，你应该知道的呀！我要离开一段时间。我已经种好了麦子，需要去森林里干活，大概要去两个月吧！萨碧娜，我要离开这么久，你就没有什么话想跟我说吗？"

他满含爱慕地看着眼前的姑娘。

萨碧娜低下了头。她是一个漂亮的姑娘，寒风把她的脸吹得红扑扑的。她头上顶着一个水壶，穿着一件长衫，显得身材十分苗条。

"你要我说什么？我已经答应爱你了啊！"

"这还不够，萨碧娜，我想让你答应嫁给我。"

"我可以答应你……"

"萨碧娜，我觉得光这样还不行，我们要去祭坛面前发誓，我就是因为这个才把你约到这里来的。你看，我已经要到了教堂的钥匙。"

萨碧娜的脸色微变，无数种想法在一刹那涌上她的心头。在努奥罗居民眼中，朱塞佩的这种仪式等同于完婚：违背誓言的人，都会遭受严厉的惩罚。

"让我再想一想好吗？"她用手扶着前额说，"你先去开门。"

"你同意了是吗？"

"你去开门吧！"

他大步地走向教堂。萨碧娜把头顶的水壶放在地上，环顾四周，此时街道上空空如也，只有朱塞佩的那匹小马正在安静地等着主人。此时，教堂后面的天空上已经出现了几道玫瑰色的朝霞。

萨碧娜紧走了几步，追上了未婚夫，两个人并肩走进了这个破旧的小教堂。朱塞佩摘下帽子放到肩上，在胸前画了一个十字。

"朱塞佩，"萨碧娜走到教堂中间的时候停住了脚步，"等一下，我还有话要说。我可以发誓嫁给你，但是在此之前，你得跟我说一件事。"

"什么事？"

"杀死佛兰切斯科的凶手是谁？你一定知道，对不对？"

"我？"朱塞佩害怕地往后退了一步，"你不要乱猜！"

"我没有乱猜。如果你不知道实情，那你现在说出的应该是图鲁里亚的名字。"

"是的，就是他。"

"不是的，"萨碧娜摇着头坚定地说，"你和你兄弟，也许还有别人，都知道实情。我也知道……"

"你千万不要这么说。"

"我就是要和你讲这件事。无论如何，这件事都跟我没有任何关系，我和你，还有你的兄弟，以及其他知道真相的人一样，都不想给自己找麻烦，招人怨恨。这件事就留给法庭去裁决吧，要是法庭无法找出真凶，就只能说他们太走运了。普天之下，总有可以待的地方。可是……"

"可是什么？"

"可是你得跟我说实话。我并不是要求你现在就说，但是如果我嫁给你，你还会对我隐瞒实情吗？"

"我会把实情告诉你的。"他承诺道。

萨碧娜又逼问道："要是我觉得有这个必要，你也会在我们结婚之前告诉我，对不对？比如说，如果玛丽亚和彼特罗结婚，你会不会告诉……"

朱塞佩睁大眼睛，咬紧嘴唇，担心自己会一不小心说出那个秘密。不过，萨碧娜并没有继续追问。

"好了，你现在可以不说。我们去吧！"

他们一起走到了那个光秃秃的、布满灰尘的祭坛旁边。朱塞佩点燃两支蜡烛，就跪在了萨碧娜身边，紧紧地握着她的手。

"我发誓要做你的丈夫。"

"我发誓要做你的妻子。"

然后他们就没有再说话。萨碧娜抽回自己的手时，觉得十分伤心，忍不住流下了热泪。对于刚才的誓言，她并不后悔，她只是觉得原本平静的心被悲伤笼罩了。

二十一

五年的时间倏忽即逝。

彼特罗那两个年迈的姑妈都已经离世，留下了一座小房子，彼特罗搬了进去。而且，他还把房间扩大了一些，进行了修葺。

"这世界变化可真快，"附近的妇女艳羡地说，"大家早就忘了前尘往事。"

如今的彼特罗已经不是仆人了，他有了一个生意兴隆的店铺。而且，现在的他作风正派，不爱慕虚荣，所以深得大家的敬重。现年 23 岁的他，正值人生中最好的年华。他身体强健，动作灵活。和以前相比，他瘦了，也白了，看起来帅气逼人。每个周日的中午，他都会穿一套新衣服，口袋里装着怀表和白色手帕，去教堂做弥撒，一些贵族人家的女孩儿也对他抛起了媚眼。

可是，他觉得自己此生就只有一个愿望。一天又一天，一年又一年，他为了那个愿望不懈地奋斗，变得越来越有耐心，越来越机敏。

他不去酒馆，也不和品行不端的人厮混。每次他从托斯卡纳酒馆门口经过的时候，老板娘都会跑到门口张望，但是他根本不拿正眼看她。时光飞逝，在他曾经做过工的人家中，大家都对他非常客气，把他视为上宾。不过也有例外，就是路易萨大婶，因为她老成持重，对待任何人都是十分客气，不过，她经常会把他昔日的出身挂在嘴边。

一天，彼特罗正站在门口，盯着水泥匠给自家门口砌墙。这时候，安蒂耐来了。

安蒂耐个头不高，事业有成，穿得非常华丽。虽然他已有了白发，但是他总是把胡须剃得非常干净，所以如今还算是英气逼人。一年前，他娶了一个贫苦人家的女孩儿，这家人虽然没有钱，但是家风不错。现在，安蒂耐已经在努奥罗定居了，做起了生意，有时候也会放一些印子钱。

虽然彼特罗和安蒂耐合伙开的公司已经关门大吉，如今二人各自做生意，但他们的关系不错，还会经常提携对方。

安蒂耐走到彼特罗身边，在正在砌的那堵墙前面站住了。现在是二月，天气又那么晴朗，站着有一种说不出的舒服。

"我老婆给我生了一个女儿，她可真是不争气。"安蒂耐半开玩笑半认真地说。

"我觉得你应该检查一下，到底是谁不争气。"彼特罗开着玩笑。

"你答应过我，要做孩子的教父，你还记得吗？"

"那教母是谁？"

"你自己挑选啊！"

"只怕我选的你不会同意啊！"

"说来听听。彼特罗，我觉得你要亲自去请她，也许她见到你就不会拒绝了。只要她同意，我们今晚就可以做洗礼。这可是个好机会，大家会说：'这两个人不久就会结婚的。'"

"我可不愿意听到大家说这种话，心怀鬼胎的人太多了，"彼特罗低声说，"要不要来一杯葡萄酒？"

"来一杯吧！话说你为什么要找人砌墙？"

"我要搭一个天棚。"

他们走进了一个又小又乱的房间，彼特罗在里面翻了半天，好不容易找出了两个杯子和一瓶酒。

"找到了。"他说，然后俯身打开了酒瓶上的那个柳条塞子，"你看这里多乱，女仆都走了，她的亲戚不愿意她服侍一个单身男人，虽然……"

"好了，别吹牛了，再说你也不是什么圣人。快点儿倒酒吧，别客气了。"

彼特罗倒了酒，还不小心洒了一点儿在地上。安蒂耐叹着气说：

"真不错！你快点儿去问问玛丽亚愿不愿意给我的孩子当教母，我是很希望你能成功的。"

彼特罗摇了摇头，举起了酒杯，神情突然变得十分忧伤。

"好了，别逗我了，你是知道的，我讨厌听到这些。你还不如直接开口向我借一千里拉呢！"

"我倒是真的想找你借钱。"

"好了，别开玩笑了，"彼特罗说，"我用钱的地方很多。你也知道，我并没有多少本钱，可是所有人都以为我腰缠万贯。"

"你将来一定会很有钱的。可是你为什么还不娶她？彼特罗，我是认真的。"

"我很想娶她，做梦都想。但是我又很害怕，不是怕她拒绝我，只要我乐意，就一定能做到。如今她就像一片蔫掉的叶子，有了阳光才能再次伸展。"彼特罗把几根手指捏拢在一起，又松开了，"只要我乐意，就一定能办到。不过我如今只要看着她就够了，我有很多次都会在她面前发抖。我不敢，我觉得现在说这些为时尚早。"

"那你就等着那片叶子干枯吧！等到你们两个都青春不再！你可真是要气死我了，彼特罗，"安蒂耐用杯子敲打着桌子，叹息道，"不信你就走着瞧，你这次还会跟上次一样。你跟我说过，曾经你是那么傻……"

"好了，别说了！"彼特罗咬着自己的拳头发狠地说，"闭嘴！"

"没错，彼特罗，你生来就是为了成为有钱人，可事实呢？你算什么男人？你就是个废物，胆小如鼠。那一次你也是非常害怕，结果却非常顺利，当时你就应该听我的话，鼓起勇气，克服胆怯。以前就是嫉妒在推动着你前行，可现在你却把它忘了。你总是非常胆怯，害怕一切，害怕所有的人，也害怕我。我已经跟你重复过无数遍了，胆小鬼永远不可能发财。"

彼特罗摇了摇头，望向远处。

"发财！"他悲伤地说，"这世界上还有谁比我更倒霉吗？我本来是一个本分的人，现在却变成了盗贼。我本来是不会杀人的，可是我杀了人。你看我现在的样子，真的发财了吗？我只不过是有一些臭烘烘的金钱。可是又有谁知道，我冒了多大的风险，让多少人倒了霉？"

"你胡说八道什么呢？难道你觉得偷牛这种事情太小，想要偷百万里拉？想要干一票大的，就得去大陆了。"

"别说了！"彼特罗凶狠地说。说这番话的时候，他一直看着门外，生怕泥水匠会走过来，偷听到他们的话。"好了，我们不要说这个了，现在就去洗礼吧，我给这个女孩儿起个什么名字好呢？"

"叫玛丽亚好了。不管怎么说，我都得去找玛丽亚·诺伊纳。"

"随便你，这是你的事，我不喜欢说重复的话，所以我只最后和你说一遍。有一次，玛丽亚收到了一封匿名信，上面写着'我很高兴看到彼特罗从此再也不登你家的门'。打那之后，我就开始处处留神。好了，我们去看看你女儿吧！"

他们一起出了门。在路上，安蒂耐拿出了一封信给彼特罗，这是一个生意人写的，他想托安蒂耐替他找一些愿意去阿尔及利亚伐木和推车的工人。"有一些洗树皮的工作得做，我觉得让这些伐木或者推车工人的妻子去比较好，那里不缺住宿的地方。"

"应该会有很多那样的妻子愿意陪同丈夫一起前往，我们可以试着找找看。"彼特罗说。

安蒂耐的妻子见到彼特罗，欣然同意让他为自己的女儿洗礼。

为了不引起安蒂耐的妻子的怀疑，彼特罗只说自己会尽力。

"然后我再正式提出请求。"安蒂耐开着玩笑说。

他们又一起出门，走向了尼古拉大叔的家。

"去吧，现在你为我牵线，以后我也会为你牵线的。"彼特罗说。

"你看吧，最后还是得我来办这件事，你快点拿定主意，去吧。我得告诉你，那个托斯卡纳人曾经跟我说，佛兰切斯科·安东尼·穆雷杜到尼古拉大叔家去得很频繁……彼特罗，你可得小心了，别忘了上次……"

"有很多求婚的，都被玛丽亚拒绝了。"彼特罗说。每次到尼古拉大叔家，他都会心慌意乱。

"当心啊，小伙子，也许她早就等得不耐烦了。好了，我们到了，你去吧，我先去托斯卡纳的酒馆等你。"

彼特罗朝着诺伊纳家走去，刻意忽视了酒馆老板娘的注视。

结果，玛丽亚拒绝了彼特罗的请求，不同意给安蒂耐的女儿做教母。虽然那件事已经过去了好几年，可是她还是沉浸在悲伤中无法自拔。她平日里几乎大门不出，二门不迈，就算要出门，她也只走僻静的小巷。如今，她依然穿着那件黑色的丧服，对亲戚们也是十分淡漠，神情哀伤。她觉得自己早已看破红尘，超然世外，但是她也知道，自己的血液里还流淌着青春和热情。

她曾经无数次地问自己，有没有爱上彼特罗。她也不知道，确切一点说，是不敢承认。没有任何一个男人会像他那样看着自己，每当他看向自己，她就觉得不知所措。虽然她是一个意志力坚定的人，可是在他面前，防线就不堪一击了。

洗礼是在一个星期日的早晨进行的，那一天阳光明媚，空气中萦绕着轻快的钟声。突然，彼特罗来到了诺伊纳家的厨房。此时玫瑰经小教堂正在举行圣约翰的节日，尼古拉大叔和路易萨大婶都去唱弥撒了。只有玛丽亚一个人留在家里，她衣着简朴，正赤着脚在厨房里准备食物。

"玛丽亚，你好。"彼特罗说着就走进了厨房。

玛丽亚看到他，有些慌张。他打扮得像一个资产阶级，正伸出手摸自己头上的帽子。

玛丽亚急忙穿上便鞋，笑着对他说：

"我的父亲去了玫瑰经教堂，你是来找他的吗？"

"不，我是来找你的，玛丽亚。"

"那你坐吧。你们是不是已经做完洗礼了？"她一边说一边拿了一把椅子，虽然早上她已经把它擦干净了，但她又擦拭了一遍，"你坐在这里吧，那边会把你的衣服弄脏。"

她把椅子放在门边，自己又回到了灶前。此刻，她也不知道该怎么掩饰自己的慌乱。

厨房里非常整洁，只有地板上溅了一点儿水。此时，这里的气氛宁静而温馨，体现出了一个和美的小家庭的幸福。这让彼特罗想起了自己曾经在这个房间里度过的美好时光。于是，他鼓足勇气说："玛丽亚，你猜我为什么过来？你看着我，听我说，这么多年都过去了。转过来，来我身边。"

她朝着他走了过去。

"把你的手递给我，玛丽亚，难道你不愿意吗？你为什么一直低着头？为什么不把手递给我？别害怕，我发誓，我肯定不会伤害你的。过来吧！"

她还是没有抬头，只是摇了摇头。

"你说吧，彼特罗，要我怎么做？"

此时，彼特罗用力握住了椅背，才抑制住了想要握住玛丽亚的手的冲动。

然后，他俯下身去说："你应该知道我要你怎么做啊！我就是想让你嫁给我。是时候了，我想，过去的事情你应该都已经忘了，就像你已经忘了我的身份低微，我也忘了你曾经的背叛。我们把过去的一切全都抛开，重新开始吧。我爱你，我活着都是为了你。也是因为你，我才变成现在这个样子。我知道，你也是爱我的，我已经从你的眼神里看出来了。现在，你看着我……"

她抬头望着他。他们两个浑身颤抖，又在竭力控制。

"你看，"他握紧椅背说，"你的眼睛不会撒谎，你还爱我，对吗？既然如此，我们就不要继续折磨自己了。我跟你说过，如果我还没有资格问你：'玛丽亚，你还记得我的承诺吗？'我就不会跟你说爱情的事。那你看，我是不是一直信守诺言？"

"是的。"

此刻，她再也无法从他身上移开目光了。

"那你也应该信守诺言。你为什么不说话？是不是在害怕？我知道，你怕你母亲看不起我的出身，你害怕别人的议论，你更怕你自己。我说得没错吧？还是说你的眼睛在说谎，你对我已经没有了爱情？难道过去的一切你都忘了吗？这墙壁，这炉火，都无法让你再想起我了吗？玛丽亚，你曾经跟我说，你会等我，哪怕等十年。可现在呢，现在只过去了七年。你是不是不想要我了？是不是再也不会怜悯我了？玛丽亚，你为什么流泪了？"

他走到她身边，紧紧地握住了她的手。

"你说话呀，你为什么流泪？为什么？是什么让你这么绝望？"

她轻轻地摇了摇头。他把手放在她的前额上，让她抬起头看着自己。她看见，他的脸色像纸一样白，在欲望和痛苦的双重折磨下，嘴唇已经变成了紫色，还在不停地颤抖。

"为什么？为什么？"

"不为什么，"她像个小女孩儿一样闭上了眼睛，慢慢地说，"我现在只是一具活着的尸体，你为什么要让我活过来？你现在还年轻，可是我……"

"可是我只要你。"他疯了一样地大叫着，呼吸急促。

他先亲吻了她，她也热情地回应着。他们的嘴唇似乎是因为遇到了这世界上最令人叹惋又最甜蜜的爱情，一直抖个不停。他们的亲吻里充满了悔恨和情欲，充满了爱情和野心。

星期日下午，彼特罗又和安蒂耐见面了。

"今天要过节，很多农民都来到了镇上，我觉得正是为阿尔及利亚的生意招聘工人的好时机。"

彼特罗陪着他一起到了镇上。走到玫瑰经小教堂门口的时候，他们发现很多农民聚集在这里观看夺彩杆的比赛。很多调皮的小孩子试图爬到杆子上，却没有成功，几个小伙子也尝试了，却还是失败了。

所谓的彩杆只是一根高高的光溜溜的杨树干，表面还涂上了肥皂。彩杆的顶端挂着一个圆圈，上面有红色和黄色的手帕，以及奶酪块、皮包和鞋。在晚风的吹拂下，手帕飘来飘去，似乎想要引起人们的关注。

孩子们一个接一个地往上爬，却都是只爬了一定的高度就滑下去了。

下面的人们欢呼着，大笑着。

彼特罗和安蒂耐走到了广场，这里有一个上了年纪的人在爬彩杆，脚上还裹着布条。

风停了，手帕也不再飘了，可是上面的奶酪块、皮包和鞋还是很吸引眼球，它们在等着胜利者的到来。

虽然此刻彼特罗心心念念的都是那份爱情，可是也被眼前的这一幕吸引了目光。安蒂耐跑来跑去，和自己的熟人聊天。

萨碧娜的丈夫朱塞佩也挤在人群中。他打扮得非常光鲜，花白的胡须梳得很整齐。此刻，他正被一群劳动者朋友围在中间，大家怂恿他去喝酒。

此时，脚上裹着布条的那个人已经爬到了彩杆的一半的位置。突然，人群中有人大叫："他的脚上系着镰刀，所以才没有滑下来。"

大家议论纷纷，还哄堂大笑。孩子们都跑到了彩杆下面，用力地摇晃彩杆，表达对这个作弊的选手的不满，想把他摇下来。

"你这个坏蛋，快点儿下来吧！"

没想到，那个人根本不理睬他们，还是一个劲儿地往上爬。虽然他很瘦，身手却很敏捷，攀爬的动作很有节奏。在彩杆顶部，那些神秘的锦旗在不停地颤动，圆圈也转来转去。在夕阳的照耀下，提包上的弹簧闪闪发光。

在大家的笑声和叫声中，安蒂耐开始和那些农民、工人签合同了，这些人多半都是酒鬼。

安蒂耐走到朱塞佩身边问道：

"你想不想去非洲打工？"

"是不是离海边很远？"

"不算远。你可以带着老婆一起去，那里有住处。"

"我才不会让我老婆去刮树皮，"朱塞佩说，"我先回去问问，再给你答复。"

"她不就在那儿吗？你先去问吧，我需要统计一下有多少人去。"

没错，萨碧娜怀里抱着一个小女孩儿，正在不远处的地方，一边看爬彩杆一边和别的女人聊天。

脚上裹着布条的人还在继续爬，最后用力一蹬，就到达了终点。所有人都不再喧闹了。此刻，太阳已经落山了，彩杆上面的圆圈也不转了。

"太棒了！"安蒂耐朝着那个获胜者挥舞着手臂叫道。此时，那个人已经抓住了圆环，取下了提包。

人群中爆发了热烈的响声，那个人迅速从彩杆顶部滑了下来。有人要求检查他的脚掌，他却不理不睬，把手帕、奶酪块和鞋子包在一起，大摇大摆地走了。

安蒂耐走到彼特罗身后，笑着看着他，朱塞佩则紧跟在安蒂耐身后。

"你都看到了？"安蒂耐别有深意地说，"这么做就对了！"

彼特罗轻蔑地摇晃了一下脑袋。"这么做就对了！"他早就知道了。此刻，他的嘴唇上还残留着玛丽亚的香气，他面带微笑，神采奕奕。

彼特罗跟着安蒂耐，和朱塞佩一起走到了萨碧娜身边。

此时的萨碧娜已经成了一个少妇，昔日的美丽已经一去不返：略显金黄的头发凌乱地垂在前额和耳边，使得她的脸显得更小、更憔悴了。她的鼻子似乎变成了透明的，只有那双清澈的大眼睛，似乎还留存着昔日的天真。

虽然日子过得很清贫，但她还是幸福的。她不需要担心食不果腹，却还是得不停地劳动，生儿育女，再把他们抚养成人。女人经历过这些之后，衰老的速度就会特别快。结婚之后，她和诺伊纳家就没什么来往了。她很忙，没空去见这些有钱的亲戚，而他们也想不起她来。

萨碧娜早已经忘记了过去。每天傍晚，她都会坐在门口，等候丈夫归来。每当她看到自己老实的丈夫从巷子尽头缓慢地走过来的身影，就会把小女儿叫过来，拍着她的手说："看，爸爸回家了。"此时，她觉得自己无比幸福。

可是，看到彼特罗走过来，她的脸迅速红了起来。他真帅啊，打扮得光鲜亮丽，眼睛也很是有神。她想起，他同意"跟她说句话"，已经是很多年前的事了。世界变化太快，人们的命运也总是会发生巨大的变化。幸运的人总会心想事成，不幸的人处处碰壁。"算了，"萨碧娜想，"这个世界太不公平，我只能寄希望于另一个世界了。"

"那么，"安蒂耐说，"你是否愿意陪你的丈夫一起去？你这么年轻，怎么可以独自在家待上三个月呢？"为了不让别人看出自己见到彼特罗的羞涩，萨碧娜正在借亲吻怀里的女儿来掩饰。

"不管怎么说我都不会让你来陪我的。"朱塞佩说。

然后她又打听了一下，那边的工作能不能在收割麦子之前做完。

"我们家种了麦子，"她对朱塞佩说，"所以，我们可以去那里，七月再回来。"

"行，那就干到七月吧！"安蒂耐说。

他拿出笔记本，在上面做了一个记号。

几天后，去那边工作的人就出发了，有很多人都是带着妻子一起去的。

二十二

玛丽亚的第二次婚礼是在极度保密的情况下举行的，知道的人不多，连其最亲密的邻居都不知道。他们只是看到彼特罗和往常一样，频繁出入尼古拉大叔家。

很久之前，玛丽亚就已经辞退了女仆。所以，就连托斯卡纳酒馆的老板，也是在事情过去了几天之后才有所耳闻。

大家听说这件事之后，议论纷纷。五月初的时候，那些喜欢打听别人隐私的人在市政府门口看到了布告，宣布他们要结婚。

"原来如此！"酒馆老板一边用纸做的鸡毛掸子驱赶着苍蝇一边说，"有一次，我听到尼古拉大叔和路易萨大婶爆发了激烈的争吵，我还听他们提到了彼特罗的名字。路易萨大婶还说：'你喜欢他是很自然的，天下乌鸦一般黑！'我知道，路易萨大婶是很不愿意把女儿嫁给彼特罗的。"

酒馆老板猜出了真相。当玛丽亚对家人说，她非彼特罗不嫁的时候，路易萨大婶迅速变了脸色。路易萨大婶活了这大半辈子，还几乎没有这么羞愧和愤怒的时候。然后，一家三口就开始对骂。尼古拉大叔差点儿脱口而出，他对彼特罗向自己的女儿求婚这件事感到无比荣幸呢！路易萨大婶也不再端着往日的架子，号啕大哭起来。

"彼特罗以前是我的仆人，以后也是！他居然妄想娶我的女儿，佛兰切斯科的妻子！他出身低微，终日无所事事，只不过是一只癞皮狗，好不容易找到一块骨头啃，就妄想娶我的女儿？别做梦了！玛丽亚，你是不是疯了？要是佛兰切斯科泉下有知，一定会伤心死的！可怜的我的女婿啊，我为你痛心，你一定是被人给杀害了！"

"别号了！"尼古拉大叔用拐杖使劲戳着地面，生气地说，"他死的时候你不哭，如今哭什么？"

"别闹了！"玛丽亚说，"事情闹大了有什么好处！我已经下定决心了，并不是突发奇想，很多年之前我就有这个念头了。我要不是对这件事十拿九稳了，也不会告诉你们的。所以，就算你们闹翻了天也没用。我只想把我的决定通知你们。很快我们就会结婚，如果你们不愿意，我们就搬走，他的房子用不了多久就能盖好。"

"那……别人会怎么议论我们？"老妇人哽咽着说，"我可不是为了我自己，我是为了我们家的尊严！"

"你这个贵族太太，把嘴闭上吧！"尼古拉大叔吼道，他经常用这个称呼来讽刺她，"本来玛丽亚就不应该嫁给别人，她注定是彼特罗的妻子。彼特罗那么优秀，年轻有为，还走了大运。来，吸点儿鼻烟，你就舒服多了。"

路易萨大婶迅速抓过鼻烟，把它丢进了院子。

"闭嘴吧！真是有其父必有其女！我们走着瞧！"

可是她又没有办法，不得不接受现实。她只提出了两个要求：第一，让他们秘密地举行婚礼，不让任何人知道。第二，尽量少让彼特罗上门。

彼特罗来看望玛丽亚的时候，就开诚布公地说："路易萨大婶，我知道您不喜欢我，但这不会影响我对您的尊重。我只希望能够尽快娶到玛丽亚，您也知道，这么多年以来，我一直在等着玛丽亚点头。可是现在，我也没有必要等了。房子已经盖得差不多了，可以住人了。过几天我就去卡利亚里一趟，买一些送给新娘的礼物，也给我们的新家添置一些家具。回来之后，我们即刻完婚。"

"很好，男人就应该这么说话！"尼古拉大叔赞叹道。

路易萨大婶没作声。

此刻，玛丽亚正坐在距离彼特罗很远的地方，也没有看他，只是默默地想："他要去卡利亚里买东西，一定会上当受骗的。"

但是她并没有把这番话说出来。

后来，彼特罗又去看了她两次，都是在晚上，说的话也都非常老套。

一天晚上，玛丽亚无意间提到了佛兰切斯科，就看到彼特罗流露出了厌恶之情。彼特罗刚一离开，尼古拉大叔就对她说：

"你要注意，不要在现任丈夫的面前提到以前的丈夫，以后千万不要提了。"

"但是我一直都是这么说的啊！"

"因为那时候彼特罗还不是你的丈夫。你是不是觉得，单身男人和未婚夫是一个概念？他们的差别可大着呢。男人就像一把枪，子弹不上膛的时候，不会对人造成伤害。可是一旦子弹上了膛，就很危险了。现在，彼特罗就是一把上了膛的枪，你千万不要碰。"

他第四次去看望玛丽亚的时候，就要求确定婚礼的日期。

他感到非常犹豫，但是热恋的感觉又让他激情澎湃。每次他来，都会直勾勾地看着玛丽亚，想从她的脸上猜出她的心思。

她总是回避着他的眼神，可是只要他看到玛丽亚的眼神，就会忘记一切。他内心中那种野性的欲望让他不由自主地浑身发颤。从第一次谈话之后，他们就再也没有单独在一起。每次彼特罗离开的时候，路易萨大婶都会亲自送他到门口。她总是会有意无意地监视他们，好像很喜欢把这对欲火焚身的未婚夫妻分开。

一个星期日的早晨，彼特罗突然来了，此时家里只有玛丽亚一个人，路易萨大婶和尼古拉大叔去了玫瑰经小教堂做弥撒。

"今天我就要出发去卡利亚里，"彼特罗说，"我今晚会在马科梅尔暂住一晚，处理一些事情。四天之后，我就会回来。玛丽亚，你要把证件准备好，我一回来咱们就公布婚事。"

到了第四天，他还没有回来，这让她感到无比的伤心和焦虑，这是前所未有的。她强烈地思念着他，在她最初爱上他的几个月里，对他的思念从来没有像现在这么强烈。有那么几次，她也觉得非常高傲，因为她以前是个贵族老爷的妻子，如今却要下嫁给一个仆人。想到这些，她会觉得很懊恼。可是，狂热的激情和欲望很快就打败了她的傲慢。她已经守寡了好几年，如今她似乎又回到了年轻的时候，不过已经不像以前那么幼稚了。她体验过人间的悲欢离合，却没有尝过爱情的滋味。她曾经被人羡慕过、奉承过，也为自己的背叛付出了惨痛代价。如今她已经 30 岁了，她浑身又充满了对爱情的渴望。

她疯狂地想要得到爱抚，希望重新焕发青春，找回那些被自己浪费的时间。这一切的背后都隐藏着某种让人冲动的念头，那和煦的春天，那种甜蜜感，那种幸福的家庭生活，都让她觉得自己身上的每一个器官都酣畅淋漓，早已沉睡的青春又苏醒了。

可是，在情欲暂时消退的时候，她又恢复了理智，隐隐有些不安。她觉得，自己灵魂深处有一种复杂的情绪，让她备受折磨。对于彼特罗那低贱的出身，她还是有些难以接受，只好无限地放大他身上的缺点。这时候，她似乎又变成了往日那个蛮不讲理的女主人。

当他第四天还没有回来的时候，她生气了。

"看，他又撒谎了。既然做不到，又为什么要跟我许诺？他现在在那里干什么？一定是忙着玩乐呢，肯定是的，谁知道……"她胡乱猜测着。

到了第六天，她就更心慌意乱了。

"彼特罗不回来，也不给我写信，他肯定是遇到了不幸。"昨天夜里，她梦见了一封镶着黑框的信，她用尽了力气也无法打开它，这让她感到无比凄凉。醒来的时候，她还在抑制不住地颤抖。

当天晚上，她就收到了彼特罗的信。她把信放在手里摸来摸去，摸了半天才打开。她感觉，自己心里的欲火正在熊熊燃烧。然后，她拿着信快步回到了自己的房间。在信里，他请求她原谅自己过了这么久才寄信，还说了一些粗野的狂热的情话，向她吐露爱意："我要紧紧地抱着你，在你身上落下雨点般的吻，就像那个难忘的星期日一样。我要把你搂在怀里，我要永远陪着你，不停地亲吻你，我感觉自己快要死了。"

短短的几句话，就让她重新陶醉在那炽热的爱情中。

"我的夫人，你看到没有？"尼古拉大叔用手掌轻轻地戳着玛丽亚手里的那封信，"他会写字了！"

"他在哪里学会的？"路易萨大婶惊叹道。然后，她又恢复了昔日的庄重，对请示她要不要给彼特罗写回信的玛丽亚说，"你现在已经结婚了，这是板上钉钉的事情。你为什么要给他写回信？会被邮局看到的。女儿呀，你可别忘了你的身份！"

为了保持这个身份，玛丽亚没有回信。

两天后，彼特罗回来了，给玛丽亚带回了丰厚的礼物，还给路易萨大婶买了一件大衣。玛丽亚说："我们要怎么操办婚事？是不是要请你的亲戚过来？"

他不屑地摇了摇头。

"我没有亲戚，你们可以按照自己的意愿去邀请客人，我不介意。我只想简单地操办一下就行。"

"太好了！"路易萨大婶借着转身的机会擦掉了脸上的泪水。她想起玛丽亚的第一次婚礼，就忍不住落下了泪。

由于彼特罗的房子还没有盖好，婚礼定在了五月下旬，所以尼古拉大叔和路易萨大婶都说，他们最好在娘家度蜜月。虽然路易萨大婶非常不情愿，但她本性善良，她对女儿的疼爱超过了对金钱和家族的脸面的重视。而且，由于附近的女人都十分巴结他们，彼特罗也总是对她十分殷勤，她的态度渐渐和缓了。

邻居们经常对她说："能不能把彼特罗送您的那件大衣拿出来给我们开开眼？"

"上帝啊，这件衣服真是太漂亮了！是古典的绸缎做成的，配您真是再合适不过了。婚礼什么时候举行呢？"

"还没有决定呢！"路易萨大婶每次都会给出这样的回答，然后小心地把大衣叠起来，放回精美的包装盒里。

直到婚礼的前一天，大家都还不知道婚礼会在哪天举行。尼古拉大叔的口风也很紧，因为他知道这个习俗：一个寡妇应该纪念自己的亡夫，不可以再婚。最难捉摸的就是彼特罗，他从来不会跟别人说自己的婚期，只是催促泥水匠快点儿干活。只要一想到在诺伊纳家度蜜月，他就非常难受。

"在那张床上……"想到这里，他哆嗦了一下。

晚上，玛丽亚笑着问他：

"你做好准备了吗？"

"准备什么？"

"准备忏悔啊！"

他沉默了，眼前蒙上了一层阴影。

"我已经有好几年都没有在复活节受戒了，"他的口气十分悲伤，"我承受了太多的苦难，所以我已经不再相信上帝。"

"但你也知道，犯了死罪的人是不可以结婚的。"玛丽亚满含深意地说，"你这几年应该犯下了不少罪孽吧？你应该忏悔。彼特罗，不要惹我亲爱的母亲生气。"

他俯下身去，又站直了身体，对玛丽亚点了点头。

"我会去的，但是你也要答应我一件事。之前，我不敢向你提出这个要求，但是我现在不得不说了。在蜜月期间，我想让人把我在卡利亚里买的床搬进你的卧室。"

这时，玛丽亚眉头紧蹙。这边的习俗是，新娘准备婚床，可彼特罗却自己买了一张床，这是对她的冒犯。可是她也承认，站在另一个角度来说，彼特罗的做法是对的。虽然尼古拉大叔的心很细，他也没有对此产生怀疑。而玛丽亚呢，她现在已经沉浸在爱情里，而且种种事情都让她心烦意乱，她并没有想过为什么彼特罗不愿意睡在佛兰切斯科的床上。

他们就此达成了协议：彼特罗去忏悔，玛丽亚把从卡利亚里买回的床放进她的卧室里。

婚礼是在五月的一个凌晨举行的，时间大概是三点钟，地点是玫瑰经小教堂。

　　玛丽亚彻夜无眠。才一点钟她就起床了，她看起来十分疲惫，面无血色。她觉得，自己似乎是在做梦。她想起自己第一次结婚的时候，人声鼎沸，隆重奢华，气氛欢快。而现在的一切都是悄悄进行的。小教堂里只有两个必要的证婚人，没有任何亲朋好友，连房间都没有打扫。

　　可是，她这一次却是非常高兴的，她用颤抖的双手整理了新的婚床。

　　她来到了楼下的厨房，扫了地，生了火，准备煮咖啡。在火光的映衬下，她的脸色才有了一点儿光彩。

　　两点钟，她回到了自己的房间，开始打扮。现在，她把自己守寡时穿的黑衣服脱下来，锁进柜子里，感到又悲又喜。没错，她脱掉了丧服，也脱掉了自己生命中最痛苦的回忆。这些黑色的衣衫见证了她太多的悲哀，如今她终于要解脱了。她觉得，自己在脱下丧服的同时，在肩膀的两侧长出了一对翅膀，如同一只破茧而出的蝴蝶。她在紧身衣外面套了一件宽大的布裙，又把另外一件紧身衣叠好。她的动作十分轻柔，似乎担心吵醒什么人。此刻，她泪流满面，于是跪在了地上，用手撑住箱子，开始祈祷。

　　那可怕的景象又出现在她眼前，它那么可怕，又那么清晰：在一个露水还未散去的清晨，一个宁静的春日的早晨，一个男人浑身是血地躺在地上，伸出沾满鲜血的双手，目光似乎在乞求着同情……她还能听到云雀清脆的叫声，还能看到月光从岩石上洒落下来，照在开满野花的篱笆上……

　　她哆嗦了一下，现在自己才真的听到了云雀的叫声，就在这个寂静的小房子的后面。天空透出了亮光，院子里传来男人急促的脚步声……

　　她站了起来，开始穿美丽的新娘礼服。

　　参加婚礼的只有这对新婚夫妻、彼特罗的一个亲戚、两个证婚人，以及尼古拉大叔，他们静静地走在空无一人的街道上。他们都蹑手蹑脚的，似乎怕吵醒熟睡的人们，也怕在路上遇到什么人。

　　突然，正靠着彼特罗的玛丽亚笑了，虽然她用一只手捂住了嘴，却还是笑出了声。

　　"怎么了？"彼特罗问。

　　"你不觉得我们很好笑吗？就像贼一样。"玛丽亚连看都没看他，直接回答。

　　此时，那种压抑的气氛一扫而空，大家也开始说笑起来，很快就来到了小教堂门口。

　　婚礼十分拖沓。在镇上一个上了年纪的人的协助下，教堂的主教为这对新婚夫妇主持了弥撒。这位协助者有着黄色的胡须，却没有头发，看起来像个使徒。主教语速不快，柔和的声音回荡在这个幽静的小教堂里。四周散发着玫瑰的香味，射进小教堂里的曙光和烛光结合在一起，让这里拥有了一种宁静的氛围。

　　新婚夫妇安静地跪在祭坛的台阶上，表情严肃。彼特罗时不时就会抬起头看看自己身边的玛丽亚，感觉自己是在做梦，然后他又低下头陷入沉思。他等这一刻等了太久了，好像等了一辈子。这个庄严的时刻就是驱策着他青年时代不断奋斗的动力，是他在梦中憧憬了无数遍的。现在这一刻终于到来了，他却并没有很激动。因为这一切似乎都是水到渠成的，就像每一个新郎都会顺利地娶到自己的新娘一样。虽然他没有被胜利的喜悦冲昏了头脑，但是他觉得这种安定的幸福让他十分放松，十分高兴。

哈，他终于实现了心愿，如同一个冒险家一样，克服了重重困难才穿过森林，精疲力竭地来到了一个安全的地方。所有的负面情绪都埋葬在过去吧！灶膛里的火在熊熊燃烧着，水晶杯里的葡萄酒散发着诱人的芳香。可以休息了，可以享受这安定的生活了。

　　主教那有节奏的声音和使徒深沉的声音，让他从梦中清醒过来。于是，往日的记忆又浮现在他眼前，以往那种熟悉的恐惧感又出现了，让他现在的幸福受到了侵扰。可是只要他抬起头看着自己的新婚妻子，他又不觉得恐惧，他感觉此刻自己已经被幸福包围了。

　　玛丽亚也在祈祷，她也陷入了回忆。她仿佛看到，此刻在自己身边的，就是那个惨死的佛兰切斯科。可是，她并不觉得害怕。她已经为他流够了泪水，一切都该到此为止了，她应该过上全新的生活了。她目不转睛地看着彼特罗，虽然他没有回头，但她知道他就在自己身边，他充满了年轻的气息。

　　真要感谢上帝！是上帝安排他们在一起的。为了感谢那万能的上帝，新娘平静地参加了婚礼。什么回忆，什么思念，什么不安，都去见鬼吧！只有爱情才可以永存。

　　从教堂回家的路上，他们也没有遇到什么人。此刻，新婚夫妇激动不已，但是他们都低着头一言不发，只顾着往前走。从东面吹来了一阵风，那温暖的气息让他们沉浸在幸福中无法自拔。

　　这两个人郎才女貌，是注定要成为夫妻的，真是天作之合。彼特罗的一个女亲戚和尼古拉大叔就走在这对新婚夫妇的身后，他们不停地赞叹着，就连那个主教都说：

　　"上帝保佑他们，他们真是绝配！"

　　路易萨大婶站在门后，焦急地等待着他们。这一次她没有哭，也没有亲吻这对夫妇，她只是举起一把小麦撒在了他们身上，说：

"祝你们幸福！"

有两个来帮助路易萨大婶做咖啡和甜食的妇女也举起了一把麦子，撒在了新婚夫妇身上。然后，她们就拿着盘子到了路易萨大婶位于楼上的房间。

主教进入路易萨大婶的房间之后，还以为房间里的床就是新婚夫妇的婚床，就开始朝着床祝福。尼古拉大叔扶着拐杖哈哈大笑起来：

"也许我老婆今年还会给我生个儿子，明年还能再生一个呢！"

大家都笑了。玛丽亚急忙拉着主教来到了自己的房间。

"不好意思，主教，这个房间才是我的！"

二十三

　　为期八天的蜜月很快就结束了，可以说，玛丽亚和彼特罗度过了这个世界上最甜蜜的蜜月。

　　每天一早，尼古拉大叔和路易萨大婶都会去田里劳作，直到晚上才回家，好给这对夫妻留出时间，让他们过得更加快乐和自由。

　　随着时间的流逝，所有的美好和热烈的事物也会消逝，只不过，这对小夫妻在这个五月的每分每秒都过得非常兴奋。他们尽情地释放着压抑了很久的感情，对对方都十分迷恋，像原始社会的夫妻一样，在几乎无人涉足的秘密森林中感受对方。

　　有一天，玛丽亚突然对彼特罗产生了一丝恐惧，因为她觉得他总是用危险的眼神注视着自己。那双眼睛极富色彩，泛着绿光，就像一只很久没有进食的老虎的眼睛。对他的畏惧，对狡猾的猎手的恐惧，让她浑身颤抖，但是她又很喜欢这种被人玩弄的欲望。她觉得，自己在一阵龙卷风的裹挟下，被吹进了爱情欲望的旋涡，变得狂野起来。她褪下了身上那件薄如蝉翼的文明纱衣，变成了一个赤裸裸的仙女，在还没有猎手涉足的神秘草地里，等待着充满野性的征服。

他来了。他们的床铺四周都挂着布帘，把所有的一切都隔绝在外。世界，房子，以及无法触摸到的味蕾，什么都看不见了。有时候，彼特罗会觉得非常焦虑，特别是在他回家时没有看到玛丽亚如花的笑靥和诱人的眼神的时候。他会到处找她，问她在自己不在家的时候有没有找过别人。一开始，她觉得他是在吃醋。可是更多时候，他都非常温顺，甚至是十分恭敬，似乎还没有忘记自己曾经是仆人的事实。对于这种地位上的差别，她非常受用。她觉得，自己好像还活在从前，当时彼特罗根本没有勇气向她表达自己如火的热情。

可是，在第一周的狂热退去之后，她就觉得有些厌烦了。围绕在她四周的那些如火的激情慢慢消散，一切又回到了从前。

一天，她在厨房入口的一个阴凉处坐着，给彼特罗的衬衣绣花。此时，家里只有她一个人，尼古拉大叔和路易萨大婶去葡萄园帮忙了，彼特罗也回到了自己的房子，督促工人们快点儿干活。

此刻，这个美丽的小院子非常静谧，尤其是她在地上洒了一些水后，现在看起来更加宁静了，充斥着一种春日里的温暖的气氛，还弥漫着石竹花和矮糠草的味道。燕子也在不停地唱着歌，呼唤着自己的爱人。玛丽亚一边绣着花，一边胡思乱想。

她觉得自己的头有些沉重，不过头脑依然清醒，呼吸也十分均匀。她一边绣花，一边欣赏着周围这些美好的事物，又想起了镇上那些喜欢八卦的妇女们的各种闲话。

她就像大病初愈一样，没什么力气，不过，那已经纠缠了她多日的高烧总算是退下去了。要知道，她当时被烧得已经没有知觉了。

"没错，"她说，"母亲已经不打算把我撵出去了，彼特罗倒是态度坚决。我觉得我们确实需要搬家，至少过去住几个月。我觉得，以后我们还会回到这里。彼特罗跟佛兰切斯科不一样，要是我们长期住在这里，他一定会跟我母亲大吵一架。昨天晚上，他就因为母亲的一句话大发雷霆。'以后你们生了孩子，就叫他佛兰切斯科。'我觉得，母亲说这番话确实是考虑不周。是的，他现在还是很嫉妒那个死去的人。哎，厨房里出什么事了？"

　　她起身走向厨房，看看发生了什么事，原来是猫把盖子弄掉了。她把地板收拾干净，又去追猫，可是猫早就跑出了庭院。然后，她又回到厨房门口坐下了，还根据地上的影子推测现在是几点了。

　　"十点了，中午彼特罗就回来了。"

　　她好像已经看到：他伸手推开大门，走了进来，要是没有第一眼看到她，他就会大叫着她的名字。所以，她迎了上去，两个人就像丢了魂一样含情脉脉地对视，如同初次约会的情侣那样。然后，他们就会疯狂地亲吻对方。

　　每当玛丽亚思念自己的爱人的时候，就会做这种白日梦。有几次，她觉得这种白日梦已经打扰了她的正常生活，如同在她的脖子上套了一根绳索，她只好张大嘴巴，贪婪地呼吸着空气。她又开始绣花了，但是她的手在哆嗦，有点不听使唤。

　　突然，一阵猛烈的敲门声惊醒了她的白日梦。

　　她赶紧把衬衫放在地上，走过去开门。

　　敲门的是一个个子很矮的邮递员，有着红色的头发和黄色的胡子。这个人把她从头到脚打量了一番，想要确定她就是玛丽亚。确认之后，他从背包里拿出了一封盖着五个红色大章的信。很显然，章上还有一个镂空的纽扣的记号。

"罗萨纳的遗孀，玛丽亚·诺伊纳夫人的信。"他一边说，一边念起来信上的地址，"这封信来自阿尔及利亚。"

"是我的。"她伸出手，准备接过信。她想，这应该是萨碧娜写的信，因为她知道萨碧娜就在那里。

"麻烦您在这里签个字，"邮递员一边说，一边把手里的单子给她，"在这里。"

她上了楼，走回自己的房间，取回了一支笔。把自己的名字签好之后，她又看到了一个名字，心想："萨碧娜怎么会找我呢？是需要我帮忙，还是想从我这里借钱？她是不是还不知道我又结婚了？"

她关上大门之后，就打开了信。信上没有署名，但是她认识这字迹，是萨碧娜写的。信上的内容如下：

亲爱的玛丽亚：

你应该知道我是谁，保险起见，我没有署名，你只要知道我这么做是为了你就行了。今天我从一个来自努奥罗的人那里听说，你要结婚了。我诚心地祈求上帝，让你早日收到这封信，否则你会遭遇一件悲惨的事情。我之所以写这封信，就是让你避免这场不幸。你听我说，玛丽亚，你千万不可以嫁给彼特罗，因为是他杀死了佛兰切斯科。他先是跟他的同伙乔安尼·安蒂耐一起杀死了图鲁里亚，又用图鲁里亚的刀捅死了佛兰切斯科。如今，图鲁里亚的尸体就藏在你的牧场和橡树林的石头丛中，只有那些牧人才知道那个地方。我可以向你发誓，我说的都是真的，因为我请人调查过图鲁里亚的秘密。附近有很多牧人——安东尼·佩拉、安德里亚大叔，以及别的一些人，都知道这件事。他们都看到过这两个杀人恶魔，而且，他们俩还是无耻的盗贼，是从努奥罗的牧场里偷走牲畜的罪魁祸首。彼特罗就是这样致富的，单凭这一件事，就算我没有证据指证他的罪行，他也配不上你。牧人们之所以会隐瞒真相，就是因为害怕。如果不是你铁了心要嫁给他，我也不会告诉你这些。

我向圣母马丽亚祈求，让她保佑你早日收到这封信。现在，你可以按照你的意愿去做了。但是你一定要小心，要是他们发现你知道了这个秘密，一定会杀了你的。

玛丽亚不受控制地穿过院子，魂不守舍地坐在自己曾经坐过的那把椅子上。她面无血色，浑身颤抖。她这样坐了一会儿，似乎被这突如其来的噩耗给击垮了，没有知觉了。然后，她又抬起头，惊讶地四下看了看。在她发呆的时候，她感觉自己的灵魂已经脱离了肉体。她觉得自己来到了一个陌生的国度，看到很多怪异的东西和石头。如今她回到了现实，却发现一切都不再是原来的样子，她害怕极了。

她想了一会儿，又开始质疑信里的内容，虽然她知道，那里面说的都是可怕的事实。她好像和那封被自己紧紧攥在手心里的信一样，快要喘不过气来了。她觉得，这封信比死亡通知书还要无情。正在她不知所措、失去了以往的力量的时候，她产生了一个本能反应：她是个弱者，需要保护。此刻，她特别希望彼特罗可以快点儿回来。

"真希望他现在就能回来！"她一边自言自语，一边看着信，"我要让他看看这封信，一切就都结束了。我知道，这是萨碧娜在报复。她曾经深爱着他，他也曾爱过她……那么……"

突然，她想起了自己可悲的爱情遭遇里的点点滴滴。虽然彼特罗臭名昭著，但是对于那些虚无缥缈的指控，并没有什么确凿的证据来证实。

后来，日子就一天天过去了，就像天边飘过的云彩，一点儿印记都没有留下。在这段时间里，她做了什么？在梦里，她美若天仙，喜欢捉弄别人。她记得很清楚，她就像一个过于骄纵的公主。

后来她又是怎么堕落成这样的？她听了仆人的话，如同一个最卑贱的女子一样，把自己交给了他。当时他还算老实，说话非常和气，像一个小孩子一样，或者说是一个玩偶。她想起了他曾经说过的话和他许下的承诺。

"我一定会交好运，变成有钱人，为了你，让我做什么我都愿意。"

从那时候开始，他就变成了小偷，或者说已经有了这个打算。可是她呢，却像一个瞎子一样，什么都看不到，又像一个聋子一样，什么都听不到。她只能感受到他的吻的香味，却没想到这个吻正在拉着她走向深渊。

不过，只要他现在能够回来，那一切就都会好起来的。他可以用他狂野的吻，让她忘记现在的恐惧和痛苦。

"我怎么能怀疑他呢？"她那受到惊吓的灵魂发出了这样的喊声。

此时，她的心里响起了一个更加深沉的声音："不要怀疑，你是一个有主见的人，真相正如你所想。"

她感到越来越不安，深受折磨。她看到，自己面前有一块大幕被撕下来，把自己包裹在里面。她回想起，每当彼特罗回到家看不到她如花的笑靥，就会非常紧张。她仔细回想着每一个细节，如同在脑海中放映电影一样。她想起了彼特罗的那个财主朋友安蒂耐，他的钱财的来历也很可疑。他不但给出了证词，还对消失已久的图鲁里亚进行指证，现在在玛丽亚看来，这都是他在欲盖弥彰。

"毫无疑问，他就是彼特罗的同伙。"她想。

是的，毫无疑问，此刻她已经完全相信了。她颤抖着打开那封信，又读了一遍，上面的每一句都像一把利刃一样刺进她的心里。

读完之后，她放下了信，又产生了一种新的感觉，忍不住哆嗦起来。现在，她开始害怕彼特罗回来了。要是他想掩盖他的罪行，什么事他都做得出来。

于是，她把信藏进了怀里，心里有一种难言的恐惧感。她看到，房子的影子变得越来越短，正在慢慢地靠近她的脚边。时间在流逝，就像是在和太阳赛跑，又像是一个逼近自己的敌人。

她终于问了自己一个问题："我该怎么办？"

过不了几分钟，他就会回来。她似乎已经看到他了，就像自己在梦中看到的那样：他呼喊着她的名字，走到她身边，紧紧地抱住她。看吧，他撕下了自己平日里良善的伪装，换上了他杀人凶手和盗贼的本来面目。

"我该怎么办？我该怎么办？"

她有些慌了。她站起身来，想要赶紧离开这里，想要冲到葡萄园去向父亲寻求帮助。她迅速走到了门口，这时候，她突然想到了那封让她腿软的信中的最后一句：你一定要小心。于是，她决定再好好考虑一番。

她关上大门，如同一只被猎人困于洞中的老虎，在院子里走来走去。

"怎么办？怎么办？"

往事一幕幕地浮现在她脑海里，让她思绪混乱，还让她非常害怕。就算偶尔生出一丝希望，也只会让她更加混乱。

她好像又看到了彼特罗，就是在傍晚时分，月亮刚刚升上来，他徘徊在牧场和橡树林的小路的尽头。她又想起了佛兰切斯科临死之前的很多细节，虽然已经过去了很多年，她却还是记得很清楚。就好像她过了多年的独居生活之后，回想起很久之前发生的事情，以及佛兰切斯科遇害之后她的痛苦，还有隐约生出的疑虑：彼特罗发誓的样子，无尽的期盼，他难掩的狡猾，他来路不明的财产，还有想要偷偷举行婚礼。还有，他讨厌听到佛兰切斯科的名字，不想在他待过的地方待着，对佛兰切斯科曾经睡过的床铺更是厌恶至极。

可是，玛丽亚想起他发誓的模样，又不愿意相信他是在欺骗自己。每当想起他的真情和他的怒气，她都会心头一热，觉得非常欣慰。于是，她酣畅地呼吸着空气，如同一个用尽全力才能从水里伸出头来呼吸的溺水者。此刻的风浪那么大，而她是那么孤独。可是之后，她又沉进了无边的猜疑的海洋，坠入了失望的谷底。

"可是，他明明拿着十字架发过誓啊……唉，我怎么可以相信他的话，我太笨了！上帝啊，为什么要这样对我？为什么这么快就收走那道照亮我的灵魂的光芒？我到底做错了什么？为什么要这样惩罚我？"

在这难以捉摸的天空下，她交叉着双手，高高举起。前一个小时，她还是一个沉浸在幸福中的小女人，做着美好的梦。

太阳在飞快地西沉，阴影也在迅速占领光明，就像命运一样无法掌控。

"我该怎么办？我该怎么办？我该怎么做，才能让自己假装对这件事毫不知情？我该怎么拒绝他的目光和亲吻？"

突然，她听到了一阵敲门声。

彼特罗回来了！玛丽亚身体僵硬，感觉都快喘不上气来了。这时候，她听到了一个女孩儿的声音：

"路易萨大婶，快开门啊！你们是死了，还是病了？"

玛丽亚并没有去开门，但是她从女孩儿的话中得到了启发。她觉得，只要自己装病就可以逃过这一切，也就不会让彼特罗发现她的心神不宁，更不会让彼特罗产生怀疑。于是，她去掉了门闩，像往常一样只插上了销子，然后回到了自己的房间。她一看见自己房间里那张白色的床，就感到十分心痛，泪水夺眶而出。她哭了，哭得很小声。

她扑到圣母马利亚的圣像面前跪了下来，虔诚地祈祷着，语无伦次地祷告着。

她自己也不知道自己想要的是什么，她是想证明彼特罗是清白的，还是希望圣母可以帮她给被害的丈夫报仇，让她摆脱这个恶魔？她不知道。

但是，祈祷之后，她似乎平静下来了。她站起来，心情也轻松了一些。她想，这一切都只是个噩梦而已。

她拍了拍自己藏在怀里的信件，心想："我应该把它撕成碎片，扔得远远的，这样一切就都结束了。这上面都是谎言，都是污蔑。写信的人知道我结婚了，却装作毫不知情，真是个心肠歹毒的人。我怎么这么笨呢，被谎言吓成这样。"

她想起，之前彼特罗在自己家里做仆人的时候，别人都说他脾气暴躁，胆大妄为。但是，没有任何证据能够证明他是个坏人。他曾经遭人诬陷，这一次肯定也是别人在诬陷他。其实，他是一个善良温存的好人！

她拿出了那封信，感觉它像一颗跳动的心脏那么炽热。这时候，她又开始感到害怕了。

信纸上盖着五个鲜红的印章，红得像血一样。看到这几个印章，她有些害怕。这几个印章就像钥匙一样，打开了她记忆的大门，那些悲惨的往事又一幕幕浮现在她眼前：她看见，佛兰切斯科血流到了草地和石头上，都已经干涸了。她看见，佛兰切斯科高举着双手，盼望着有人来救自己……

惊恐和不安再次包围了她。

"就算是死人也有话语权。"在一阵声嘶力竭的呼喊之后，她紧忙把信件藏好，害怕让彼特罗发现。"被人当成羊羔一样宰杀的佛兰切斯科就要重新出现在众人的视线中了，他就要把真相向大家公布了。"

她的眼泪像断了线的珍珠，不断地流淌下来，她现在满脑子想的都是佛兰切斯科。大家马上就要知道事情的真相了，这让她感觉到无比的恐慌，此时此刻，记忆的闸门突然一下子打开，她不知道怎样应对现在的情景。

她能完整地背诵出佛兰切斯科死去时那两个女人所念的哀悼词，现在，每一个文字每一个符号又重新以另一种新的方式出现在她的脑海，与她的灵魂相分离，和记忆中有着千差万别。

他有一颗宽仁之心，性情就像温驯的小羊，没想到别人也像杀死小羊一样杀死了他。

他是一个温顺、善良、和蔼可亲的人。

我们可以从他那明亮的眼睛中读出他的灵魂，在和他接触久了以后，自己也会被他身上那种温和、坦率的气质所感染。可是彼特罗却对自己不堪回首的往事耿耿于怀，而且把这些往事渗透到了她所走过的每一个角落。

她想，如果佛兰切斯科还活着，她将衷心地关爱他，甚至愿意把主赏赐给她的爱全部地转移到他身上。这种纯粹又伟大的爱，就像时间一样永恒存在，永不变质。这绝对不是肌肤之亲所能比拟的爱，可正是由于她对肌肤之亲充满了渴望，才让她沦为了一个仆人的妻子……

"就是这个让人憎恶的仆人，他毁了我，将我推入万丈深渊……"她用枕头盖住自己的脸，伤心欲绝地哭了起来，有着深深的无助感，"我现在才知道妈妈说的话是对的，我中了他的圈套。玛丽亚·诺伊纳！玛丽亚·罗萨纳！看看你现在是什么德行？我选择嫁给了一个仆人，这个选择毁了我的一生啊！我现在每天要和这个仆人，这个可怕的魔鬼躺在一张床上！我究竟是怎样忍受这样的生活的？上帝因为这件事来惩罚我了吗？哦，上帝！怎么可以这样对我呢？我怎么能承受住这么严厉的惩罚呢！我到底在想些什么？"

她听到了一种声音，来自她暗淡的内心的最深处，它在不断地责骂她，而且声音越来越大。她语无伦次地为自己辩解，最后，那个声音消失了。

她想，彼特罗之所以会走上这条邪恶之路，自己也脱不了干系，可是，她也没有什么过错啊！她当初也爱上了他。就算她没有嫁给佛兰切斯科，彼特罗也会走上歧途，去当盗贼，甚至可能去杀人。他做这一切，都是为了得到钱，然后娶她为妻。没错，就是这样。她还记得，他们刚刚坠入爱河的时候，彼特罗就对她发誓："我一定会交好运，变成有钱人，为了你，让我做什么我都愿意。"

是的，这个恶魔彼特罗，他真的这么做了。可是，如今她已经像陷入狼窝的小羊，只能听天由命了。

时间还在流逝着，她还在痛哭着。她还在回想往事，觉得能够扭转这一切，她想要挣脱这可怕的命运强加给她的一切。

她觉得，自己已经想到了主意，她已经恢复了意识，又变成了之前那个精明的女人。

没错，她觉得自己已经知道了彼特罗的本来面目，虽然在此之前，她只是知道个大概。

她曾经是他的主人，他曾经是她的仆人，而且，他还是一个小偷，一个杀人犯，是杀死自己的丈夫的仇人。他为了夺取主人的地位，残忍地杀害了主人。就算他们肌肤相亲的时候，他的脾气也很暴躁，就像野兽一样。现在，她已经洞悉了一切。昔日的恩怨，悬殊的门第，就像在她身体里隐藏已久的疾病，现在爆发出来了，看来，她终于可以报仇了。

"我要怎么做？我要怎么做？"

她感觉自己的心越来越疼，这是一个非常难办的问题。

原谅他的罪行？不，她是绝对不会这样做的。她也曾经幻想过彼特罗是清白的，可是如果他真的是一个证据确凿的罪犯，那他就要接受法律的制裁。

可他怎样才会受到法律的制裁呢？最关键的一点是，怎么才能寻找到证明他是罪犯的证据呢？

即使她是一个有智慧、做事果断的女人，靠她一个人的力量去查明真相也是困难的。难道就把这件事情藏在心底？她不想选择沉默不语，这就必须在彼特罗开脱自己的罪名之前，找到援助，将他绳之以法。

可是到底谁才能帮助她呢？她的脑海里想到了这样一些人：母亲？不行！即使路易萨大婶很厌恶彼特罗，可是为了不让自己的家族蒙羞，她一定会选择让玛丽亚沉默不语的。父亲？他已步入老年，思维迟钝，做事不稳重，他不仅不会帮助她，还会讥笑、嘲讽她，毕竟选择嫁给彼特罗，而不是佛兰切斯科，是她自己的选择。

她到底该怎么办呢？她没有好的伙伴，亲戚也不会给她提供帮助。

　　对了，她有钱啊，她想到了一个刻有长春花的木匣子，里面藏着她的钱……

　　有钱能使鬼推磨，还有什么事情是有钱办不到的呢？只要有钱，她甚至幻想可以让牧场和橡树林里的石头子儿开口说话，可以把棺材挖出来，将真相公布于世。可是当真相大白之后她又该怎么办呢？又该如何是好呢？

　　有一个声音一直在她的脑海里回响，就像远处传来的震耳欲聋的雷声，让她感到恐惧不安，她觉得自己肯定是精神不正常，才会有这样的想法。泪水模糊了她的双眼，她已经暗暗下定了决心。

　　"我要去法院起诉他！"

　　现在法官是唯一一个可以把她从水深火热之中解救出来的人，也是她唯一可以信赖的人。

　　亲人、朋友、保护伞、帮她揭露事实真相的正义使者，这些现在都是法官对她而言的代名词。毋庸置疑，法官不仅不会欺骗她，还是唯一一个可以通过自己的努力，帮助她跨越重重障碍，找到证据的人。他可以让死人说话，将真相公布于世，把坏人绳之以法，把好人解救出来。

　　玛丽亚已经拿定了主意。

　　"我会偷偷摸摸地到法官那里，他是一个好人，肯定会理解我此时此刻痛苦的心情。他指定会立即派人将彼特罗捉拿归案，会坚守'我是检举人'这个秘密。如果真的找到证据证明彼特罗就是罪犯，那么他就要被送进监狱去服刑。这时候，我又该怎么办呢？我的爸爸、我的妈妈会怎样看待这件事情？我们一家人都将因此不能过正常人的生活，会一直受到讥笑与嘲讽，甚至还会有居心不良的人向我们扔石头。"

突然，她又开始摇摆不定了，她像热锅上的蚂蚁一样在屋子里乱窜，充满了焦虑与不安，如何是好？如何是好？她不停地问自己。

几小时前，她还幻想着要和这个同床共枕的男人共度一生，现在她就要把他亲手送上法庭吗？她真的能忍受看到这样的事情发生吗？

有什么办法可以让她把这份历尽艰辛才得到的幸福忘却？有什么办法才能让她把这份曾经梦寐以求的欢乐抛却到九霄云外？

她跪在圣母面前，开始虔诚地祈祷。这是一座被漆成玫瑰色和黄色的圣母像，手里拿着镌刻有《玫瑰经》的珍珠念珠，她希望圣母能够帮她完成这件明知不可为而为之的事。

"神通广大的马利亚啊！保佑他是清白的吧，可怜可怜我们这一家吧！"她一遍又一遍地嘟囔着这句话。

"这一切都是假的，是虚构的，是别人信口开河！我一定是疯了，才会相信这些是真的！"

她摸了摸藏在自己胸前的信件，确保信封还在，它上面的五个大红印章仿佛已经深深镌刻在了她的身上："但是你一定要小心，要是他们发现你知道了这个秘密，一定会杀了你的。"

她赶忙从椅子上站起来，随即又像无头苍蝇一样在屋子里撞来撞去，她看到镜子中倒映出自己那张泛绿的面庞，面目狰狞恐怖，竟让她觉得如此陌生。

她依旧觉得困惑不解，这压得她喘不过气来，她不再觉得法官刚正不阿、大公无私了，而是和她站在了相反的阵营，正咄咄逼人地望着她。

法官就像是一个拿着枪的猎人，不打到猎物，他是不会善罢甘休的。

她虽然不愿意相信，想尽办法为自己开脱，可她依旧知晓自己痛苦的来源。

如果法院彻查此案，那么这个案件的很多细枝末节都会被挖掘出来，这会诋毁她的形象。彼特罗会因犯罪而去监狱服刑，自己也会因为检举自己的丈夫而受到四周人的责怪与谩骂，可是这些人根本无从知晓这整件事情的来龙去脉，也不知道是谁才导致了这个悲惨结局的发生。为了能让自己安安稳稳地度过这一生，她自己也应该把真相深藏于心，直到死去……

彼特罗回来了，她听到他的脚步声离自己越来越近，她像一个受到惊吓后不知所措的小孩儿，躲在床角浑身战栗。

她太累了，渐渐进入了睡眠，周遭的黑暗慢慢将她吞噬，四周黑漆漆的，她不知道那些神秘的、让她摸不着头脑的东西是什么，可她感到如此的无助恐惧，那些在篝火旁听大家讲述过的灵异事件，浮现在她的脑海。

她一直对强盗深恶痛绝，对于强盗她有着深深的恐惧感。有着大树般挺拔高大的身躯，有着像猫一样瞪得溜圆的大眼睛，有着似秃鹫一样锐利的爪子，强盗这般的形象深深印在了她的脑海里。

这些山贼把掠夺的钱财藏在山洞里，平常就在山洞里居住，每当夜幕降临，他们就会带着凶器蹑手蹑脚地下山去。

他一声也不吭，悄悄溜进富人家里，施行抢劫。

不过，她还没有看到彼特罗的身影，似乎感觉没那么紧张了。她早已把可能发生的情况在脑海里过了一遍，想出了各种应对措施，她要和这个敌人搏斗到底。只要她活着，她就会一直搏斗、反抗到底。彼特罗、亲人、萨碧娜，这些人她全部背叛过。佛兰切斯科也不例外，如果她当初选择把事情的实情说出来，没准儿可以救他一命呢！可是，世间万物都包含着背叛和残害，物竞天择，适者生存，为了活下来，有自己的空间来汲取更多的阳光与温情，就必须要互相残杀。谁都想高高在上，把别人踩到脚下，谁也不想自己生活在水深火热之中，被恐惧团团包围，玛丽亚也是如此，她只是想保护自己，所以才选择终身去战斗，这何罪之有呢？

这种人类身上具有的原始动物的力量在她的身上显露出来，不过，这不是为了和爱人的肌肤之亲，而是为了战斗，为了保证自己的安全。时间一点点在流逝，危险一步步向她靠近，她已经准备好了自己的防身利器，这是每个女孩子与生俱来的能力。以往是因为被某种思维禁锢着，本性才没能释放出来，现在她突破了这些牢笼，变成了原始的女人了。她化身为一个英勇无畏的搏斗士，穿过漫无边际的黑树林，去接受生命的挑战。

这时，小院里传来一阵急促的脚步声。

"玛丽亚，你在哪儿呢？我怎么没看到你啊？"

是彼特罗回来了，他迈着既矫健又轻盈的步伐，登上一个又一个阶梯，走上楼来，正朝着自己的方向走来。他张开利爪来抓她了，对，没错，就是这个"盗贼"！

彼特罗看见玛丽亚大白天就窝在床上，有一种不好的预感，他感到恐惧不安。他俯身抓起她的一只手，问道：

"玛丽亚，告诉我发生什么事了？你还好吗？怎么躺在了床上？"

他亲吻了她一下，怔怔地看着她，眼神里充满了疑问，玛丽亚这个样子确实把他吓坏了。

她狠狠地推开他。

"我身体不舒服，我头疼得厉害，好像马上就要爆开了……可是现在疼痛已经缓解了很多了……你离我远一点儿好吗？"

他迅速环顾了一下四周，脸上写满了疑惑不解的神情，接着他就用那双瞪得溜圆的大眼睛紧紧盯着她。

"到底发生了什么让你感到头疼？你一点儿办法都没想吗？你可以找医生啊，还可以拿醋来擦一下啊。怎么像个小孩子，连自己都照顾不好？你等我，我去找些醋来……"

他转身离开，而她就呆呆地蹲在床角，一动不动，安静地等他回来。

"看他那惊慌失措的样子，他被我吓到了，他竟然害怕我了。"她在心里琢磨着。

他带着一条毛巾和一碗醋回来了。他用毛巾蘸了点醋，擦拭着她的额头。她并没有要反抗的意思，任由他摆布。他弯着腰，一直盯着她，眼神里满是焦虑不安，嘴里还一直嘟囔着什么。芝麻大点儿的事，他至于这样惊慌失措吗？

"你现在感觉如何？有没有觉得头疼好点儿了？发生了什么事，你怎么会无缘无故地头疼呢？早晨有人来过这里吗？"

"已经好多了，你不要在这儿烦我了，离我远点儿，我想一个人待会儿，你自己去厨房找点儿吃的吧！"

他一改惊慌失措的神情，变得欣喜若狂。

"玛丽亚，告诉我，你是不是怀了我们的宝宝？"

她使劲地摇了摇头以示否定，并没有说什么。怀孕了？她压根儿就没想过彼特罗提出的这个问题。她的内心被痛苦和憎恨填得满满的。

就算怀孕了，他们的宝宝将来肯定是个坏孩子！天啊，如果是这样，该如何是好啊……

她睁开双眼，仔细端详着这个男人的脸，这是一张写满了柔情的面庞，目光里的紧张和烦躁已经渐渐消退了，转而被温柔所替代，他好像在虔诚地祈求着什么。思绪被拉到他们刚刚相恋的时刻，那时她见过同现在一样的目光。在葡萄园里，她想和他更缠绵一点儿的，可是他拒绝了她，就是在那一晚，他向她许下了铮铮誓言："玛丽亚，我会好好保护你的，永远都不会伤害你！"

然而，事与愿违，他做了太多违背他誓言的事，这伤透了她的心！况且，他还在一直做着伤害她的事，不知何时才会善罢甘休。她只要一看到他，就感觉死亡又向自己逼近了一步，这种忧伤和苦楚压得她喘不过气来。面对他，她并没有感到恐惧，他对她接近疯狂的关心和爱护竟成了她最强大的保护罩。他甚至可以为了保护她不顾自己的生命安危。为了和她在一起，他已经铤而走险、步履维艰了。

彼特罗俯身望着她，小心翼翼地和她交谈着，好像始终不能确定她的头疼是否真的缓解了很多。他坚决地要带她去找医生，又让邻居煮了点咖啡给她。

她一直在摇头说不需要这样，语气间有着抑制不住的愤慨之情。可是他依旧紧紧贴在她身边，寸步不离，丝毫没有要离开的意思，他对她温柔体贴，精心呵护，好像一定要把这件事弄清楚似的。而她要与他长相厮守，她感觉自己变成了那个待在贼窝里的女孩儿。

自己要一辈子和他在一起，这对她来说就是最大的痛苦。他寸步不离地守在自己身边，好像自己身上有没有希望治愈的癌症或其他疾病。她吃力地坐起来，用手捏了捏蘸着醋的湿毛巾，醋水和泪水混杂在一起，顺着脸颊一同流进她的嘴角。

彼特罗终于愿意离她远一点儿了，可他的目光依旧在她身上，不同的是，从他的眼眸中，见不到刚才的忧伤与烦躁了，他也知晓了，是自己把玛丽亚的病情想得太过于严重了。

"天，玛丽亚，你哭什么啊，是因为头太疼了吗？我去给你请医生来……我让邻居大婶去帮忙叫医生过来吧，你要不要躺下自己休息会儿？亲爱的玛丽亚，你回答我啊！"

她向前挺了挺身子，双手按着额头，死死地盯着地面，好似头疼已经到了无法忍受的程度，这时彼特罗也沉默了，吓得不敢说话。

"那我去请医生了，可以吗？"他小声询问着。

"你去吧，就你亲自去，不要麻烦别人。"她咬紧牙说道。

她看着他的背影逐渐消失在自己的视线之外，现在她在心里暗暗琢磨着。

"我可以感受到他的不安，他一定已经察觉到了我知晓了他的秘密，所以，他根本不会为我去请医生，况且根本没有医生能治愈我的痛苦。上帝啊！上帝啊！救救我们吧，为我们指明一条活路吧！"

"我们到底该怎么办呢？"在被这个噩耗折磨了两个小时以后，她竟然把自己和彼特罗的苦楚装在了一个篮子里。他虽然有着令人厌恶的相貌，可依然能让她回忆起很多事情。他有着柔情似水的双眸，偶尔还能从中读出原始动物的狂野，他露出的如同仆人般虔诚、罪犯般怜悯的神情，让她学到了很多。

"到底该怎么办？"

她似乎可以预料到事情的发展走向了。即使她可以选择沉默不语，可终有一天，她可以站在佛兰切斯科遗体的面前，站在其他被害人的遗体面前，也许她可以做到让死人说话。是啊，只要有钱，只要想做，是可以让死人说话的。此时此刻，她是如此地痴迷于金钱，她对自己的爱都远远不及对钱的渴望，只有依靠金钱才能帮助她找寻事情的真相，而这是唯一可以让她有安全感的事。

"就算在世的人、死人、石头、木桩都开口说话了，彼特罗都不会将他死守的秘密透漏半句，他根本什么都不会说。"她一边琢磨着，一边用嘴巴咬着蘸着醋汁的毛巾。

就算他开口了，她也不会像法官说明他犯下的罪。这就好似他们的病情无药可医，他们的苦楚无人可替，也不可能再有比这还要严厉的责罚了。

她想起她曾经看到过的罪人，他们排成一排，每两个人铐着一个手铐，组成一个个小队伍，被送往监狱去接受惩罚。而现在，她和彼特罗，就像绑在一根线上的蚂蚱，他们和这些罪犯没什么两样，即将受到法律的制裁。

那条充满了恶魔、阴暗的小路上，她一直和他并肩行走，已经走了很多年，可现在，他们站在一个岔路口，四周有着很多小路，这些小路看起来都那么崎岖，黯淡无光，并无什么不同。

无论走哪一条路，选择哪一条路都是一样的，因为终点只有一个，叫作惩罚，而他们终究要在那里为他们的所作所为付出应有的代价。

格拉齐亚·黛莱达作品年表

1871 年　9 月 27 日出生于意大利撒丁岛。

1884 年　发表短篇悲情小说《撒丁岛的血》。

1892 年　首部长篇著作《撒丁尼亚之花》发表。

1896 年　《邪恶之路》出版。

1899 年　结识帕尔米罗·莫德桑尼，并与之相恋。

1900 年　与帕尔米罗·莫德桑尼完婚，搬到罗马；《山上的老人》
　　　　出版。

1903 年　《埃里亚斯·波尔托卢》出版。

1904 年　《灰烬》出版。

1908 年　《常春藤》出版。

1913 年　《风中芦苇》出版。

1920 年　《母亲》《离婚之后》出版。

1921 年　《孤独者的秘密》出版。

1925 年　《逃往埃及》出版。

1927 年　《阿纳莱娜·比尔希尼》出版。

1936 年　8 月 15 日在罗马去世。

1937 年　《科西玛》出版。